徳 間 文 庫

死者は空中を歩く

赤 川 次 郎

徳 間 書 店

目次

第一章　総ての道は万華荘へ通ず　5
第二章　親の行方子知らず　104
第三章　死体の顔も三度　211
第四章　命短し、殺せよ…　314
あとがき　390
解説　山前譲　391

第一章　総ての道は万華荘（まんげそう）へ通ず

1

女が何やらムニャムニャと寝言を言って寝返りを打つと、ベッドがきしんだ。山崎は目を覚まして、まだ暗い部屋の天井へ目をやった。雨もりのにじんだ薄汚れた天井が、一瞬かつての刑務所暮しを思い出させて、ギクリとする。手が、女の裸の尻に触れて、やっと自分の居場所を知った。

「――びっくりさせやがる」

誰にともなく呟（つぶや）く。

久しぶりで女のアパートへやって来たのだった。三か月近く、警察の手を逃れて逃げ回っていたので、女に飢えていた。貪（むさぼ）るように、肉体に溺れ、疲れ切って眠ったのが、もう二時頃にはなっていたはずで、その割に、暗いうちに目を覚ましてしまったのが、我ながら不思議であった。まさか、丸一日眠ってしまったわけでもあるまい。

山崎はもうひと眠りしよう、と目を閉じた。色の浅黒い、頬骨の飛び出した顔は、ギラつくような野性味がある。四十代もやがて半ばというのに、腹のたるみ一つない、筋肉質の体は、まだまだ若々しい強靭さを秘めている。

ふっと、油断のない眼が、暗い部屋を探るように開いた。――逃亡生活のおかげで、物音には敏感になっているのだ。何かが聞こえたような気がした。でなければ、目が覚めるはずはない。じっと耳を澄ました。

山崎は裸のままベッドから脱け出すと、狭い部屋をそっと横切って、玄関のドアまで行った。凸レンズの覗き穴に目を当てると、寒々とした廊下が見える。二階なので、廊下の外れに階段があり、そのあたりにチラリと影が動いたように見えた。気のせいだろうか？

山崎はブルッと身震いして、

「畜生！」

と呟くと、ベッドのほうへ戻りかけて、足を止めた。今度こそ、間違いなく足音だ。それも一人二人ではない。何人もが、忍び寄って来る足音なのだ。

山崎は、もう覗いてみることもしなかった。慌てて物音をたてるのを恐れて走りはしないが、大股に、アッという間にベッドの所へ戻ると、急いで服を着始めた。ズボンをはき、ワイシャツへ腕を通したところで、玄関のドアをドンドンと叩く音がした。

「山崎！　出て来い！」

山崎はワイシャツのボタンもはめずに上着を引っつかむと、ベッドのマットレスの下へ手を突っ込み、隠しておいた拳銃を引っ張り出す。

「囲まれているぞ！　抵抗はやめて、出て来るんだ！」

ドアへ銃口を向けて、引金を絞った。スチールのドアがグァンと鳴る。ドアの向うがどよめいた。銃があるとなれば、簡単には踏み込んで来ないだろう。いくらかは時間稼ぎになる。

山崎は窓を開けた。下は細い路地だが、飛び降りればたちまち警官がやって来るだろう。向いのアパートの窓がちょうど正面だが、飛び移れるかどうか、微妙なところだった。窓といっても、ちょっとした張り出しの手すりすらない。

銃声が背後で追い立てるように鳴った。鍵を撃ちこわしている！　ぐずぐずはできない。山崎はベッドへ駆け戻ると、かけてあった分厚い毛布を引っぱがした。ぐるぐると丸めて頭へかぶるようにしておいて、窓わくに足をかける。――一か八かだ！

警官がドアを破って飛び込んで来ると同時に、山崎の体は宙へ飛んだ。真向いの窓へ毛布をかぶった頭から突っ込むと、木枠の窓が粉々になって砕け、巧く部屋の中へ転がり込んだ。やっとの思いで起き上がり、毛布をなげ捨てると、目の前に布団から起き上がった若い夫婦の目を丸くしたポカンとした顔。

「邪魔したな」

とひと言、山崎は玄関から飛び出した。

一方、警官たちのほうは、山崎の離れ技にしばし呆気（あっけ）に取られていたが、やっと我に返って、

「あっちのアパートだ！」

「早く回れ！」

と大騒ぎを始めた。そこへ、ウーンと唸（うな）り声がして、

「うるさいねえ！　静かにしてよ！」

と女が怒鳴った。山崎のほうへもっぱら気を取られていた警官たちは、やっと女に気づいて……一斉にゴクリと唾を飲み込んだ。山崎が毛布をはぎ取って行ったので、女の裸体がもろにむき出しになっているのだ。

それにしても、銃声やら怒鳴り声の大騒ぎによく目を覚まさなかったもので、しかも、ひと声怒鳴ると、また寝入ってしまったのである。――警官たちは思わず顔を見合わせた。

「よっぽど疲れてんだな」

「一晩中頑張ってたんだろ」

「山崎の奴はタフそうだからな……」

「俺の所なんぞは、女房が張り切ってもこっちがグッタリだよ」

ウンウン、と一同が共感の思いを込めて肯く。一人がハッとして、

「おい！　山崎だ！」

ワッと一斉に部屋を飛び出して行くと、女がまたモゾモゾと動いて、呟いた。

「全く、うるさいねえ……」


三月とはいえ、午前四時といえば、まだ星がいくつか居残って、朝ともいえぬ時間。古井は玄関のドアをそっと開けると、恐る恐る顔を覗かせた。風采の上がらない中年男。その典型的なイメージといっていいような五十男である。頭ははげ上がり、メガネの奥のおどおどした小さな目——ただし、おどおどして小さくなったのではない。もともと小さいのである——は、落ちくぼんで一層憔悴し切った様子。口元は絶えず細かく震えて、歪んだ笑顔に近い、妙に不安気な表情を作っている。

古井は周囲の様子をしばらく窺ってから、思い切ったように玄関をスルリと出て来た。ヨレヨレの背広、ねじ曲がったネクタイ、埃だらけの靴……。しっかりと抱きかかえた書類カバンは角がすり切れてしまっている。

こんなセールスマンに物をすすめられても、ちょっと買う気にはなれそうもない。

しかし、事実、古井は生命保険の外交員で、今から仕事に出て行くところなのである。

――が、なぜこんな時間に、こそこそと家を出て行かねばならないのか。

　人通りなどまるでない道へ出た古井は、ほとんど走るように歩き始めた。真冬でもないのに、背を丸め、首をすぼめている。そうすれば透明人間になって、誰の眼にも止まらずにすむ、とでも思っているように。――が、その努力は空しかった。十メートルと行かない内に、古井は行く手を二人の男に阻まれて足を止めなければならなかったのだ。

「早いご出勤じゃねえか」

　一見して暴力団と分かる男たちの一人が言った。

「今日はちょっと特別の用で――」

「逃げようったって、そうは行かねえよ」

「逃げるなんて！　そんなこと……」

「考えねえほうが利口だぜ」

　古井は肯いた。ひっきりなしに唇をなめている。

「――分かってんだろうな。明日返済できなかったら、どうなるか」

「分かってますよ。だからこうして金の工面にと、早起きして……」

「そいつあ、いい心掛けだ」

男たちは顔を見合わせて笑った。

「も、もう行っていいでしょう」

「いいとも、行きなよ」

ほっとして歩き出した古井の前へ男の一人が足を出して引っかけると、古井はドッと不様に道へ腹ばいに倒れてしまった。

「──おやおや、気をつけて歩けよ」

「年寄りにゃ危ねえ道だな」

二人の男はニヤつきながら、歩み去った。──古井は道に起き上がって、しばらくはペタンと座り込んだままだったが、そのうち腰が痛み出して、ようやくよろけながら立ち上がった。

服の埃を払う気も起きない。古井は深いため息をついた。

「畜生……」

明日。一体明日までに、どうやれば七百万もの金が作れるというのか。一文無しに近い状態で、実際今日の昼食代だって怪しいのだ……。競輪、競馬の資金に、サラ金を利用したのが、そもそもの間違いだった。たちまち借金は雪ダルマどころかキング・コングぐらいに膨れ上がり、その時になって古井は初めてそのサラ金が暴力団の資金源であることを知ったのだ。

妻は子供を連れて家を出て行った。離婚手続きも、後は彼が判を押せば終わる。そのほうがいいのかもしれない。――重い足取りで歩き始めた古井は、そう思った。せめて、女房や子供に、こんな惨めな思いはさせたくない。離婚したからといって、あの連中は妻の実家へ押しかけるのを、諦めはすまいが、せめて少しでも救いになれば、と思っていた。

二十四時間。――たったそれしきの時間で、一体何が起こるというんだ？

「お嬢ちゃん」

優しく呼びかける声に、智江（ともえ）は顔を上げた。見知らぬ男が見下ろしている。

「この辺に住んでるの？」

智江はコックリ肯いた。きちんとした身なりの人で、とても優しい笑顔だ。智江は、担任の平山先生に似てるわ、と思った。

「実はね、おじさん、駅のほうへ行こうと思ってるんだけど、この辺初めてで道が分かんなくなっちゃったんだ。教えてくれる？」

「いいわよ」

智江は公園の出口の方を指して、「あそこを出てね、右に行くの。ずうっとその道を行くと駅に出るわ」

「そう！　ありがとう、助かったよ！」

男は、まるで女のように白い柔らかい手で智江の頭を撫でると、出口の方へ歩き出した。が、ふと思い出したように足を止め、戻って来た。

「はい、これ」

とポケットからチョコレートを取り出す。

「ありがとう」

「じゃあね」

いい人だわ、と智江は思った。このおじさんになら……。一人で遊んでる時に、見知らぬ人と口をきいてはいけないと、きつく言われていたが、チョコレートまでもらって、智江は何かお返しをしなきゃいけない、と思った。

「おじさん！」

「――何だい？」

「駅に行く近道、教えたげようか」

「やあ、そりゃ助かるなあ。おじさん、ちょっと急いでるもんでね」

「その道、凄く遠回りなの。――こっちへ行くと近いわ」

智江が指さしたのは、新興住宅地のあちこちに残っている雑木林だった。

「林を抜けるのかい？」

「道があるの。ついて来て。案内したげるわ」

「いいのかい？　ママに叱られない？」

「平気よ。すぐだもの」

「じゃ頼むよ」

「こっちよ！」

智江は公園の低い囲いを飛び越えて、林の中へ入って行った。男が、ついて行く前に素早く周囲へ目を走らせたのには気付かなかった。

道とも言えない、細い踏み分け道だった。

「ずいぶん狭いんだねえ」

「でも、ここから行くと駅が目の前なのよ」

「お嬢ちゃん、いくつだい？」

「九つ」

「九つか……」

林の中は静かで、ゆるい斜面を下って行くので、人家からも見えなくなっている。

男は一つ大きく息を吸うと、前を行く智江に手をのばした……。

智江が振り向いたのは、子供だけの直感的な不安からだったのかもしれない。目の前に迫った顔は、ついさっきまでの優しい「おじさん」の顔ではなかった。いや、同じ顔でありながら、羊が猛獣に変わったようだった。目がギラギラと光って、今にも獲物へ襲いかかろうとしている野獣だった！

少女がだしぬけに振り返ったので、一瞬男はハッと手を止めた。子供の本能とでもいうのか、智江は瞬時に、身に迫る危険を悟って、思い切りかん高い悲鳴を上げながら、身を翻して林の中を一気に駆け下りた。その素早さに、男は一瞬呆気に取られて、後を追うのも忘れていた。やっと我に返って、少女を追って駆け出した時は、もう少女のほうはずっと林の外れまで行ってしまっていた。男は、あの少女が駅前の交番にでも駆け込んだら面倒だと必死で追ったが、何しろ慣れない道である。木の根につまずいたり、濡れた草に足を取られて滑ったり、一向に進めない。少女のほうは、といえば、もう何度も通い慣れた道なのであろう、巧みに木々の間をすり抜けて、たちまち林から通りへと飛び出してしまった。

男がやっとの思いで雑木林を抜け出した時、少女が警官を引っ張って交番から出て来るのが目に入った。

「畜生！」

こんなしくじりは初めてだ！　男は盲滅法走り出した。後から、

「待て！」

と怒鳴る声。「止まれ！　止まらんと撃つぞ！」

道の片側は、まだ造成されていない林が続いている。男は思い切って林の中へ飛び込んだ。

「聞きましたか、課長？」

若い課員の原島が、書類を桂木のデスクへ置きながら言った。

「何をだ？」

桂木は原島のほうを見ようともせずに、書類を取り上げながら訊き返した。——どうせ大した話じゃないに決まっている。誰かが競馬でいくら当てたとか、誰それが何課の誰と婚約したとか、せいぜいそんな所だろう。

「明日、やるんだって噂を、小耳に挟んだんですがね」

原島の思わせぶりな言い方に、桂木はちょっと苛立った。

「やるってのは——宝くじの抽選か何かやるのか」

「いやだな、課長。監査ですよ」

と笑いながら言うと、「書類に印をいただけますか」

「……今、何と言った？」

桂木は顔を上げた。「監査だと？」

「ええ」

「馬鹿を言うな！　俺は何も聞いとらん！」

「社の幹部の、それもほんのひと握りしか知らないそうですよ」

桂木は一瞬、デスクへ視線を落としたが、すぐにまた原島を見上げて、

「それを何で君が知っとる？」

「いえ……秘書室からちょっと……」

原島が照れくさそうに頭をかく。原島の恋人が秘書室にいるのは桂木も知っていた。どんなに厳重な警戒でも、女子トイレでのおしゃべりだけは防ぐことはできない。どんな極秘書類も、それを清書し、コピーする女子社員の目にさらされずにはすまないのである。

「しかし、それは……確かなのかね？」

「そう思いますが。一体何事でしょうね。今までやったことがないのに。――あの、印をいただけますか」

「明日、と言ったな」

「ええ。明日は全役員に禁足令が出たそうです。河本部長はゴルフがおじゃんで渋い顔らしいですよ。――あの、印をいただきたいんですが」

「抜き打ちの監査か……」

「こんなこと、前にもあったんですか？」

桂木はぼんやりした様子で、

「いや……。俺は少なくとも、知らん」

「妙ですね。でも、まあ、社長の気まぐれじゃないですか」

「かもしれんな……」

「あの、申し訳ありませんが、印を……」

「ん？——ああ」

桂木は機械的に書類へ印を押した。

「ありがとうございます。——明日は忙しくなりそうですね」

「うむ？　そうだな。忙しくなりそうだ」

気のない様子で肯くと、デスクの上へ視線を戻したが、その眼は何も見ていなかった。大体が中年太りの脂ぎった顔なので、誰も気付かなかったが、桂木の額には汗がにじんでいた……。

「——今夜はお得意先の接待に付き合わにゃならんから遅くなる」

五時を過ぎて、帰り仕度に忙しい部下たちをぼんやりと眺めながら、桂木は自宅へそう電話を入れた。——社を出ると、タクシーを拾おうとして思い直し、地下鉄の駅へ向かった。

「あら、突然どうしたの？」

ドアが開くと、香織がびっくりした様子で現われた。

「うん、ちょっとな……。上がってもいいか？」

「いいかって、ここはあなたの家よ。どうぞ」

と香織が笑いながら言った。「何か飲む？」

「ああ……。ウイスキーをくれ」

２ＤＫの中流マンションだが、それでも三千万という値だった。桂木は部屋の中をゆっくり見渡した。香織の好む香水の匂いが漂っている。ここへ来て、この香りに浸ると、桂木は会社の疲れも心労も、総てを忘れられるのだ。

「何かあったの？」

ウイスキーのグラスを桂木へ手渡しながら、香織が言った。

「どうしてだ？」

「決まった日でもないのに。それに、何かあったっていう顔をしてるわ」

香織はソファへ腰を下ろした桂木にぴったり寄り添うように座った。柔らかな肉の感触と、甘い香りが桂木を包み込む。いつもなら、中年のくたびれた体が、しばし若者のように燃え立つのだが、今日ばかりは、彼女を抱く気になれなかった。

「明日、抜き打ちの監査がある」

桂木はじっとグラスを見たまま言った。香織はキョトンとして、

「そう」

と言った。桂木は苦笑いする。二十八歳のホステスに「監査」と言っても、その意味は分かるまい。

「つまり帳簿や伝票に間違いがないか調べるわけだよ」

「あなたが調べるの？」

「いや。俺は調べられるほうさ」

香織がやっと理解した様子で肯いた。

「まずいのね？　あなたが会社のお金でこのマンションを買ったのがばれたの？」

「何に使ったかは知るまい。だが俺が使い込んだことは感づかれている。だからこそ監査をやるんだ」

「何とか……何とかならないの？」

桂木は首を振った。

「何ともならんよ。もうおしまいさ」

「でも何か手を打って――」

「今夜一晩で、かね？　無理だ。いつかはばれると覚悟はしていたが……」

「それじゃ……このマンションを取り上げられるの？」

香織の顔に、怯(おび)えた子供のような表情が浮かんだ。桂木は笑顔を見せて、

「大丈夫。金は何に使ったかは、口が裂けても言わないよ」

香織がほっと安堵するのを見ても、腹が立たない。もともとが金でつないでおいた女だ。金がなくなれば離れていく。当然のことだろう。

「でも、私のせいでそんなことになったのね。申し訳ないわ」

さすがに気がとがめたのか、香織はそんなことを言い出した。

「俺は子供じゃない。こうなる危険を承知でお前にのめり込んだ……。お前がそんなふうに思うことはないよ」

「ばれたらどうなるの？」

「さあな」

桂木はソファにゆっくりと体を伸ばした。

「告訴されるかもしれん。——まあ、俺は社長と個人的に少しは近いからな、クビになるだけですむかもしれないが」

「その後は？」

「どうなるかな……」

「他人事(ひとごと)みたいなこと言って！」

「予想がつかないから、仕方ないさ。別にお前は心配しなくてもいい」

「だって……」

「お前にやれるのはこのマンションだけだが……。まあ、後はまた誰か見つけろよ」

香織はまじまじと桂木を見つめた。

「それで今日来たの？」

「ああ。——もう会えそうもないからな」

桂木はウイスキーを一気に飲んで、むせた。

「大丈夫？　一度に飲むからよ」

「大丈夫……。何ともない」

桂木は立ち上がって、「さて、帰るよ」

「あら！　だって——」

「ぐずぐずしていると辛くなる」

と笑顔を作った。「じゃ、達者でな」

玄関へ降りて靴をはくのに手間取っていると、

「待って！」

と香織が呼びかけた。振り向いて、ギクリとする。——香織が全裸で立っていた。

明るい照明の下で、その肉体にいささかのたるみもないと言えば嘘になる。しかし、これほど香織を美しいと思ったことはなかった。

「上がって来て」

その声に、若々しい欲望が体中に漲って来るのが分かった。桂木は靴を脱いだ……。

「──ねえ」

「うむ？」

「死ぬつもりだったんでしょ」

桂木は驚いて香織を見た。──荒々しくさえあった情事のほてりで、まだ裸の胸が汗ばんでいる。並んでベッドに寝そべった香織のほうは、いたずらっぽい目で彼を見ていた。

「どうして分かった？」

「ねえ」

香織は彼の、ひげのざらつく頰を指でさすりながら、「私、あなたが思ってるよりはあなたを本当に好きなのよ」

桂木は言葉がなかった。

「死んじゃだめよ。まだまだやり直せるわ」

「しかし、妻が──」

「奥様が離婚したいっていうなら、その通りすればいいじゃないの。あなたはここで暮らせばいいわ。もちろんまた仕事を捜して働くにしても、それまでの間ぐらいなら、私が養ってあげるわ」

「香織……」

「だから、死のうなんて思わないで。分かった？」

桂木は、今まで単に金に寄って来た女だと彼女のことを考えていたのが恥ずかしかった。自分自身、彼女をただセックスの処理をする人形としてしか扱って来なかったのだ……。

桂木は香織を激しくかき抱いた。もう、死のうとは思わなかった。どうなるにせよ、生きて行くのだ。何があろうとも……。

2

弁護士の神崎は、几帳面な男であった。待ち合わせに遅れて相手の時間を無駄にさせることは、犯罪行為である、とさえ考えていた。

それは雨の日も、雪の日も変わることはなく、ましてやこの三月の穏やかな美しく晴れた朝には、デジタル・クロックも顔負けの正確さで、神崎の車は十時十分前に、千住邸の門柱の間を通過していた。

西欧風に石畳の道を車は大きく回って、館の正面へ出る。車寄せに車を停めると、庭男の作造が素早く駆け寄って来た。

「お早うございます」

「お早う。車を頼むよ」

「かしこまりました」

　庭の手入れが本業の、まだ四十になるやならずの男であるが、何となく、客の車をガレージへ入れる役目も引き受けている。もう顔なじみだし、運転の腕も確かなようなので、神経質な神崎もこの男にキーを渡して、後を任せていた。

　書類鞄を手に、玄関のノッカーを鳴らすと、待つほどもなくドアが開いて、地味な和服姿の初老の女性が現われた。

「お待ちしておりました。どうぞ」

　神崎は広いホールを、その婦人について客間へ向かいながら、

「もうお目覚めですか？」

「いいえ」

「そうですか」

　いつものことで、神崎は驚きもしない。人を待たせる資格のある人間がいるとすれば、それは大金持だ。

「こちらでお待ち下さい」

　客間へ入って、神崎は振り向くと、

「絹江さん、無理にお起こししないで下さい。私は待ちますから」

「かしこまりました。今、お飲物を……」

一人になると、神崎はブラブラと室内を歩いて、広い窓辺へと身を寄せた。神崎の年齢は、見る者によってまちまちで、はげ上がった額と、半白の髪を見て五十にはなっているという者と、しわのない、つややかな顔は四十歳そこそこだという者がいた。銀縁のメガネの奥には常に冷静な、無表情な眼が潜んでいて、法律家らしい勤勉さを窺わせる。

神崎は窓から、広々とした芝生と、そのなだらかな昇り斜面の片隅に、かすかに覗いている海を見やった。──万華荘。この屋敷をそう呼ぶのはなぜなのか、神崎は知らない。知ろうとも思わなかった。彼の関心はもっぱらその持主と、その財産にある。

千住忠高は、決して財界の表面に出ることのない、陰の実業家の一人である。その膨大な財産をどうやって造り上げたのか、それはすでに伝説の内に入っている。臆測と噂が、千住忠高を時にはアラブの石油王に、時には南アフリカのダイヤモンド密輸業者に仕立てた。神崎も、千住の財産管理に携わっているので、友人や雑誌記者などからその秘密をしつこく訊かれることもあったが、ただ笑って答えなかった。神崎自身、実際に知らなかったのである。現在の千住がその掌中に握っている企業ならば分かる。しかしその発足時に千住が持っていた財源がどこから来たものなのか、神崎も知らなかったし、知ろうともしなかった。

神崎にとって、関心があるのは、もっぱら現在と、未来であった。

「神崎様」

振り向くと、絹江が立っていた。「旦那様がお目覚めになりました」

「そうですか」

「塔の部屋のほうへお越し願いたいとのことでございます」

「分かりました」

書類鞄をつかんで、神崎は客間を出た。いつもながらのことで、案内されるまでもない。廊下を抜けて、裏口から庭へ出る。——庭といっても、自然の丘陵をそのままに残した広大な土地だ。ここは海へ突き出した小さな半島をそっくり買い取って建てた屋敷である。市内からは一本道がここへ通じているが、それはほとんどが千住の敷いた私道なのである。

林の間を抜ける細い砂利道を辿りながら、神崎は、実際大した費用だ、と思った。どんなに美しい庭園を見ても、これだけにするのにいくらかかっただろうか、と思い、広い土地があれば、ここにどれくらいのビルが建つだろうかと計算するのが神崎である。

館から林を挟んで、その塔が立っていた。——大金持というのは、多かれ少なかれ、変人めいたところがある。というよりも、普通の人間が、財力と世間体とに縛られて実現できないことが、大金持は誰に遠慮する必要もなく実行できる、というのが本当のところだろう。

金持といわれる人種が必ず英国製のスーツを着て、キャデラックを乗り回していると考えるのは馬鹿げた誤解である。神崎が以前に会った大地主など、真冬に訪れると、室内に猛烈に暖房をきかせ、ステテコ一つの姿で生活していたもので、それが通用するのが、金持というものなのだ。

千住忠高はそういう点でいえば、極めてまともな手合に含めてもいい。ただ唯一の変わった趣味が、この塔である。

塔の下へ着いて、神崎は一旦足を止める。二十メートル近い高さがあるだろう。ビルにして約六階ぐらいか。やや裾の広がった円筒状で、ちょうど灯台のような形と思えばいい。外壁はレンガを積み上げて出来ているので、決して昔からあった物ではないのに、何かの遺跡のような印象を受ける。神崎は重々しい鉄の扉を開けて中へ入った。

らせん階段が、塔の内側をずっと頂上まで這い上がっているのだが、神崎は無駄な労力を使う気はなかったし、自分自身に若さを誇示する必要も認めないので、正面のエレベーターのボタンを押した。塔の中心を貫く、円筒形のエレベーターである。

上に着いてエレベーターの扉が開くと、目の前の窓辺に、千住忠高の後ろ姿が見えた。

「お早うございます」

「――ああ」

とゆっくり振り向いた。「かけてくれ」

「はい」

塔の部屋は、エレベーターの円筒を囲む円環状になっているわけだが、かなりの広さでゆったりとしている。絨毯を敷きつめ、方々にソファや酒を入れたサイドボード、書棚などが、一見気まぐれに置かれている。ちょうど東西南北の方向へ広い窓が開いていて、塔の中といっても決して暗鬱な感じではない。その間の壁面は有名無名の絵画で飾られていて、ちょっとした回遊画廊の趣きである。

「――快適なお部屋ですね」

ソファの一つに腰を降ろして、神崎は言った。千住が皮肉っぽく笑った。

「君らしくもないセリフだ。もっとも、その後に『ここを造るのにいくらかかりましたか』と続けば君にピッタリだが」

「これは手厳しいですね」

「いや。だからこそ私は君を雇っているのだ」

千住はアームチェアに腰を降ろした。「何か飲むかね?」

「いえ私は――」

「そろそろ絹江がコーヒーを淹れに来るだろう。――ところで、どうだった?」

「はい」

神崎は書類鞄を開けて、中から大型の封筒を取り出すと、「こちらをご覧下さい」と千住へ差し出した。千住が中の書類を取り出して眺めている間、神崎はソファにゆったりと寛いでいた。自分の仕事に自信があるから、「ご希望に沿ったものだと思いますが」とか、「きっとご満足いただけると存じます」といった言葉は決して使わないのだ。

千住は一枚一枚の書類を丁寧に読んでいた。――千住忠高は、もう六十歳に近いはずだが、五十歳ぐらいにしか見えない。体つきは決して大きいほうではないが、まだエネルギーを内に秘めた印象を与える。そういう意味では、大企業のトップといっても通る、ビジネスマン風のテキパキとした所があり、そこが、普通の大富豪とはちょっと違うところである。――見るからに最高級の絹のガウンを着て、思慮深い額に、わずかにしわを刻みながら、書類を読み続ける千住を見て、神崎は、決して誰もこの男の目をごまかすことはできまいと思った。

千住は書類を読み終えると、

「結構だ。よくやってくれた」

「恐れ入ります」

「早速、手を打ってくれたまえ」

「かしこまりました」

事実上、すでに手を打ってしまってあることは、黙っていた。

「ところで、君にもう一つ頼みたいことがある」

「何でしょうか?」

「娘を連れて来てほしい」

「お嬢様ですか?」

神崎はチラと眉を上げた。

「そうだ。――ここを出てもう三年になる」

「三年ですか……。そうですね、それぐらいになりますか」

「一度も連絡がない。手紙もよこさんし、電話もかけて来ない」

「どちらにいらっしゃるのか、ご存知ですか?」

「それを君に捜してほしいのだ」

「分かりました。手を尽くしましょう」

「三日以内に見つけてここへ連れて来てくれたまえ」

「三日ですか？」

「私はそう言ったよ」

「承知しました」

神崎はためらわずに肯いた。千住が単なる気まぐれで無理を言う男でないことは分かっていたからだ。

「私も肉親といってはあの娘だけだ。——できることなら手元に置いておきたいのでね」

神崎は何も言わなかった。千住が感傷的になっているのが、本当なのか見せかけだけなのか、半信半疑であったが、自分の仕事だけははっきりしていた。千住美也子を三日以内に見つけ出して、ここへ連れて来ることだ。——それ以上を知る必要はない。

エレベーターが上がって来て、絹江がコーヒーポットやカップなどを載せたワゴンを押して現われた。神崎の知っている限り、ということは、少なくとも十二年以上、この邸で働いている上品な婦人である。

コーヒーを機に、話題は最近のクラシック音楽界のことに転じた。音楽を単なる雑音としか思っていなかった神崎が、千住の仕事を始めてからわずか数か月の内に、バッハのカンタータの成立にまで通じるようになったのは、神崎の仕事に賭ける情熱の現われでもあった。

「時に、新録音の『マタイ受難曲』を外国盤で手に入れたのですが……」

　コーヒーカップを手に取りながら、神崎は言った。


「ありがとうございました！」

　美也子は元気よく言って、フウッと息をつき、額の汗を拭った。レジに並んだ人の列が、珍しく途切れたのだ。

「美也子さん」

　同僚のルリ子が声をかけた。「ご苦労様、お昼どうぞ」

「じゃ、お願いしまーす」

　美也子はルリ子と入れ替った。

「裏口にお客さんよ」

　とすれ違いざま、ルリ子が言った。

「私に？」

「そう。――はい、いらっしゃいませ」

　たちまちレジに三、四人が行列を作った。昼食時は六つあるレジのうち、二つしか開けておけないので、どうしてもひどく混み合う。美也子はこのスーパーの制服になっている、いささか派手すぎるオレンジのエプロンを外すと、店の奥へと急いだ。

「誰かしら……」

このスーパーで働いていることは、ほんの二、三の親友しか知らないはずなのに。

美也子は自分のロッカーからバッグを取り出すと、裏の通用口から表に出た。

「――真弓！」

思わず声を上げる。所在なげに立っていた地味なスーツの女性が振り向いて笑顔になった。美也子の高校からの親友、星野真弓だ。

「今日は、美也子。仕事は？」

「お昼休みなの。一緒にどう？」

「そうね」

「よく来てくれたわねえ！　嬉しいわ！」

美也子は今にも飛び上がりそうな勢いで、真弓の腕を取った。「すぐそこに焼きそばのおいしい店があるの。どう？」

「いいわね」

「――あなた、学校は？」

と美也子は歩きながら訊いた。星野真弓は中学校の教師をしているのだ。

「今日は午前の授業だけで早退して来たの」

「まあ。私に会いに来るために？」

「そう」

美也子が真顔になった。

「何かあったのね」

「後で話すわ。――大したことじゃないのよ」

真弓の口調には、無理に気軽ぶった不自然な響きがあった。美也子はそれが気になった。真弓らしくない……。

「――美也子、ずいぶん食べるの早くなったわねえ」

空になった美也子の皿を見て、まだやっと半分食べただけの真弓が言った。「昔のあなたからは考えられないわ」

「忙しいもんだから、ついつい急いじゃうのよ。――あ、いいのよ、ゆっくり食べてね」

美也子と真弓。ともに二十五歳だが、対照的な二人である。スラリと大柄で、おっとりとお嬢さんらしさの溢れる美也子。小柄で、目立たない真弓。美也子が千住家の一人娘として、したい放題に育てられたのに比べ、真弓は公務員の父の収入を学生の頃からアルバイトで補っていた苦労人だ。特に母親を高校一年の時に亡くしてからは、妹二人の面倒をみて来た。大人びて――というより、老けて見えるのも当然であろう。

「どう、その後？」

と真弓が訊いた。「変わったことあった?」

「大してないわ。今のお仕事は続けられそうよ」

「よかったわね。本当に偉いわ、美也子。飛び出した時は三日ももつかどうかって思ってたけど、もう三年でしょ?」

「そろそろ三年ね」

「ずいぶん辛いこともあったでしょ」

「でも、あの家へ帰るよりは、と思って我慢したわ」

真弓がちょっとためらうように口をつぐんだ。美也子は真弓の顔をじっと見て、

「何なの?——一体、学校休んでまで、どうして私に——」

「昨日ね、急に知らない男の人が訪ねて来て、あなたがどこにいるのか知らないか、って訊くのよ」

「どんな人?」

「探偵社の人だって名乗ったわ」

「探偵?……父が捜し始めたんだわ。でも今になって、どうして——」

「理由は何も言わなかったわ。ただ、あなたのいる場所を教えたら礼をする、って。私、もちろん知らないって答えたわ。——でも後になって気になったもんだから、こうして来てみたの」

「ありがとう、真弓！――あなたの所に行ってるとなると、他のお友達の所にも必ず行ってるでしょうね。みんな黙っててくれるとは思うけど……」

　美也子はため息をついて、「やれやれ、やっと落ち着いたと思ったのに、またどこかへ逃げ出さなきゃ」

「大変ね」

「それにしても妙だわ。三年間も放っておいて……」

「見つけられなかったんじゃないの？」

「父が本気になったら、日本中どこに行っても無駄よ。いつかは見つかるわ。見つからないためには、転々と移り歩く他はないのよ。ジプシーね、まるで」

　と美也子はやけ気味に笑った。「ともかくありがとう、真弓、知らせてくれて」

「いいのよ……」

　曖昧に微笑むと、「じゃ、私、行くわね」

「あら、もう行くの？」

「ちょっと用があるもんだから」

「残念ね。じゃそこまで――」

「いいの！　昼休みでしょ。ゆっくりしてて」

　と真弓は美也子を押し止めると、「それじゃ！」

と足早に店を出て行ってしまった。——何だか変だわ、真弓ったら。美也子は眉を寄せて考え込んだ。

「ああ、でもそれどころじゃない。自分の心配をしなきゃ！」

一体どこへ逃げよう？　それに以前なら楽にどこへでも行けたのだけれど、今は……。

美也子は支払いをすませて、店を出た。そして、その場で立ちすくんでしまった。目の前に、黒光りするベンツが車体を横たえて、開いたドアの傍に立っているのは、見憶えのある顔だった。

「お久しぶりです。お嬢さん」

と神崎が言った。

「——真弓」

思わず美也子の口をついて言葉が出た。

「——あの人にいくら払ったの？」

ベンツの車中で、美也子は神崎に訊いた。

「最初は五十万と言ったんですが、知らないと言い張るもんですから、百万、百五十万、と上げて行きまして……」

「いくら払ったのか訊いてるのよ！」

「二百五十万です。現金で。——友情の値段としては、かなりの高値だと思いますが」

　美也子は静かに首を振って、

「可哀そうな真弓……」

と呟いた。「あの人の妹さんが今度大学なのよ。お金が必要だったんだわ。——神崎さん、あんなやり方は卑劣よ」

「いたし方なかったのです」

　一向に応える様子もなく、神崎は平然と言った。「何しろ三日以内にあなたをお捜ししなければなりませんでしたので……」

「三日？　また、どうしてそんなに急に？」

「さあ、私にも理由は分かりません。ただお父様がそうおっしゃっただけでして……」

「ただ私を連れ戻せと言ったの？」

「そうです」

　美也子は肩をすくめた。もう向うの手の内に入ってしまったのでは、仕方ない。

「神崎さん」

「何でしょうか?」

「屋敷へ戻るのなら、持って行きたいものがあるんだけど」

神崎は微笑して、

「お嬢さん、その手で逃げられては、私が困ります」

「どうしても必要なのよ!」

「必要なものは総てお部屋に揃っております。昔通りに、寸分も違わず……」

「本当に?」

「はい」

「夫も揃ってるんでしょうね」

美也子はわざとさり気なく言った——冷静沈着な神崎の顔が、まさか、といった表情に間のびした。美也子は知らん顔でじっと前を見ている。

「お嬢さん。——今、何とおっしゃいました?」

「あら神崎さんもおトシなのね。耳が遠くなって? 私、『夫』って言ったのよ」

「まさか——」

「弁護士さんにしては手抜かりね。私は今では春山美也子なのよ。ちゃんと婚姻届も出してあります」

「いつのことです?」

「二か月くらい前かな。だから私を万華荘へ連れて行くのなら、彼も一緒に連れて行ってちょうだい。でないと、また逃げ出すわよ！」

神崎がそっと額の汗を拭うのを見て、美也子はほくそ笑んだ。きっと神崎は父から怒鳴られるに違いない。いい気味だわ。――さて、それにしても、隆夫さん、どうしてるのかしら？

3

「厄介になったな」

山崎は服を着ながら言った。「そろそろ失敬するぜ」

一帯に網を張っての捜索も、おそらく一通り終わって、警察のほうはてっきり彼が網をくぐって逃げたと思っているだろう。非常線が解かれるのも時間の問題だ。

「ふん。まさかここにいるとは思うまいよ」

得意気に鼻を鳴らす。――ここは、山崎が窓を破って飛び込んだ、当のアパートの一階の部屋の一つである。外へ逃げたと見せて、ここへ押し入ったのだ。飛び込まれた部屋へは警察もやって来たが、他の部屋は覗いて回ろうともしなかった。

「すまなかったな。学校をサボらしちまってよ」

山崎は拳銃をベルトにはさみながら言った。——布団に、若い娘が全裸で横たわっている。この部屋を借りている女子大生だ。タップリと脅しつけておいて、病気で学校を休むと友人へ電話させ、窓のカーテンもひいたまま、ものにしてしまった。

娘は気絶しているわけではなかったが、山崎の言葉が聞こえる様子もなく、放心したように横になっている。それも当然で、簡単な食事を摂った間以外は、山崎の底知れぬスタミナを秘めた肉体に何度も征服され、絶え入りそうになっていたのだ。

やがて深夜、一時になるところだった。山崎は、いささかも疲れの色を見せず、てきぱきと服を着終えると、一面鏡の前に腰を降ろして、乱れた髪を整えた。

「——あなたみたいな人、初めてよ」

娘が言った。山崎はちょっと驚いて振り向くと、

「なに、そっちもなかなかのもんだったぜ。今まで、何人ぐらいの男と寝た？」

「——三人」

「やるじゃねえか！　大したもんだな今の若い娘は。親は田舎か？」

「ええ」

「可哀そうに。さぞ娘が真面目に勉強してると思い込んでるだろうによ」

「勉強だってしてるわよ。でも、楽しみだってなくちゃね」

山崎は思わず笑って、

「俺が親なら尻をひっぱたいてやるとこだぜ」

「あなたになら、ぶたれたっていいわ」

娘はトロンとした目つきで山崎を見ている。「ねえ、もうちょっとここにいて。いいでしょ？」

「おいおい」

山崎は両手を上げて、「俺は逃亡中なんだぜ。早いとこ姿を隠さねえと――」

「お願いよ。……もう一度だけ」

娘は身をくねらせて、山崎のほうへ手をのばす。山崎は一つ咳払いをした。これからしばらくは、また逃げ回って女に触れる機会もないかもしれない。それに、いかに女に強いといっても、こういった、ピチピチした若い娘を抱く機会に恵まれることは珍しい。

「よし」

山崎はせっかく着た服をまた脱ぎ捨てると、娘の上へのしかかって行った。

「――ねえ」

「何だ？」

「ひげが痛いわ。――剃ったら？　そのままじゃ怪しまれるかもよ」

「そうだな……」

山崎はザラつく顎を手でさすって、「剃刀あるのか?」

「私が顔を剃る安全カミソリがあるわ」

「よし、待ってろ。すっきりして来る」

「洗面所の鏡の前よ」

山崎は立ち上がって洗面所へ行くと、明りをつけた。鏡の辺りを捜して、

「——おい、どこだ?」

と声をかける。

「こっちを向いて!」

背後の鋭い声にはっと振り向く。娘が彼の拳銃を両手にしっかりと握りしめて構えている。

「引っかけやがったな!」

山崎は娘をにらみつけた。娘のほうも、それに負けずににらみ返す。

「ちょっとでも動いたら撃つわよ!」

「撃てるもんか」

山崎はせせら笑った。

「どうだか、やってごらんなさいよ」

山崎は度胸のいい男ではあるが、決して無鉄砲ではない。自分がヘマをやったこと

は分かっていた。状況はどう見ても不利であった。娘のほうは一応裸の上にネグリジェをはおっているが、彼は素っ裸だ。素早く部屋から飛び出しても、この格好で逃げるわけにはいかない。それに素人の拳銃は、狙って当たらなくても、まぐれで命中することもあるのだ。

「分かったよ。——どうしようってんだ?」

「決まってるじゃない。警察へ突き出すのよ」

「さんざん、いい思いをした挙句にか」

「私は無理に手込めにされたのよ」

「手込めが聞いて呆れるぜ」

「じっとしてるのよ」

娘はゆっくりと玄関のほうへ進んで行く。山崎は舌打ちした。この娘、馬鹿じゃない。部屋の電話を使おうとすれば、ダイヤルを回すほうに一瞬気を取られる。そこへ飛びかかろうと思ったのだが、そのまま部屋から飛び出して行かれたら、どうにもならない。裸で追っかけることもできないし、服を着ている間に、娘は表へ飛び出して、まだその辺にうろついているだろう警官をつかまえられる。

娘がそろそろと玄関へ足を降ろす。畜生! こんな小娘にしてやられるとは。山崎は唇をかんだ。

「こんなことしてどうなるか分かってるんだろうな。──礼はたっぷりしてやるぜ」

「あんた人殺しじゃないの。刑務所から出た時は、入れ歯ガタガタのおじいさんよ」

娘は一向に怯える様子もなく、彼をからかうと、玄関のドアへ手をかけた。「それじゃさようなら」

山崎は目の前で何が起こったのか、よく分からなかった。娘がドアを開けて、素早く廊下へ滑り出た──と思うと、何かにはじき飛ばされたように部屋の中へ転がり込んで来たのだ。そして上り口へ勢いよく倒れると、そのまま動かなくなってしまった。

山崎が目をパチクリさせていると、ドアが開いて、岩のような大男がのっそり入って来た。手には彼の拳銃を持っている。

「あんたは──」

山崎が呆気に取られていると、大男はニヤリと笑って、

「心配するな。俺はもうサツ勤めはやめたのさ。それより、何だその格好は」

「ああ──」

山崎は急いで服を着ながら、「それにしても、どうして俺を助けてくれるんだ?」

「こいつは仕事でな」

「仕事?」

「そうさ。早くしろ。お前を連れて行くのが俺の仕事なんだ」

「どこへ？」

「行けば分かる」

山崎は肩をすくめた。

「分かったよ。——しかし、俺がここにいるのをどうして——」

「お前を何年も追い続けた俺だ。お前のことなら誰より知ってる。さ、行こう。この娘が気がついたらやばいぞ」

「ああ。ま、お前さんに任せるよ」

山崎は部屋を出ようとして、気を失っている娘をチラッと振り返り、「いい度胸だったぜ。俺と組みゃ、いい強盗になれたのにな」


古井は待っていた。——今さら逃げたところで逃げ切れるものではないのだ。いくら家の周囲が静かに見えても、どこかに連中は潜んでいるのだし、巧くその連中の手を逃れたとしても、後には果てしない逃亡生活が始まる。この年齢になって、そんなことはごめんだ……。

昨夜のうちに何も言って来なかったのが不思議だった。わざとじらして、なぶっているのかもしれない。

やがて九時になる所だった。会社では始業のベルが鳴り、オフィスに活気が溢れる

時間だ。電話が鳴り、出陣して行く営業部員の、

「行って参ります！」

の声が威勢よく飛び交う……。もう古井にとっては何の縁もない光景である。

古井は昨日、切羽詰まって、自分の上司である営業部長に泣きついた。いくらでもいいから、返済の頭金になる程度の額を、会社から貸してもらえないだろうかと頼み込んだのだ。部長の反応は至って冷ややかで、そういう不始末のツケを社へ回されては困ると言った上で、そろそろ君には辞めてもらおうと思っていた、と止めを刺した。

――辞表を出してくれれば規定の退職金は払うよ。

古井は、ワラにもすがる思いで、その退職金を前払いしていただけないかと懇願したが、冷たくはねつけられた。そして古井は辞表を出して退社して来たのである。

希望も、絶望もなかった。古井の内にはただ空虚がポッカリと広がっている。――だから、こうして自宅で連中の訪れを待っている間も、少しも恐ろしくはなかった。恐ろしいと感じるには心が麻痺しているのだ。目の前には、押印のすんだ離婚届を入れた白い封筒が置かれている。今の自分にできるのは、これだけなのだ……。

玄関のチャイムが鳴った。――とうとうやって来たのだ。古井は立ち上がって、玄関へ向った。

ドアを開けると、そこに立っているのは見知らぬ人物であった。見るからに穏やか

な微笑を浮かべた、恰幅のいい紳士だ。とても暴力団の使い走りには見えない。

「古井実さんですな?」

とその紳士は口を開いた。

「はあ……」

「これは、あなたのもので?」

その紳士はポケットから書類を取り出すと、古井の目の前で広げて見せた。古井はため息をついた。

「私の借用証書です」

やっぱりこの男は連中の使いなのだ。「取り立て屋」というのだろうか。

「そうですか」

紳士は証書をまじまじと眺めて、「全くひどいものですな……。さあ、これはあなたにお返しします」

古井はしばし、差し出された証書をポカンと見つめていた。紳士は続けて、

「利息を含めて八百四十七万三千六百円になっていましたよ。私が全額返済しておきました。もう表に出ても安心ですよ」

「全額……返済した……ですって?」

「そうです。さ、その紙屑を焼こうと破ろうとあなたのご自由だ」

しばし立ち尽くしていた古井は、震える手で証書を受け取ると、二つに、四つに引き裂いた。そしてたちまち夢中になって粉々になるまで破き続けた。手に一片の切れはしもなくなっても、手が狂ったように破る動作をくり返して……やがて放心したように座り込んでしまった。

「古井さん」

紳士が微笑みながら、「二度とこんなはめに陥ることのないように気をつけられることですな」

古井はそろそろと紳士の顔を見上げた。

「あなたは一体……」

「さて、一緒に参りましょうか」

「どこへですか？」

「ある方があなたに会いたがっておられます。私もその方に命令されてあなたをお助けしたわけでしてね。――ご同道願えますな？」

「も、もちろんです！」

古井はピョンと立ち上がった。「地獄へだってご一緒しますよ！」

「少女の敵はこの男です！」

アナウンサーがちょっと芝居がかった調子で言うと、ＴＶの画面に自分の顔が現われて、広津はぎょっとソバを呑み込んでしまった。

「身長は一六〇センチ前後、やせ形で、濃いグレーの上衣、黒のズボン、茶色の靴をはいています。おそらく犯人は現場近辺を……」

あの小娘の奴！　広津は唇をかんだ。その似顔絵は驚くほど彼に似ていた。子供の記憶力の確かさに、広津は舌を巻かざるを得なかった。上衣、ズボン、靴までちゃんと憶えているのだ！

しかし、感心している場合ではない。広津はそっと店の中を見回した。昼食時のソバ屋は、席のあくのを待つ客が行列を作るほどの混雑で、みんな一心にソバをすすっている。ＴＶはただつけっ放しになっているだけで、みんな気にもしていない――広津はそっと額の汗を拭った。急いで残りのソバをかき込むと、早々に席を立つことにした。

「――ありがとうございました」

レジも混雑して、三人ほどが並んでいる。広津は苛々と伝票を握りしめていた。

――誰かがＴＶのチャンネルを変えたらしい。またニュースだ。昼のこの時間だから当然といえば当然だが……。

「では次に、昨日Ｎ市の新興住宅地で九歳の少女が襲われかけた事件で、Ｎ署は少女の記憶に基づいて作成した似顔絵を公表しました……」

　畜生！　よりによって……。広津は歯ぎしりした。ツイてないってのは今度のようなことだ。一体俺が何をしたってんだ？　ちょいと女の子にいたずらはするが、殺したり傷つけたことは一度もない。そうとも、俺はそんなことはしないぞ！

「三百円です」

　レジの女の子の声でハッと我に返ると、急いで五百円札を出した。手が震えているのに気づいて、慌てて引っ込める。女の子が百円玉を二つ出した。

「おつりです」

「ああ……」

　広津は急いで受け取ろうとして、床へ落としてしまった。慌てて拾おうとしたが、一つが遠くのテーブルの下に転がって行き、広津は諦めた。

「お客さん、あそこに——」

　とレジの娘が言いかけるのを、

「い、いや、いいんだ」

　と押し止めて、店を飛び出す。

　駅前商店街の人混みの中へまぎれ込むと、やっと一息ついた。——あの娘、変だと思ったろうか？　しかしレジを打っていて、ＴＶなど見ている暇もないだろうし、客の顔などいちいち憶えているはずもない。

「落ち着けよ……。大丈夫だ」

　自分に言い聞かせる。そう呟いたとたん、肩に手を置かれて、広津は飛び上がりそうになった。レジの娘が立っている。

「――あの、百円」

　広津はゴクリと唾を飲み込んだ。

「ありがとう」

「いいえ」

　娘はニコリとして、そのまま駆けて行ってしまった。広津は思わず息をついた。珍しく良心的な店員には違いないが……。ありがた迷惑とはこのことだ。百円玉をポケットへねじ込んで、また歩き始めた広津は、数歩行ってふと足を止めた。――もしや、あの娘は俺のことを知っていたんじゃないか？　そして顔を確かめるために追って来たのでは……。そうだとすると、今頃は警察へ電話をかけているか、駅前の交番へ駆け込んでいるかだ。

　広津は足を早めた。考えれば考えるほど、それに違いないという気がして来る。駅とは逆の方向へ、足を向けた。駅には交番があるので離れたほうがいいが、駅から離れると人通りは減って来るのだ。広津は早くこの近辺から遠ざかりたかった。しかし、駅やバスターミナル、タクシーのりばなどは警官に見張られていて近づけない。

方法は一つ。流しのタクシーを拾うことだが、交通量の少ないこの辺では容易に見つけられないのだ。

駅前の商店街を出ると、広津は通りの左右へ目を配って、警官の姿がないのを確かめ、自動車道路のわきに立った。――工事のトラック、マイカーは通るが、タクシーは一台もない。五分、十分とたつと、広津はいい加減疲れて来た。――ツイてない時はこういうものなんだ。

急に、制服の警官が二人、こっちへやって来るのに気づいて、思わず足がすくんだ。逃げ出したい気持を必死で抑える。警官たちは何やら笑いながら話している。急に動けば、かえって見とがめられるに違いない。広津は警官へ背を向けて、じっと緊張に堪えた。

不意に、恰幅のいい紳士が目の前に立った。広津にはまるで気づかない様子だ。ぼんやり見ていると、一台のベンツが滑るように近づいて来て止まった。

急にその紳士が広津を振り向いて、

「タクシーをお待ちですか?」

と言った。

「え、ええ……」

「ここはなかなか拾えませんよ。この方角でよければお乗りなさい」

広津は一瞬迷ったが、警官たちがすぐ近くまで来ているのに気づくと、

「よろしかったら……」

「どうぞ、どうぞ」

紳士は愛想よく微笑んで、広津を先に乗せ、自分もゆったりとシートへもたれた。

車が走り出すと、広津は目立たぬようにそっと息を吐いた。紳士が口を開いて、

「いや、私もあの辺で散々待たされた経験がありましてね。以来、こうして車を待たせておくことにしているんです」

「いいお車ですね」

少し落ち着いた広津は愛想笑いを浮かべた。紳士は何も言わずに、目の前の座席の背に取りつけたラジオのスイッチを入れた。

広津は見えない手で心臓をしめつけられるような気がした。こんな――こんなことがあるか！

「なお、少女の敵は身長一六〇センチ前後……」

アナウンスの声は淡々としていた。

「少女の敵か……」

紳士はニュースが終わると、そう呟いて広津を見た。「ちょうどあなたと同じいで

たちですな」

「偶然ってのもあるんですね」

広津は引きつったような笑いを作った。

「いや、偶然ではありません」

紳士がさりげなく言った。

「……何ですって？」

「少女の敵、広津さんですな？」

「あなたは……」

「ご心配なく。私は警察ではない。あなたを捜していたんです」

「私を？」

「そうです。ある方が用がありましてね」

「……分からないが……」

「寛いでいらっしゃい。安心して」

広津は、逆らう気力も失せて、シートへもたれ込んだ。


午前九時、始業と同時に始まった監査は、昼休みも休まずに続けられていた。オフィスはどことなくあわただしく、落ち着かなかった。膨大な帳簿や伝票の束が運ばれて行った。女子社員たちのひそひそ話は絶えることがなかったが、上役も別にとがめ立てしようとはしない。自分も仕事が手につかないのである。

一番落ち着いていたのは、当の桂木だった。何となく胸のつかえがおりたようで、不思議に澄み切った心境であった。いつも通りに執務し、若い女の子に冗談さえ言って、

「課長、何かいいことがあったんですか？」

と原島に冷やかされたほどだ。

「いいことか……」

そうだ。もしかすると、これが一番良かったのかもしれない。心が軽くなって初めて、今まで負っていた重荷の重さを知った。総てが明らかになる。そこから新しい物が生まれるような予感がした。──もっとも、それは刑務所行きにならずにすめば、の話だが。

昼食も、いつになくおいしかった。いつも行く地下の社員食堂はやめて、久しぶりに外のレストランで摂ったのだ。途中で会った新入の女子社員を誘って、おごってやった。課長になってから、絶えてなかったことである。

午後、桂木は机の上をそれとなく整理した。呼び出されれば、それを最後に、後片付けをする暇もないかもしれない。乱雑にしたままで去りたくはなかった。

午後三時、四時になっても、何の声もかからなかった。桂木は静かにタバコを喫いながら待った。課員の女の子が、珍しくコーヒーを淹れてくれたのが、えらくうまい。半分ほど飲んだ時、机の電話が鳴った。

「桂木です」

「社長室へ来てくれ」

社長の岡田の声は表情がなかった。

「今、来客中で……。五分ほどで参ります」

「分かった」

コーヒーを飲み残すのが惜しかったのだ。

「――おいしかったよ」

行きがけに、桂木は女の子へ声をかけて行った。

「遅くなりまして」

社長室へ入ると、岡田社長の他に、見知らぬ男がいた。会計士だろうか。それとも検察庁の人間か……。部外者であるようで、それでいて奇妙に存在感のある紳士だった。

「かけたまえ」

岡田は桂木に言った。別に、男を紹介するでもない。

「――承知の通り」

と岡田は突っけんどんに言い出した。「今日、監査を行なった」

「はい」

「これは我が社としては異例のことだ」

「はい」

「理由は……君にも分かっていると思うが……」

「承知しております」

岡田はほっとしたように息をついて、椅子の背にもたれた。

「なぜあんなことをした?」

桂木は答えなかった。

「……女か?」

「理由はともかく――」

桂木は言った。「横領の事実は変わりません」

「確かに、な。……残念だよ」

「申し訳ありません」

「君は私の一番信頼する社員の一人だったのに……。まあ、それはともかく、君には、辞表を出してもらいたい」

桂木はじっと岡田の顔を見た。

「辞表を……」

「そうだ。理由は〈一身上の都合〉でいい。退職金は支払う」

「社長……」

桂木は戸惑って、「しかし、それは私の使った金の穴埋めに——」

「それはもうすんでいる」

桂木は耳を疑った。

「何ですって？」

「こちらにおられる弁護士の神崎さんが全額支払って下さっている」

桂木は、メガネをかけた無表情な顔をじっと眺めていたが、やがて岡田のほうへ顔を戻して、

「しかし……いったいどうして？」

「それは私にも分からん。後でゆっくりこちらから伺ってくれ」

「では……私を告訴されないんですか？」

「ああ。神崎さんは、君を告訴しないという条件で、ある企業と約一億円の商談を取り決めたいとおっしゃっている。——まあ、君も今までよくやってくれたしね」

岡田は初めてニヤリと笑った。「心置きなく、退職金を受け取りたまえ」

それから岡田は神崎のほうを向いて、

「私のほうは用がすみました。そちらでお話しがあれば……」

「いや、その件については」

神崎は立ち上がって、「明日の朝、桂木さんのご自宅へ車をやります。それに乗って来ていただきたい。総ては、その時にお話しします」

桂木は、半ば呆然としたまま、

「分かりました」

と肯いた。

思いもかけぬ成り行きに、席へ戻ってもまだ桂木はぼんやりとしたままだった。

——あの神崎という男は一体何者なのだろう？　弁護士といっていたから、きっと誰かの代理人なのだろうが、それにしても、どこの物好きが、他人のために三千万の金を穴埋めし、一億の商談と引き換えに告訴をやめさせるだろう？　桂木はいくら考えても、そんなことをしてくれる人間を思いつけなかった。

ぼんやりしていて、気がつくと、もう五時のチャイムが鳴り終わっていた。

「お先に失礼します！」

部下の声に、機械的に、

「ご苦労さん」

と肯く。——自分も帰り仕度をしながら、桂木はやっと救われたのだ、という実感を肌に感じた。いや、本当に感じたのは、それから一時間ほどたって、香織の裸身を抱いた時だったかもしれない。

4

目が覚めて、まず明るい陽射しが目に入った。——ああ、いいお天気なんだわ。お布団が干せる。早く洗濯もしなくちゃ。昨日さぼったから、大分たまってるはずだわ。

「よいしょ……」

すっかり癖になったかけ声と共に起き上がって、美也子ははっとした。——いつものアパートの六畳間じゃない！

「ああ……そうだったんだわ……」

ここは万華荘——私の生まれた家だったんだ、と呟く。豪華なベッドで目覚め、ぐるりと見回す自分の——かつての自分の部屋は、六畳間に慣れた今では、むやみに広すぎる。

「隆夫さん……」

今頃心配してるに違いない。そう思うと、じっとしていられなかった。美也子はベッドから出ると、昨日着て来た服を捜したが、衣裳戸棚には、真新しい高級な服しか見当たらなかった。

見当はつく。きっと古い服は父の命令で、焼かれてしまったのだろう。裸でいるわけにもいかない。仕方なく美也子はできるだけ地味なワンピースを選んで身につけた。

「……少し大きいわ」

家を出た時のままのサイズで作らせたのに違いない。働いてやせたことを知らないのだ。しかし、こうして服を何着も作らせているところを見ると、少なくとも二、三週間前から、美也子を連れ戻すつもりだったのに違いない。

「誰が、こんなところに！」

美也子は吐き捨てるように言った。

昨日は、ついに父と会うことはできなかった。今日こそは会って、はっきりと言ってやる。――私は人妻よ。私は結婚したのよ、と……。

靴まで新品が用意されている。全部を身につけると、美也子は姿見の前に立った。

――三年前の自分が、そこにいた。そしてふと、一瞬、懐かしさに襲われるのを止められなかった。

「お早うございます。お嬢様」

いつの間にかドアが開いて、和服姿の絹江がそこに立っていた。

「絹江さん……」

「お食事の用意ができております」

静かに言ってから、「お嬢様、少しおやせになりましたね」

「ええ、働くとやせるものなのよ」

「ますますお美しくなられて……」

「やつれて、って言いたいんじゃないの？」

と美也子は微笑んだ。

「いいえ、本当にお美しくなられました、お嬢様」

「〈お嬢様〉はやめて、絹江さん。私、結婚してるのよ」

「まあ、それはよろしゅうございました」

「お父様はそうは思わないでしょうね」

「朝食の後、塔の部屋でお待ちだそうでございます」

「そう。ありがとう」

美也子は部屋を出た。三年間という空白はあっても、生まれ育った家である。たちまち重厚な屋敷の調度の中へ溶け込んでしまう。それが自分でも分かって、胸が痛んだ。だが、同時に、突然の休日のような安らぎに包まれているのも、否定できない。

朝食のテーブルも昔のままだった。しぼりたてのオレンジジュース、完璧に好みの固さにゆでてある玉子……。

「いつもは何を召し上がっておいでですか？」

　傍の絹江が訊いた。

「朝は忙しいでしょ。スーパーへ勤めに出る前に、お掃除も洗濯もしなきゃいけないし。だからトースト一枚に牛乳一杯ね、普通は。気が向くとゆで玉子」

　とちょっと苦笑いして、「時によって固ゆでになったり、半熟になったりなの。でもスリルがあって楽しいわ」

　――手早く食べ終えると、

「絹江さん。私がここにいることを主人に知らせたいんだけど」

「それは旦那様にお伺いしませんと……」

「分かったわ」

　美也子も絹江を困らせたくはなかった。子供の頃から、母親代りに可愛がってくれたのだ。

「じゃ塔へ行きます」

「後ほどお茶を」

「コーヒーでいいわ」

「かしこまりました」

「インスタントがいいんだけど……ここにはないわね」

「残念ですけど……」

「おいしいのよ、あれも」

わざと真面目くさって、美也子は言った。

庭へ出て、塔への道を辿りながら、美也子は久々に潮の香をかいだ。

「里帰り、か……」

そう呟いて、思わず笑い出してしまう。

美也子は、母を知らない。母は美也子を生んだ時に死んだのだった。兄弟もなく、付き合いのある親戚がいるわけでもない。子供時代の美也子は、いつも独りぼっちだった。そんな生活が、彼女を夢見がちな少女にしていたのだろう。しかし、学校へ入ってからは、目立って活発になり、スポーツに熱中し、特に乗馬には夢中になった。父が買ってくれた高価な馬にまたがって、この万華荘から、これに続く広野を駆け回ったものだ。

その頃父は、忙しすぎてほとんど顔を合わせる暇もなかったから、よき話し相手とは言えなかったにせよ、美也子は決して父を嫌っていたわけではない。――父を、そしてこの豪奢な生活を美也子が嫌悪し始めたのは、それからずっと後のことであった……。

エレベーターの扉が開くと、聞き馴れたピアノ曲が流れていた。——父、千住忠高は美也子に背を向けて、窓辺に立って外を見ていた。

「何の曲か分かるか？」

千住は振り向かずに訊いた。

「〈ゴールドベルグ変奏曲〉じゃないの」

「さすがだな」

ゆっくりと振り向くと、「……元気か？」

「今は元気じゃないわ。誘拐されて来たんですもの」

「親が子供を誘拐するのか？」

「人妻を、よ。主人に連絡させてちょうだい。それから私の勤め先にも」

「あのスーパーにはもう神崎が行って、話はついている」

千住はアームチェアにゆっくり腰をおろした。「突然の家庭の都合でやめる、とな。少し金を包んで来たので、向うは文句一つ言わなかったそうだ」

美也子は黙って立っていた。

「座ったらどうだ？」

「相変わらずね、お父様は。何でも金で買えると思ってる！」

「思っているのじゃない。知っているのさ」

と皮肉に笑うと、「世間へ出て苦労しても、それは分からんらしいな」

「スーパーはお金でごまかせても、主人までは無理よ」

「どうかな……」

美也子は父へつめ寄って、

「あの人に何をしたの！」

と叫んだ。

「何もしてやせん。そうむきになるな。金でごまかされんと信じとるなら、そう怒ることはあるまいが」

美也子は唇をかんで、手近なソファへ身を沈めた。

「実際のところ」

と千住は続けて、「まだお前の亭主はみつかっていない」

美也子は、ほっとしたのが顔へ出ないように、表情をこわばらせた。

「アパートはすぐ見つけたんだがね。彼は……春山……隆夫といったか、アパートへ戻ってないそうだ。どうやらいい亭主らしいな」

と皮肉っぽく言う。

「忙しいのよ」

「忙しい？　アパートの人間の話では、勤めとらんそうじゃないか。ぶらぶら遊んでいて、お前が養っとるとか聞いたぞ」

「誰が仕事で忙しいって言った？　仕事を捜すのに忙しいのよ！」

千住は声を上げて笑った。

「……全く、お前は変わらんな。いや、立派なものだ」

「余計な話はやめて」

美也子はソファから立ち上がると、「一体何のために私を連れ戻したの？　三年間、気にも止めていなかったのに」

「いささか感ずるところがあってな」

「へえ、お父様もまだ感じることなんてあるの？」

「皮肉屋め！」

千住は怒る様子もなく、「その話は今日の夕食の時まで待ってくれ。そこに全員揃うはずだ」

「全員？……何の全員？」

「その時になれば分かる。お前の亭主もそれまでには見つかっているはずだ」

「見つからなかったら？」

「見つかるさ」

「なぜ分かるの？」

「私がそう言うからだ」

千住はごく当然のように言った。

電話が鳴ると、神崎は飛びつくように受話器を取った。

「神崎だ。――どうした? まだ見つからないのか?――何時だと思っているんだ! ――言い訳はいい! あと一時間以内に見つけるんだ!――そうだ。見つけられなければ、何十年来の付き合いもこれまでだぞ!」

神崎は受話器を置いて、じっと目を閉じた。気を鎮めるのに数分かかった。こんなことは、ここ十年来なかったことだ。

デスクから立ち上がると、書架の所へ歩いて行き、隠れたボタンを押した。ブーンとモーターの微かな音がして、書架がゆっくりと回転し、洋酒を並べた棚が現われる。

神崎は、よほどのことがなければアルコールには手をつけないことにしていた。この酒も、客のためのもので、外では全く酒の飲めない人間で通していたのだ。しかし時には、こうして自らグラスへブランデーを注ぐこともある……。

神崎は疲れていた。珍しいことだが、全く疲れていた。――千住忠高の命令は、今度ばかりは全く異例である。もはや弁護士の領分をはるかに越えて、まるで神崎は千住の個人秘書のようなものであった。実際、これほど危ない綱渡りをしたことはない。

弁護士でありながら、逃亡犯をかくまい、隠してもいる。横領の罪をもみ消してもいる。

「一体、何を考えてるんだ……」

思わず口をついて愚痴が出た。いつものことながら、千住が意図を明かそうとしないのが、ますます神崎の苛立ちを深めているのだ。今度ばかりは、はっきりと目的を聞いてから取りかかるべきだった。しかし、もう遅い。総ては、やってしまったことなのだ。

総て？　いや総てではない。美也子の夫を捜すという余分な仕事が、終わっていなかった。今日の夕方までにはどうしても見つけねばならない。もう午後三時だというのに！

電話が鳴った。今度は一息ついてから受話器を取る。

「はい、神崎。——ああ、お前か」

妻の良美（よしみ）である。「——ん？　同窓会？——遅くなりそうなら泊まって来い。——構わん。こっちも帰れるかどうか分からんのだ。——ああ、分かった」

女は気楽だ。神崎が諦め半分の笑みを浮かべた時、すぐに電話が鳴り出した。

「はい。——見つかったか？——よし、そのまま待て！　すぐに行く。——そうだ。目を離すなよ」

神崎は大きく息をついた。少しは疲労が軽くなったようだ。ブランデーグラスをあけると、インタホンのボタンを押し、車の準備を命じた。

「全く手間をかけやがって！」

神崎らしくもない乱暴な言葉が口をついて出た。

彼のベンツが、何とも似つかわしくない狭苦しい通りに停まったのは三時半だった。

息のかかった探偵社の男が駆けつけて来る。

「今、アパートにいます」

「よし」

神崎はいつもの職業的な顔に戻っていた。

「ご苦労だったな。充分色はつけるから」

「ありがとうございます」

男がほっとした様子でニヤついた。

「私が奴をこの車へ乗せるまで見届けてから引き上げてくれ」

「分かりました」

神崎は靴が汚れるのを心配するような、慎重な足取りでアパートへ入って行った。

〈春山隆夫・美也子〉とサインペンで書いた表札が打ちつけてあるドアの前に立って、
神崎は苦笑した。貧しさも楽しいのは最初のうちだ……。

ブザーを押すと、少ししてドアが開いた。中途半端に髪を長くしているので、えらくだらしない感じに見える若者だった。背はそう高いほうではない。神崎と同じくらいだろう。くたびれたセーターに膝の抜けそうなジーパンという格好。眠そうな眼をパチパチさせて、

「どなたですか？」

「春山隆夫さんですな」

「ええ」

「神崎といいます」

「はあ……」

「美也子さんのことで――」

と言いかけたとたん、神崎は隆夫にえり首をぐいとつかまれて息がつまった。

「この野郎！」

隆夫が大声で怒鳴った。「美也子をどこへやった！　この誘拐犯め！」

「ちょ、ちょっと……待ちなさい！　それは違う！」

「違うもんか！　美也子はどこだ！　美也子を返せ！」

とわめき続ける隆夫を、神崎は必死で押し戻しながら、

「美也子さんは……お家ですよ。実家にいらっしゃるんです！」

「いい加減なこと吐かすな！　あいつが勝手に帰るはずはないんだ！　北海道まで行

く旅費なんてありゃしない！」

「北海道？　それは嘘です。あの方は……まあ落ち着いて！　さあ！」

爆発するのも早かったが、鎮まるのも早く、隆夫は今度は急におとなしくなって、よろよろと部屋の中へ戻った。

「私は神崎といって弁護士です。美也子さんのお父さんである千住忠高氏の代理で参りました」

だが隆夫のほうは一向に耳に入っていない様子だった。玄関の上り口にペタンと腰を降ろすと、力なくうずくまるように頭をかかえて、

「美也子……美也子……」

と呟いている。「頼むよ……帰って来てくれ……」

やれやれ、と神崎は肩をすくめた。あれほどの娘が、どうしてまたこんな男をつかんだのだろう？

「いいですか」

神崎は声を高くして、「これから美也子さんのいる所へお連れします！　さあ、仕度して――いや、そのままでいい。いらっしゃい！」

隆夫がそろそろと顔を上げて、

「美也子に……会わせてくれるんですか？」

神崎は苛立ちを押えるのに苦労した。こういう理解力に乏しい男を見ると腹が立つのである。秀才という人種に共通する悪い癖だ。

そうはいっても、この男は千住忠高の娘婿だ、という気持が神崎にはあった。何がどうなるか分からないのだから、そうそう粗末にも扱えない、という神崎らしい読みである。

「はあ……」

「美也子さんが〈万華荘〉であなたをお待ちですよ。さあ、行きましょう」

ちょっと間の抜けた顔で、戸惑いながら立ち上がると、神崎に促されて隆夫はアパートを出た。神崎が、

「鍵をかけないんですか？」

と訊くと、慌てて鍵を取りに室内へ戻る始末だ。――よくこれで生きてられるもんだ、と神崎は首を振った。

「さっき〈マンガ荘〉っていいましたか？」

アパートを出ながら、隆夫が訊いた。

「いや、万華荘です。万華鏡の万華ですよ」

「マンゲキョウ？　すると何かの宗教団体ですか？」

神崎は説明する気も失せて、

「宗教とは関係ありませんな」

「はあ……。マンゲ荘ですか……。あまり聞かないな。そのアパート、どこにあるんですか?」

と隆夫は訊いた。


美也子は書斎に一人で座っていた。——書斎といっても、ちょっとしたマンション一戸ぐらいの広さがある。壁面を埋める豪華本、特装本の行列。ゆったりとしたソファ。窓が広く取ってあって、陽がよく射し込むのがとても快い。

以前、美也子はここが家中で一番好きだった。静かで、誰にも邪魔されずに何時間でも過ごすことができた。父もよく本は読んだが、ここでは読まず、ただ取りに来るだけで、それを塔の部屋へ持って行って読んでいたのだ。

今の美也子は、しかし、本を手に取る気分ではなかった。父が何をするつもりなのか、見当がつかなかった。何かを企んでいる、ということは分かったが、いつもながら予想がつかない。ただ、予感が——何かとんでもないことが起こりそうな予感があった。

だが、むしろ不安は、隆夫のことである。父が隆夫をここへ連れて来るとして、一体彼をどうするつもりだろうか? 人を支配することに長けた父にかかったら、隆夫など手もなくひねられてしまうに違いない。

　隆夫が自分を愛してくれている。――それは美也子も疑っていない。しかし、人の性格というのは、愛をもってしても変わらないものなのだ。

　美也子が隆夫と会ったのは、まだほんの三か月ほど前だった。それはいささか軽率な出会いで……スーパーに勤めてまだ間もなかった美也子は、いやな先輩にいじめられてくさっていた。珍しくスナックで飲んで酔いつぶれ、正体を失って、気がついてみると、見も知らぬ男のアパートにいたのだった。目覚めて、反射的につい男をひっぱたいてしまってから、何もされていないことに気づいて、今度はおずおずと謝った。それが隆夫だったのである。隆夫は少しも怒る様子もなく、二日酔の美也子を寝かせておいてくれた。丸一日この部屋にいて話をするうち、隆夫の、ちょっと現実離れのした素朴さに美也子は魅かれて行った。そしてその夜、とんでもない、と逃げ腰になる隆夫に、美也子は進んで自分を与えたのだ……。

　ところが、美也子が初めてだったと知って、隆夫は断然責任を取ると言い出した。美也子が、気にしなくてもいいのだと言っても受け付けない。絶対に結婚するのだ、とてこでも譲らないのである。美也子のほうも、次第に心を打たれて……ちょっと妙だが、大声で笑い出してしまった。

　かくて二人は新しいアパートを借りて生活を始め、しばらくして届け出もすませたのだが、困ったことには、隆夫が一向に働こうとしないのである。いや、働く気はあるのだが、何しろ浮世離れしているせいか、どこでも何か失敗をやらかして、すぐクビになってしまう。新しい勤め先を見つけた、と張り切って出て行くのだが、たいていは照れくさそうに頭をかきながら戻って来るのだった……。

美也子のほうは、隆夫のそんなところに魅かれているので怒るわけにもいかず、いつも苦笑いしているばかり。スーパーの給料だけで何とか食べて行けるわ、と生来の楽天的な性格で、のんびりやっていた。そこへこの出来事である……。

美也子は、書斎のドアが開く音で振り返った。五十がらみのパッとしない小男が、キョトンとした顔つきで立っている。度の強いメガネを直しながら部屋を見回し、美也子に気づくと、

「あ、あの——どうも——」

「どなたですか?」

「いえ……部屋をその……間違えたようで……」

「客間へいらっしゃるんですか?」

「は?……あの、ちょっとトイレをお借りしたら帰りに迷ってしまって……」

とクシャクシャになったハンカチで額をしきりに拭う。「何というか、その……鹿の頭がニョキッと出た部屋は……」

美也子は思わず吹き出しそうになるのをこらえて、

「客間ですね。廊下を行って右へ曲がるんです」

「ど、どうも……失礼を……」

変な人。美也子は首を振った。父の客にしては妙に貧乏くさい。父の言った、「全員」の一人なのだろうか？　だとすれば、父の考えていることがますます分からなくなって来る……。

美也子は書斎を出て、自分の部屋へ行こうと玄関から続くホールに向かった。今の小男が入って行った客間の前を通り抜けようとした時、急にドアが開いて、中から出て来た男と一瞬ぶつかりそうになった。

「あ……」

「失礼！」

男は素早く一歩身を引いて、「これは失礼しました」

と会釈した。

「いいえ、こちらこそ」

美也子は会釈を返したが、笑顔を作ろうとして、表情がこわばってしまった。――物静かな感じの男で、よく年齢の分からないタイプだ。着ている物は上等とはいえないが、さっきの小男に比べればよほどましだし、きちんと髪も整えている。それなのに、美也子は男から数歩離れたい衝動を必死に押えなければならなかった。男の、彼女を見る眼には、ぞっとするような何かがあったのだ。毒蛇を目の前にした時は、きっとこんな気持だろうと美也子は思った。

「この家の方ですか?」

訊かれて、ちょっとためらってから、

「娘です」

「そうですか!」

ちょっと間があって、「ちょっと手を洗いたいのですが……」

「ここを真っすぐいらっしゃって右へ曲がると正面ですわ」

「これはどうも。こんな広いお屋敷は初めてでしてね……」

男が歩いて行くと、まるで嘘のように、美也子は緊張が解けるのを感じた。――危険な男だわ。とてもまともな人間じゃない。

二階へ上がりながら、美也子は不安がますます重くのしかかって来るのを感じていた。一体、父は何をやろうというのだろう? いくらかは乱暴な手合を使うことがあるのは知っていたが、今の男は、いわゆる暴力団とかそういった種類の人間ではない。むしろ、もっともっと陰にこもった、一層危険な男のように思えた……。

美也子は部屋に戻ると、窓辺に寄って外を眺めた。やがて黄昏(たそがれ)てくる空を背景に、父のいる塔が見えた。他の部屋からは、途中の木立に遮られて塔は見えないのだが、この窓からは、ちょうど木立の空隙を縫って、塔の天辺の部屋が見える。ただ、塔の根元のほうはからまる枝にすっかり覆われているのだ。

塔の部屋の窓にチラリと動く影が見えた。父に違いないが、一体何をしているのだろう。――美也子はふと、庭の一番外側、海を臨む少し低くなった道を、一台の車が走って行くのに気づいた。あの道は、ほとんど屋敷のほうから見えない。入口も、門とは離れた、目立たない一角に設けられていて、その道を辿ると、ぐるりと遠回りをして、あの塔の前に出られるのだ。ただ、この屋敷とは反対側なので、ここから見ることはできないが。

「――女だわ」

チラリと見えただけだが、小型車であった。父がいつも愛人にはあの道から来させているのを、美也子はよく知っていた。あのまま塔の部屋へ上がってしまえば、全く屋敷の人間の目に触れずにすむのだ。――ただ、その女は絶えず変わって、決して長くは続かないのである。

美也子は、肩をそびやかして窓から離れた。

エレベーターが開くと、女は千住の姿を求めて周囲を見回した。

「ここだ」

広いソファの向うから声がした。「——遅かったな」

「あの人がつかまらなくて……」

女は四十にもう少しというところだった。女の盛りを感じさせる肉感的な顔立ち。

「これでも精一杯急いだのよ」

「結局つかまえられたのか？」

「ええ」

「何と言ったんだ？」

女はソファへかけて、

「そんなこといいでしょ。——一杯いただきたいわ」

千住は自ら立って行って、女にスコッチを注いでやった。女はグラスを一気にあけて、胸を押えた。

「熱いわ、胸が」

「熱ければ脱げ」

千住の声は命令調だった。

「まだ昼よ」

「気にするお前じゃあるまい」

女は軽く声を上げて笑った。男を誘うような響きがある。女は立ち上がると、ためらいもなく服を脱いでいった。

電話が鳴った。千住は女から目を離さずに受話器を上げた。

「ああ、私だ」

「神崎です」

律儀な弁護士の声が聞こえて来た。

「どうだ？」

「やっと見つけました。これからそちらへ連れて行きます」

「〈お連れします〉と言え。私の義理の息子だ」

「失礼しました」

「いや、よくやった。待っているぞ」

受話器を置いた時、女はもう全裸になってソファへ寝そべっていた。

「誰だったの？」

女は両手をのばしながら訊いた。千住もガウンを脱ぎ捨てながら、

「お前の亭主さ。——さあ、始めよう」

5

「隆夫さん……！」

絹江に知らされて、書斎へ駆け込んで来た美也子は、ぼんやりと書棚を眺めている隆夫を見て、一瞬、胸が一杯になった。隆夫は美也子を見ると、ほっと微笑を浮かべて、

「会えてよかったよ」

と言った。美也子は無言のまま隆夫の胸へ……勢いよくぶつかったから、隆夫もろともひっくり返ってしまった。こういう、様（さま）にならない所が隆夫らしいのである。二人は床に倒れたまま大笑い。

「――私のこと、心配だった？」

「分かり切ったことを訊くのは君らしくない」

「そうね。……仕事、見つかった？」

「いい仕事を見つけて帰って来たら、君がいないじゃないか。仕事どころじゃないから断わっちまった」

「あら……。ごめんなさい」

「まあ、また見つかるよ」

「何だったの。そのお仕事って？」

「総理大臣」

「――馬鹿！」

二人は絨毯の上で熱い接吻をかわした……。

「見せつけてくれるぜ」

突然、ドアの所で声がして、美也子ははね起きた。開け放したドアにもたれて、色の浅黒い男が、ニヤつきながら立っている。顎の張った、野性的な顔立ち、しなやかな筋肉を秘めた細身の体。美也子は、

「ドアを開ける時はノックぐらいするものよ」

と男をにらみつけた。

「ノックしないで開ける習慣がついてるもんだからな」

男は一向に応える様子もない。「あんた、ここの女中か？」

「娘よ」

「へえ！　なかなか躾（しつけ）の厳しい家らしいな」

嫌味な言い方に、美也子はカッとしたが、そこへ隆夫がモソモソと起き上がって、

「その批判はやや的外れですね」

とおっとりした口調で、「僕らは夫婦なのです。したがってこういうことは別にとがめ立てされるべき問題ではないのです」

「へっ！　夫婦だと？」

男は呆れたように二人を見比べて、「こんないい女がどうしてこのボンクラと……」

「大きなお世話よ！」

「俺と一度寝てみなよ。世の中に他の男などいらねえと思わせてやるぜ」

「あなたも、多くの男性と同じあやまちを犯してますね」

と隆夫は言った。「愛はセックスだけではありません。それももちろんありますが、最後に残るのは思いやりの心です。あなたは見たところいかにも精力旺盛のようですが、七十歳、八十歳になった時のことを考えてごらんなさい。果たして女性が寄りつきますか？　セックスは征服するものではない。互いに与え合うものです」

相手の男はまじまじと隆夫の顔を見ていたが、やがて呆れたように、

「お前、牧師か何かか？」

「いいえ。ソロバンで三級を取ったことはありますが、それ以外、〈師〉というのとは縁がなくて……」

男は肩をすくめて、

「変な奴だ！」

と呟くと出て行ってしまった。

「美也子、何か僕、悪いことを言ったかな？」

「いいえ。あなたは正しいわ。私の旦那様だもの！」

美也子は隆夫の首に腕を回して、ゆっくりと唇を重ねた。今度は倒れもせずに二人は固く抱き合った……。

「――ねえ」

美也子は、隆夫の肩に頭をもたせかけながら言った。「ごめんね、嘘ついてて」

「何のこと？」

「父のことや、この家のこと……」

二人はソファでゆったりと時のたつのも忘れていたのである。隆夫は首を振って、

「別に、北海道じゃないってだけじゃないか」

「父をあなたに会わせたくなかったのよ」

「どうしてさ？」

「父は……冷酷な人よ。お金の力で何でもできると思ってるわ」

「僕がお父さんにお金で買収されるとでも……」

「違うわ！　違うのよ！　でも……父は自分の思い通りにするためなら、何でもする人なの。あなたの身にもしものことがあったら……私……」

「そうだろう？」

美也子は微笑んだ。こんな陳腐なセリフを、本気で言うのはこの人ぐらいのものだろう。

「誰だって僕らの心まで引き離すことはできないよ。愛は何よりも強いんだ」

「ええ」

隆夫は笑って美也子の肩を叩くと、「僕らは愛し合ってるんだ。そうだろう？」

「馬鹿だなあ」

「私に……親友がいたの。中学、高校、大学とずっと一緒だった女の子で、その子のお父さんは、ある服飾メーカーの社長さんだったの。父も同業種の会社を一つ持っていたけど、それこそ何十のうちの一つで、別に問題にもしていなかったから、私と彼女はしじゅう往き来していたの。ところがある日、大学の三年の時だったわ。彼女が妊娠してしまったといって、私の所へ来たの。子供を堕す費用を貸してくれっていうわけ。何しろ彼女のお父さんはとっても厳しい人で、もし知れたら大変なことになるので、とても打ち明けられなかったのね。私がそのお金を用立ててあげたんだけど……。どうして知ったのか……たぶん私と彼女がこの書斎で話してるのを耳にしたん

「何かよほどのことがあったんだね」

「父と暮らすのが堪えられなくて……」

「君はどうしてこの家を出たの？」

だと思うけど、父がそれを彼女のお父さんに知らせたのよ。彼女はお父さんにひどく打たれて、まだ手術の前だったんで……出血して、死んでしまったの。彼女のお父さんはもちろん会社を退いて……間もなく父はその会社を吸収合併したわ。もちろん父がそこまで狙っていたとは私も思わないけど、私の堪えられないのは、私の友達の死にもまるで平気なことなの。私はお葬式にも顔を出せなかった。自分が殺したようなものですもの。でも父はただ笑って、私が責めても相手にしないのよ」

「それで嫌になって……」

「そう……。嫌になり始めると、もう何もかもが堪えられなくなってしまって」

「で、家を出たの？」

「ええ」

と美也子は顔を伏せた。

その時、書斎のドアが開いた。絹江であった。

「春山様」

「はあ」

「旦那様がお目にかかりたいそうでございます」

「そうですか」

「私も行くわ」

と美也子が隆夫の腕を取った。「私も春山ですからね！」

「いや、君はここにいなさい」

「でも――」

「心配ないよ。義理の父親に挨拶するだけじゃないか」

「だって――」

「いいから、いいから」

子供をなだめるように言って、さっさと書斎を出て行ってしまう。

絹江が急いで後からついて行ったと思うと、書斎に残った美也子の耳に、絹江が、

「あ、そちらはお化粧室です」

と言う声が聞こえて来た。美也子はソファへ戻って座り込むと、

「分かってないのよ、あなたには……」

とため息と共に呟いた。


神崎は、タクシーの座席にもたれてウトウトしていた。やっと義務を果たした安心感に眠気を誘われたのである。これを予期して自分のベンツは万華荘へ置いて来たのだ。カーブで車が揺れて目を覚ますと、窓の外がもう暗くなりかかっているのに気づいた。――まだそう万華荘から離れていない、林に囲まれた道なので、一層暗くなる

のが早いのだ。

目が覚めると、否応なく千住のことを考えて、今度は腹立たしくなって来る。今度の一連の仕事は一体何のためなのかと訊いても、

「君の知ったことではない」

と相手にしないのだ。

あれだけ危ない橋を渡らせておきながら、どういうつもりだ、全く！

神崎は口答え一つできない自分が、ふがいなく思えた。しかし、千住は仕事の頼み方は無茶だが、それに見合う報酬を必ず出す男であった。神崎の事務所の費用に占める、千住からの顧問料の比率は、絶対に千住を逃すことを許さないのだ……。

仕方ない。帰って、一杯ブランデーを飲んで寝てしまおう。——明日は一日休むか。それもたまにはいいかもしれない。

神崎は妻の良美が不在なのを思い出して、しばらく顔を見せていない女の所へ行ってみるか、と思った。——どんなに多忙でも、男はそういう時間はちゃんと作り出すものなのだ。そう思いつくと、重苦しかった気分も少しほぐれて来て、運転手に世間話をしかける余裕が出て来た。

「——近頃はちょっとした故障も直せねえドライバーが多いんですよ」

運転手はさかんに嘆いてみせた。「エンスト起こしゃすぐ放ったらかしにする。そ

れも道のわきへ押しても行かねえから、夜なんか危ないっちゃありませんや」

「それはそうだな」

「それで引っかけたりすりゃ、たちまち損害賠償を請求される。かないませんよ」

運転手はちょっと車のスピードを落として、

「噂をすれば、だ。ほら、あそこにも一台いますぜ」

と鼻先で笑って、「外車か。ああいう手合に限ってこうなんでさ」

「──おい、停めろ！」

と神崎が言った。

「え？」

「ちょっと停めてくれ！」

「へい……」

運転手は不思議そうな顔で肩をすくめると、車を路肩へ寄せて停めた。

「待っててくれ」

神崎はタクシーを降りると、もう数十メートル後方になった白い小型車のほうへ歩いて行った。近づくにつれ、クリーム色のルノーだと分かる。良美の車と同じだ。しかし、まさか……。

プレートのナンバーに見憶えがあった。神崎は誰もいない車内を覗き込んだ。──

間違いなく良美の車である。神崎は訳が分からなかった。良美は同窓会で箱根に行っているはずだ。それがなぜこんな所でエンストを起こして……。

不意に、神崎はルノーが万華荘のほうから来ているのに気づいた。万華荘の方向には、他に行くような場所も、抜けられるような道もない。良美は万華荘から帰る途中だったのだ。――神崎の顔からは血の気がひいていた。そのまま足早にタクシーへ戻る。

「――ご存知の方の車で？」

と運転手が訊いた。

「いや、似ていたが、違ってたよ」

神崎は座席に身を任せて、「やってくれ」

と言った。

エレベーターの扉が開いて、隆夫は物珍しげに塔の部屋を見回しながら出て来た。

「春山隆夫君だね」

声だけが聞こえた。

「そうです」

と返事をしながらキョロキョロ見回す。

「反対側へ回って来てくれたまえ」

と声が言った。隆夫はエレベーターの円筒をぐるりと回って、反対側へ出た。ソファから千住が立ち上がって、

「千住だ。美也子の父だ」

「はあ。春山隆夫です。始めまして」

と両足をピタリとそろえて頭を下げる。

「そう固くなることはない。かけたまえ」

「はい」

隆夫は、恐る恐る、という感じで、アームチェアの一つに腰を降ろした。

「どうかね、この塔の部屋は？」

「ええ、変わってますが、面白いですね」

「一人でいるには最適さ」

「部屋が円環状なのは、陽当りから考えても理想的ですね。それに……追っかけっこをするのにいいです」

千住は笑って、

「面白い男だね、君は」

「いえ、友人の間では面白味のない男で有名です」

と隆夫は真面目な顔で言う。

「美也子と結婚したそうだね」

「はい、どうも無断で申し訳ありません」

「あれは私のたった一人の血縁でね」

「はあ」

「手元に置いておきたいのが親心というものだ。分かるだろう?」

「分かります。でも子供はみんな親心に逆らって成長します。でないといつまでも一人前になりません」

「私に説教するのかね?」

「いいえ、とんでもない」

と慌てて手を振って、「僕は言うことが教科書じみてるとよく言われるんです。癖でして、つい……」

「ふむ」

千住は手近のテーブルから葉巻のケースを取って、「葉巻をやるかね?」

「いえ、結構です」

千住は葉巻を一本取った。隆夫が咳払いして、

「あの……差し出がましいようですが、おやめになったほうが。お体に悪いですよ」

「君に心配してもらわんでもいい」

「いえ、お元気ならともかく、どこかお悪いようですから……」

千住は鋭く隆夫を見据えて、

「なぜそんなことを言う？」

「さっきから無意識に肝臓のあたりをさわってらっしゃるし、座り方も、何かその辺をかばってらっしゃるようで……」

千住はじっと隆夫を見つめていたが、やおら立ち上がると、デスクの一つへ歩いて行き、引き出しから一枚の書類を出して戻って来た。

「これは君と美也子の離婚届だ。署名したまえ」

平坦な口調で言うと隆夫のほうへ投げ出す。

「はあ……。しかし……」

「印はもう押してある。君のアパートで捜して使わせてもらった。サインだけすればいい」

「ご丁寧にどうも」

「サインするかね？」

「美也子が承知しませんよ」

「あれのことは私に任せろ。どうだね？」

「そうですね」

隆夫は用紙をきちんと折りたたむと、「将来そういうはめになりましたら使わせていただきます。どうも気を使っていただいて……」

「今、書くんだ！」

「そのつもりはありません」

隆夫の口調には、少しも力んだところがなかった。

「もう一つ書類がある」

千住はガウンのポケットから二つに折った小切手を出して、「一千万の小切手だ。君にやる」

と手渡した。隆夫はそれをまじまじと眺めていたが、やがてため息をつくと、

「一千万って、零が七つもつくんですか！　僕は数字に弱くて」

「不満か？」

「結婚祝いには多すぎます」

千住は、いとも真面目くさった隆夫の顔を困惑の態で眺めた。

「それは……サイン代だ」

「はあ、そうですか！　どうも多すぎると思いました。でも愛は金で買えません」

「買えるとも。どんなものでも」

「今や変場相談制の時代ですよ」

「……変動相場制か?」

「あ、そうでした。長い熟語になると、すぐ間違えるんです。――今やドル安で円は上がってますが、愛は高すぎて円でもとても買えませんよ」

「いくら出せば美也子と別れる?」

「僕たちは愛し合っています。ですから、とても別れちゃいられません。暴力で脅したって無駄です。愛は剣より強し、ですから」

千住は妙な動物でも眺めるような目つきで、隆夫を見ていたが、

「――よし。またゆっくり話し合おう。そろそろ夕食の時間だ。一緒に食べたまえ」

「ありがとうございます。では失礼して……」

「私は諦めんよ。君の気を変えてみせる」

千住は立ち上がってエレベーターまで一緒に歩いて行きながら言った。そしてボタンを押して、

「人間は変わるものだ」

「僕は変わりません」

隆夫はエレベーターへ乗り込みながら、「変相談判制の世の中でも、です」

千住は閉まったエレベーターの扉をしばらく見つめていたが、やがて近くの電話を

取り上げると、書斎を呼んだ。

「はい、美也子です」

「やっぱりそこにいたのか」

「お父様……。あの人と話したの？」

「ああ」

「卑劣なことをしたら、私、黙っちゃいないわよ！」

「えらい剣幕だな」

と苦笑いして、「会談は物別れだ」

「そう」

美也子がほっとしたように言った。

「しかし、あの男は……」

「何よ？」

「馬鹿か天才か、どちらかだ」

と言って、千住は受話器を置いた。

夕食は、美也子の記憶にある限り、この屋敷でも最も多くの客を迎えていた。しかし、だから賑やかかというと、ことはそう単純でなく、食卓は華やかなのに、重苦しい雰囲気が一同を黙らせていた。

細長いテーブルの両側に、美也子と隆夫、四人の客がそれぞれ別れて座り、正面に千住が座っていた。

美也子は目の前に並んだ四人の客をどうにも結びつけることができなかった。その内三人にはすでに会っている。おどおどした小柄な初老の男は相変わらず落ち着きがなく、食事の途中、ナイフを二回、フォークを一回、落っことし、しかも慌てて拾って使おうとした。美也子をゾッとさせた、あの蛇のような、静かで不気味な男は、機械的にナイフとフォークを動かしながら、チラチラと美也子のほうを見ていた。その視線はまるで服を貫いて、裸の肌にまで触れるようだ。精力旺盛な、ならず者タイプの男は、ワインを水の如くにガブ飲みし、といって食べるほうも貪り食っている。マナーも何もない、という感じだ。残る一人は、四人の客の中では一番まともに映った。中年の、ごくありふれたサラリーマン風で、物静かに食事を進めている。ただ、まださほどの年齢でない割に、人生を諦め切ったような老人くささがあるのが、どこかそぐわない感じであった。

一番陽気に振る舞っているのが隆夫だった。出て来る料理にいちいち感心し、絹江に材料や調理法などを訊ねるので、しまいには絹江も笑い出してしまった。——しかし、美也子はちょっと驚いたのだが、隆夫は決して無作法をしているわけではないのである。おいしい料理を賞め、調理法を訊ねるのは、一流レストランでは礼儀にかなったことでもあるし、調理人を喜ばせるのだ。

ちょっとハラハラしていたのだが、美也子は、隆夫がキチンとしたやり方で食事をするのを見て、半ばほっとし、半ば驚いたのであった。こういう席にはまるで縁のないように思っていたのは、どうやら考え違いだったらしい……。

食後のコーヒーになると、千住は初めて口を開いた。

「食事はご満足いただけたかな？」

「結構でした」

真っ先に答えたのは隆夫だった。四人の客のうちでは、一番落ち着いたサラリーマン風の男が、

「大変素晴らしいお料理で」

と会釈したが、すぐに続けて、「しかし、どうも食事に熱中するには気掛りなことが多すぎて……」

「なるほど。それも当然でしょうな」

やくざ風の男が、

「俺は満足したよ」

とふざけ半分で口を出した。

「さっきの方がおっしゃったように——」

蛇のような男が静かに言った。「なぜ自分がここへ呼ばれたかの説明がないので、不安なのです」

「顔ぶれが揃うのを待っていましたのでね」

千住は微笑さえ浮かべていた。「——その前に一応ここにいる全員の紹介をしておきましょう。それが娘の美也子と、亭主の春山隆夫。こちらの四人の方もお互いにはご存知ありますまい。ご自分でどうぞ」

美也子は、初老の男が古井（ピッタリの名だわ、と思った）、蛇男が広津、やくざ風が山崎、中年サラリーマンが桂木という名だと知った。

「結構」

千住は肯いて、「さて、ここにお呼びした四人の方は、どなたも私に対して、大きな負目を負っておられるはずだ。下手をすれば一生刑務所暮し、精神病院行きの人もいる。暴力団に腕の一本もへし折られるところだった人、そして横領罪で永年勤めた会社から訴えられかけていた人……」

美也子は大体の見当はついたものの、父の言い出した言葉の突飛さに呆気に取られた。父は気が狂ったのか、とさえ思った。

「私が救ってあげなければ、あなた方の人生はおしまいになるところだった。——お分かりですな？」

「もちろん承知しています」

桂木が言った。「それなりの代償を払う覚悟もできています。それを伺わせていただきたいですね」

「私は世の中のものは総て金で買えると思っている男です。——そうでないという意見の者もいるようですが」

千住はチラリと隆夫のほうへ視線を投げておいて、「ともかく私はそう信じている。つまり私はあなた方四人を手の内にしたわけです。そこでお願いしたいことは……」

ここで千住は美也子を見た。そして言った。

「私を殺していただきたいのです」

第二章　親の行方子知らず

1

飯沢警部は県警の中では、出世有望株の筆頭にあった。上司への付け届け、酒の席でのサービス、場所と時にふさわしいお世辞といった努力を怠らなかったのはもちろんだが、仕事のほうでも業績を上げていたのが異色の点であった。

もっとも部下に言わせると、人使いが荒いだけで、部下にはコーヒー一杯おごらないケチ、というのが定まった評価だ。むろんこれはちょっとオーバーな言い方で、警部補から警部に昇進した時、部下の刑事たちにラーメンをおごったことがあったのだが、五年も前のこととて、誰の記憶にも残っていないのであろう。

その朝、飯沢警部はデスクへ座る間もなく双見本部長の部屋へ呼ばれた。

二階へ上がる前にひょいとトイレに飛び込んで、きちんとクシを入れた髪をわざわ

ざ指を突っ込んでクシャクシャにし、それから軽く撫でつけた。適当に乱れているのを鏡で確かめると、

「これで忙しそうに見えるだろう」

と満足気に呟いて、本部長室へ向かうべく階段を上がって行った。

飯沢は今年四十二歳。働き盛りの年齢である。外見上はあまり目立ったところがない。背も低く、ずんぐり型の体つきで、足も短い。顔立ちも三枚目とは行かないまでも、二枚目とは到底言い難い。やや丸っこい童顔なのを本人も気にして、何とか威厳を持たそうと口ひげを生やしていたが、かえって乏しい威厳を減少せしめる、というのが聞こえない所での大方の意見であった。

「――お呼びですか」

本部長室へ入るなり、飯沢はただごとではないと直感し、緊張した。いつもなら、いの一番に本部長が手に取るスポーツ新聞がまだ開かれないままに置きっ放しになっているのだ。

「入れ。――えらいことになったぞ」

「何事です?」

「千住忠高を知っとるな」

「あの大物ですね」

「そうだ。彼が殺された」

飯沢はさすがに椅子に座り直した。

「いつのことです？」

「今、連絡が入ったばかりだ」

「大変ですな」

「大物だからな。何としても犯人を挙げねばならん。——君に捜査の指揮を任せる」

「はい！」

と飯沢は立ち上がった。

「分かっとるだろうが、君もそろそろ昇進の時期に来ている。この件を鮮やかな手際で解決すれば、大いにプラスになるのは疑いのない所だぞ」

「充分承知しております！」

「よし、すぐに行け。もう野々山たちが出かける仕度をしているはずだ」

「分かりました！」

威勢よく答えると、飯沢は本部長室を出た。これぞ絶好のチャンスだ。センセーショナルな事件だし、大々的に報道されるだろう。飯沢は早くもＴＶのインタビューを受ける時のことを考えていた。事件解決のヒーロー……。

「そうだ！」

思いついてトイレへ飛び込むと、今度は髪に一心にクシを入れる。一応形が整うと、慌てて廊下を駆け抜け、外へ飛び出した。

パトカーが中庭から出て行こうとしている。

「おい、待て！　停まれ！　指揮官を置いて行く気か！」

大声で怒鳴ったが、パトカーは構わずに行ってしまった。

「この馬鹿め！　クビにしてやる！」

ハアハア息を切らしながら悪態をついていると、後ろから、

「警部」

と声があった。振り向くと、若い野々山刑事だった。

「ん？　お前……今、行ったパトカーに乗ってたんじゃないのか？」

「乗ってたらここにいるわけないでしょ」

野々山は気のない様子で肩をすくめ、「今のはただのパトロールに出かけたんです。警部と私の乗るのはあっちで待ってます」

「早くそれを言わんか！」

と飯沢は怒鳴った。

「だって警部、いきなり飛び出して来てわめき散らすから、声かけようにも……」

「うるさい！　早く行くんだ！」

「はい」

野々山は口答えするのを諦めて、おとなしく飯沢の後からついて行った。飯沢と働く時は一分に一度の割で怒鳴られなければならない、と経験から覚悟していたのである。

「――今までに分かった事実は？」

パトカーがサイレンを鳴らして走り出すと、飯沢が訊いた。

「知りませんよ。寝ぼけまなこで出て来たら、いきなり殺しだからすぐ用意しろって言われただけでしてね」

「何てこった！　俺の若い頃は……」

「被害者の名前は聞きましたよ」

飯沢の長広舌が始まるのを、野々山は慌てて遮った。「千住という男で……ええと、漫画家だそうです」

万華荘を聞き間違えているのである。

「それぐらい、俺でも知っとる！」

ふん、漫画家だったのか。大物だということは知ってたが、漫画家とはね……。

「私の知ってるのもそれだけです」

野々山はムッとした様子で言った。――大体警部はＴＶの刑事物の見過ぎなんだ。

ＴＶでは、主役が登場するとすぐに部下が被害者の略歴から家族、趣味に至るまで、手帳を見ながら教えることになっている。一体いつの間に調べるのか、野々山はそれを見る度に不思議に思うのである。

「鑑識は？」

「連絡してありますから、追っつけ来るでしょう」

「フン、肝心の時にはいつもおらんのだから！　殺人事件は最初の数時間が大事なんだぞ。それをあいつらは……」

いつもの愚痴である。鑑識に対しても飯沢は、ミステリーの中でちょっと死体を診ただけで、

「死亡推定時刻は十一時から半までの間だね」

とやる通りのことを期待しているのである。もっとも鑑識のほうも慣れっこになっているのはむろんだが。

約三十分で、パトカーは万華荘の門を望む所へやって来た。

「あれか？」

「門しか見えませんね」

野々山が言った。「しかし相当の屋敷のようですねえ。漫画家って、そんなに儲かるもんですか？」

「俺が知るか！」

飯沢が憤然と言った。儲かる、という言葉が他人に関して使われると、えらく機嫌が悪くなる。

「門がどうして開いとらんのだ？」

「慌てていて忘れたんでしょう」

パトカーは、閉じた門の前に停まった。野々山はパトカーから降りると、門柱に取り付けてあるインタホンのボタンを押した。

「――どなたですか？」

ややあって、男の声がした。

「警察の者です！」

野々山がそう答えると、ブーンという微かな音がした。見上げると、門柱の天辺にTVカメラがついていて、それがゆっくり首を振っている。再びインタホンから声がした。

「恐れ入りますが、証明書をカメラのほうへ見せて下さい」

「CIAかどこかみたいだな……」

ブツブツいいながら、野々山が身分証明書を差し出すと、カメラが止まって、レンズがズームした。そして、

「結構です。お入り下さい」

と声がしたと思うと、門が静かに開いた。

「――凄いですねえ！」

パトカーに戻った野々山が、半ば呆然とした顔で言った。「大物の屋敷って感じがしますね」

「他に知らんくせに何を言うか」

と、自分も知らないくせに、飯沢が言った。

パトカーは石畳の道を辿って、玄関の前へ停まった。飯沢と野々山は玄関へ歩いて行って、呼鈴を鳴らそうとして手をのばしたが、その前にドアが開いて、二十四、五の美しい娘が立っていた。

「警察の者です」

飯沢がことさら、しかつめらしい顔で言った。「私は飯沢警部。これは部下です」

「……野々山といいます」

飯沢が名前を言ってくれないので、仕方なく野々山は自分で名乗った。

「どうぞ」

娘がわきへ退いた。飯沢と野々山は広いホールへ足を踏み入れ、一瞬その雰囲気に呑まれて口がきけなかったが、飯沢は辛うじて職業意識を取り戻した。

「あの……お嬢さんは……」

「私は春山美也子。千住の娘です」

「なるほど。千住というのはペンネームですか」

「え？」

「では、現場へご案内いただけますかな？」

「現場？」

とキョトンとして、「何の現場でしょう？」

「お父さんが殺された現場ですよ」

「父が……殺された？」

彼女は目を丸くして、「何をおっしゃってるんですの？」

今度は飯沢と野々山が当惑する番だった。

「いや……つまり、そういう通報があって、やって来たのですが……」

「何かの間違いですわ。父はちゃんと生きております」

「……確かですか？」

「今、客間におりますわ。どうぞ」

飯沢は心の中でTVインタビューの夢が脆くも崩れ去って行くのを、涙ながらに見つめていた。

「警察の人が来たわ」

美也子は部屋へ戻ると、まだベッドで半分眠ったような顔をしている隆夫へ言った。

「フーム……」

「父が殺されたって誰かが通報したんですって。変なチンチクリンの警部とかいうのが来たわ」

「それで？」

「それで、って？」

「警察は帰ったのかい？」

「客間で父と話してるはずよ。すぐ帰るでしょ、きっと」

「だろうね」

「それにしても……」

美也子はベッドに腰をかけて、「昨日の今日よ。いたずらにしちゃ変じゃない？」

「確かにね」

「この家にいる誰かが警察へ連絡したんだわ。——でもどうして？　死んでもいないのに」

「何か理由があるんだろ」

「分からないわ。……おかしい人ばっかりですものね。主人も客も」

「娘の婿も」

美也子は笑って隆夫の上へかがみ込むと唇を重ねた。

「おはようのキス、三度目よ。いい加減に起きて下さい」

「うん」

隆夫はモゾモゾとベッドから出て来た。「しかしこんなベッドは僕向きじゃないよ。ちっとも寝つけなかった」

隆夫が顔を洗って戻って来ると、ドアが開いて絹江が朝食の仕度ができたと告げて行った。

「ここの料理は素晴らしいね」

「そりゃ、一流の店から引き抜いた料理人が作ってるんですもの。でも生まれた時から食べててごらんなさいよ。たまにはラーメンや餃子(ギョーザ)が食べたくなるわ」

「ともかく……食べに行くか」

「ね、その前に、どうするか決めましょう」

と美也子は真顔になって言った。

「どうって?」

「私はこの家に一日だっていたくないの。アパートに帰りたいのよ。あなた、どう思う？」

「僕たちはここにいるべきだよ」

美也子はちょっと面喰った。隆夫が「……すべきだ」などという言い方をすることは滅多にない。

「どうして？」

「君とのこともお父さんと結論を出さなきゃいけないし、それに……お父さんが亡くなったら君だって戻って来なくちゃならないだろう」

「父の話はインチキよ！　何か裏があるのよ。そうに決まってるわ！」

「昨夜の話は僕も素直に信じちゃいないよ。でも、たぶんお父さんは、もう長くはないだろう」

美也子はじっと隆夫の顔を見た。

「それ……どういう意味？」

「お父さんは病気だ。それもきっと重いんだと思う。……自分でもそれを知ってるんだよ」

「まさか！　父がそう言ったの？」

「いや。でも、きっとそうだ。訊いてみたまえ。さあ、下へ行こうよ。腹が減った」

美也子は半ば呆然として、隆夫について部屋を出て行った。

「隆夫さん！　そっちじゃないわ、階段はあっちよ！」

「あ、そうだっけ」

隆夫は慌てて戻って来た。「方向音痴は困るなあ」

二人は階段のところで、桂木と出会って挨拶を交わした。階段を降りながら、

「いや、昨晩は眠れませんでしたよ。あなたのお父さんのお話でびっくりしてしまいましてね」

「父は変り者ですの」

「しかしお金持だし、私の恩人です」

隆夫が口を挟んで、

「あなたはたぶん会社のお金を使い込んだ口ですね」

桂木は怒りもせずに、

「そうです。若い女にマンションを買ってやりましてね。今思えば本当によくあんなことができたと思いますよ」

「それがばれて――」

「死ぬつもりでした」

桂木は穏やかに微笑んだ。「しかしそれはいずれにしても思いとどまったんです。その女が私を刑務所から出るまで待っていると言ってくれましてね」

「なかなかいいお話ですね」

「幸運ですよ、私は。――これで殺人犯にならなければ、もっといいのですが」

ホールから食堂へ向かおうとした時、客間から飯沢と野々山が出て来た。

「ご苦労様でした」

美也子は近寄って言った。

「いや、お邪魔しまして」

飯沢が心なしか元気のない様子で、「タチの悪いいたずらのようですな」

「本当にご迷惑を……」

「いやそれが私たちの仕事ですから」

と野々山が口を出すと、飯沢がジロリとにらみつける。

「あちらの方は？」

飯沢は少し離れて立っていた隆夫に気づいて、訊いた。

「春山隆夫。私の主人です」

「ははあ……」

飯沢が頷き、野々山はなぜか落胆した顔つきになる。

「ではこれで……」

飯沢と野々山が玄関へ向かうのを、美也子は送って行き、ドアを開けた。

「いや、しかし実に立派なお住いですな」

と飯沢は振り返って言った。「漫画家というのはいい商売ですなあ」

「は？」

キョトンとした顔で美也子は二人がパトカーに乗るのを見送った。


朝食の席には千住の姿はなかった。

「どちらかへお出かけですか？」

と訊く桂木へ、美也子が、

「父はいつも塔の部屋で朝と昼を摂りますの」

と答えた。朝っぱらからワインをガブ飲みしている山崎が、

「塔ってえと、あの林の向うにニョキッと突っ立ってるやつかい？」

「そうです」

「灯台かと思ったぜ」

「父の城ですわ、言うなれば」

「えらいものぶっ建てたな」

「お父様は何のお仕事を……」

珍しく小男の古井が口を挟んだ。

「さあ、私もよくは存じません」

　桂木が代わって言った。

「いや、これだけの邸宅を構えておられるのは、相当の企業を手中にしているからでしょう。大変な資産家に違いない」

「その資産家がどうしてまた……」

　と古井が首をひねる。

「私にも父が何を考えているのか分かりませんわ。昔から自分の考えを明かさない人なんですの」

「さすがに俺もたまげたね」

　山崎が言った。「確かに俺は見た通りのならず者だし、正直な話、やくざ同士の出入りなら、人をバラしたこともある」

　と自慢するように言った。

「しかし、相手が素人となりゃ話は別だ。やくざ同士の殺しなら、そう重い罪にゃならねえ。どっちもどっちだからな。しかし、素人を殺したとなりゃ軽くても十年。俺みたいなのはたぶん無期だろうな。三十年もすりゃ出られるかもしれねえが……」

「どうして私なんかを選んだのか、さっぱり分かりませんよ」

　古井が頭を振って、「私はごらんの通り力もないし、暴力沙汰は寒気がするほどどいやなんです。意気地のない男ですから、たとえ銃を握らされて、引金を引きさえすりゃいいと言われても逃げ出してしまうでしょうな」

「私も同じですよ」

桂木が苦笑して、「といって、受けた恩は恩ですしね」

美也子は、一番端の席で、黙々とスープを飲んでいる広津のほうへチラリと視線を走らせた。蛇のような男……。この四人の中で、人を一番平気で殺せるのは、この男だろう、と美也子は思った。

「私も父が殺されるのを黙って待っているわけにはいきません。父が一体何を考えているのか、私がよく確かめてみます。皆さんもお困りでしょう」

美也子は言った。

昨夜、千住は「私を殺してほしい」と爆弾のような言葉を投げて、それ以上の説明はしようとせずに、一同がまだ呆気に取られているうちにさっさと席を立ってしまったのだ。

「ところで、あんた」

山崎が隆夫のほうへ向いて、「あんたも入ってるのかい?」

「何にですか?」

「殺し屋集団にさ」

「つまり……僕にも依頼したのかということですね？　いや、そうは思いませんね。何しろ僕は飛び入りでして、計算外の要素ですから。もっとも——」

と一同を見回して、「僕も話を聞いてはいたんですから、万一、何かが起これば同罪、一生托蓮ですがね」

「一蓮托生……ですな」

と桂木が訂正する。

「あ、失礼。いつも間違えるんですよ」

と隆夫は頭をかいた。


「お父様」

「美也子か。何しに来たかは分かっとるぞ」

塔の部屋は静かだった。いつも流れている音楽が聞こえていないのだ。

「一体何を考えてるの？　あんな犯罪者たちを家へ集めて、何をしようっていうの？」

「昨日言った通りさ」

「理由を訊きたいわ」

「それは……お前の亭主から聞け」

千住はソファから立ち上がると、酒のグラスを手に窓へ寄った。「あの男は医者か何かか？」

「いいえ。……私もあの人のことはよく知らないの」

「それで結婚したのか。無茶な奴だ！」

と千住は笑って言った。

「お父様は隆夫さんが気に入ったようね」

「さて、どうかな。少なくとも並の人間でないという点は気に入った。並以上か以下かは分からんが」

「私にはどうでもいいの。優しい夫ですもの」

「それだけでは困る。私の事業を継いでもらうからにはな」

美也子は父の顔をまじまじと見つめた。

「馬鹿を言わないで！　あの人に何をさせようっていうの？」

「私が係わっている事業を継いでもらうのさ。息子なら当然のことだ」

「あの人は私の夫よ。お父様の息子じゃありません！」

「同じことだ。まあ聞け。男はどんなに世間知らずでも、人を動かし、力を持ちたいという本能がある。あの男がどんなに変り者かは知らんが、奴も男だ。私の会社の一つへ行って、社長の椅子へ座ってみろ。その魅力のとりこになる」

「あの人は違うわ！　誰か他を捜してちょうだい！　いくらだっているでしょうに！」

「捜す暇はない」

千住は言った。「私の命は後三か月だ」

美也子はじっと立ち尽くしていたが、やがてよろけるようにソファへ身を沈めた。

「じゃ……隆夫さんの言ったのは……」

「肝臓ガンでな。……無茶をし過ぎたのかな。分かった時は手遅れだった」

「それなのにお酒を……」

「飲んでも飲まなくても死ぬんだ。同じことなら飲まねば損というものさ」

千住はグラスを上げて、「誰も私の病気に気づかなかった。絹江でさえも。それをあの男は一目で見破った」

「その病気と今度のことと関係があるの？」

「もちろんだ。……私は苦しみ抜いて死ぬのはごめんなのさ。惨めな様をさらしたくない。だから誰かに殺してもらおうと思ってね」

「そんな……信じられないわ！」

「本当のことだよ」

「自分で死ぬことだってできるじゃないの」

「自殺とは自分に負けることだ。私は弱味を見せたくない。自殺は人生の敗残者のすることだ」

「殺されるのが怖くはないの？」

「死ぬのを恐れては生きて行けないよ。……死は恐ろしくない。ただ他人から、あいつも弱い人間だったかと言われるのが我慢ならんのだ」

美也子は信じ切れぬ面持で、父を見つめていたが、やがて立ち上がると、

「お父様にはお父様の事情があるでしょうけど、私にも自分の幸せを守る権利があるわ。絶対に隆夫さんにお父様の仕事を継がせたりはしません！」

「それは彼が決めることじゃないのか」

「私が許さない！」

「自分でこうと思ったことはやり抜く。私のことは知っているだろう」

「お父様の自由にはさせないわ」

「私を止めるつもりか？」

「ええ。何としても。……殺してでも！」

美也子は叩きつけるように言った。

2

「さて帰るか……」

　飯沢警部はデスクから立って大きく伸びをした。今日は全く変な日だったよ。――朝っぱらから〈大物〉千住が殺されたと聞いて張り切って駆けつけりゃ何のことはない、本人は至って元気、ピンピンしてるのだから！　本部長は渋い顔で、まるで俺に責任があるとでもいうような顔をするし、泣きっ面に蜂だよ、全く。

　ブツブツ文句を言いながら腕時計を見るとそろそろ六時半だ。

「おい野々山」

　飯沢は、何やらせっせと書き物をしている野々山刑事へ声をかけた。「俺は帰るぞ」

「はい。お疲れ様でした」

「お前はまだ帰らないのか？」

「ええ、やりかけの書類があるんで、これを終わらせてから帰ります」

「フン、熱心なこった。出世するぞ」

　嫌味たらしい口調で言って、飯沢は帰って行った。野々山は肩をすくめて、

「あのオヤジ、今に失脚するぞ、畜生！　そうなったら赤飯炊いて祝ってやらあ」

と呟くと、書きかけの〈書類〉へ戻って、

「ええと……〈あなたと過ごした一時間は一分一秒たりといえど僕の記憶から去ることはありません〉か。うん、これは文学的ないい表現だぞ……」

何のことはない、ラブレターを書いているのである。

「しかしこの後をどう続けるかな。……〈ぜひもう一度あの一時間を……〉。いや、これはちょっと物欲しそうに見え過ぎるかな。〈あなたの時間が許せば……〉ってのはちょっと遠慮しすぎかなあ。少し強引に出たほうが女は頼もしいと思って……」

野々山が真剣に悩んでいるとデスクの電話が鳴った。

「はい。……え？　よく聞こえないんですがね」

ひどく低い、囁き声だった。

「……あんたかね、今日千住の屋敷へ行ったのは」

「そ、そうだけど……」

「無駄足で悪かったな」

「あんた、誰だね？」

「しかし今度ははっきり言っとく」

その声は野々山の問いなど無視して続けた。

「今夜、千住は殺されるぜ」

「な、何だって？　おい――」

「じゃあな」

野々山は沈黙した受話器をポカンと眺めていた。今のは空耳だったのか？　それとも本当に……。しかし、殺人予告なんて、推理小説の中だけのことじゃないか。まさか、現実にそんな奴がいるはずがない。

野々山は受話器を戻して、さてどうすべきか考え込んでしまった。飯沢は帰ってしまったし、報告して指示を仰ぐべき上司もいない。わずかに残っている同僚たちにしても、みんな手持ちの事件で忙しいのだ。といって、今からまたあのマンガ荘まで出かけて行くのも……。

また電話が鳴った。野々山は一瞬ためらってから受話器を上げ、恐る恐る耳に押し当てた。

「野々山か？　おい、返事をしろ！」

聞き慣れたガミガミ声だったが、この時ばかりはホッとした。

「警部、ちょうどよかった！　実は――」

「分かっとる、分かっとる」

「は？」

「ライターをデスクに置き忘れた。捨てたんじゃないぞ。引出しに入れといてくれ」

「は……はあ。分かりました」

「使うなよ。高級品だからな、乱暴に扱うと故障する」

野々山はムッとして、

「僕は自分のを使いますよ」

「当り前だ。じゃ頼んだぞ！」

「あ、警部、それが今電話で——」

すでに電話は切れていた。「何だい畜生！　人を馬鹿にしやがって！」

野々山は受話器へ罵りを投げつけ、乱暴に戻した。デスクの上だって？　何だ、安物の国産ライターじゃないか。

「……どうしたもんかなあ」

席へ戻ってため息をつくとまた電話が鳴る。

「おい、いい加減にしろよ……」

と言ってみたものの、電話が「すみません」と黙るはずもなく、仕方なしに受話器を取って、

「はーい」

と我ながら間のびした声を出すと、

「なあに、野々山さん、居眠りでもしてたの？」

と溌剌とした声が飛び出して来て、

「あ！　ひ、ひとみさん！」

と受話器を握り直す。たった今、頭をひねっていたラブレターの当の相手である。

「今ねえ、そこのすぐ近くの喫茶店にいるの。お夕食、一緒にしない？」

「え？……え、ええ、しかし……それが……」

「大丈夫！　ちょいと臨時収入があったから今日は私おごるわ」

「いや、そんなことじゃありません！」

野々山は憤然として言った。

「あら、じゃお仕事なの？」

ハムレットの心境が今、野々山にはよく分かった。職務と私情との板ばさみ。あの電話を放っておくわけにはいかない！　しかし、もしいたずらだったら？　そうとも！　今朝の電話だっていたずらだったのだから……。

「ねえ、どうするの、野々山さん？」

野々山はもはやためらわなかった。

「いや、ちょうどきりがついた所だったんです。すぐに行きますよ。何て店ですか？」

「旦那様は夕食も塔のお部屋でお摂りになるそうで……」

絹江が言った。

「分かったわ。――ああ、絹江さん」

「はい」

「実はねえ……私もあのお客さんたちと一緒じゃ気が重いのよ。私と主人の分、この部屋へ運んでくれない？」

「はあ……ですけれど……」

「何か？」

「もう下で食べ始めておられます」

「あの人？――呆れた！　こんな食いしん坊だと思わなかったわ」

諦めて階下へ下りて行くと、賑やかに談笑する声が聞こえて来た。食堂へ入って行くと、ちょうどあの小柄な初老の男、古井が今度はまたしごく愉快そうにしゃべっている。

「……玄関から叩き出されたんです。『俺は九十までは死なんぞ！』って怒鳴りましてね。ですが私も若かった。翌日またその家へ行ってみました。すると……〈忌中〉の紙です。その当人が前の晩に脳溢血で死んじまったんですな」

「それじゃその人が保険に入らなくて、あなたは助かったわけだ」

隆夫が微笑みながら、「入ってたちまち死なれちまったら大損でしょう」

「いやいや、それは違いますよ」

桂木が口を挟んで、「契約したからといってすぐに有効になるわけではありません。しかるべき医師の健康証明が必要ですし、それに一度も掛け金を払い込んでいなければ無効ですよ」

「はあ、そんなものですか」

「私も昔、保険会社にいたのです」

桂木は説明して、「それをたまたま訪問先の家で今の社長に会いまして——いや、つい先日までの社長、と言うべきだな——、いろいろ話をしているうちに私が数字に強いのを見て、社長が『うちの経理で働いてみないか』と言い出したのです」

「なるほど、いい人材を掘り当てたわけですね」

隆夫が言うと、

「いや、最後が公金横領ではね。いい人材とも言えませんな」

と桂木は笑った。

「広津さんは何をしておられるんですか？」

隆夫が訊いた。どうやら一座の司会役を進んで勤めている感じだ。

「私は別に……」

広津は重い口を開いた。

「お前さん、〈少女の敵〉だってなあ」

山崎が相変わらずワインをガブ飲みしながら言った。「新聞に似顔が出てたぜ」

「私じゃありませんよ」

「ごまかすなよ。ここにいるのはみんなスネに傷持つ連中だ。隠すこたあない」

「あんたには関係ない！」

広津が山崎をにらんだ。山崎は一向に気にする様子もなく、

「このお方が何をして食ってるか教えてやろうか」

と他の一同を見回した。「大方の見当はつくぜ。ユスリ・タカリ、女のヒモになって渡り歩く……そんなことのくり返しさ。違うかね？」

「貴様！」

広津が突然席を蹴って立ち上がった。右手にナイフを握って——ただし食事のナイフだったが——隣の席の山崎へつめ寄ろうとしたが、一歩踏み出した所でピタリと動きが止まった。いつの間にか山崎の手に飛び出しナイフが光って、それが広津の腹へ一センチ足らずまで突き出されていたのだ。ストップ・モーションをかけたフィルムのように、二人は静止したままにらみ合った。

美也子は口に入れた肉片をゴクンと飲み込んで目を白黒させた。〈こんな所で殺人

沙汰なんて困ります!〉と怒鳴りたかったが、声が出て来ない。

「いい肉ですねえ」

隆夫が言った。「いい肉ってのはナイフを往復させる必要がないって言うけど、本当ですねえ。いやあ、いつも食べてる肉は必死になってかみ切らなきゃならんようなのばっかりだから……」

と目の前の騒ぎなど気にも止めない様子でムシャムシャ食べ続ける。

にらみ合っていた広津と山崎は、何となく毒気を抜かれた格好で、やがて席に戻った。

美也子はそっと息をついて、グラスのワインを飲んだ。

「お嬢さん」

山崎が言った。「どうです? 親父さんに確かめてもらえましたか?」

「は、はあ……」

美也子はためらった。父が死の病に取りつかれていることを、この四人の前で明かすわけにはいかない。といって、ええ、父は本気ですから、どうぞ殺して下さいとも言えない……。

「私からは……まだお話しできませんの。もう少し待って下さい」

「いや、そりゃね、待つのはいくらだって待ちますぜ。いい食い物と酒があって、サツにとっつかまる心配なしで寝てられると来りゃ、こいつは最高だ。正直、少しでも長びかしてもらいてえくらいですな」

山崎は陽気にグラスをあけた。

「しかし、お嬢さんもご心配でしょう」

桂木が言った。「お父さんがどういうおつもりか分からんのでは……」

「保険に入って自殺なさろうというんじゃありませんか?」

古井が保険屋らしいことを言い出した。「自殺では保険金が支払われないから……」

隆夫が顔を上げて、

「殺人の場合には?」

「それは契約によりますな」

「しかしこうして本人が依頼した事実が発覚すれば――」

「ああ、そりゃもちろん、無理ですね。保険金は出ません」

「でもそんなこと、あり得ませんわ」

美也子がやや強い調子で言った。「父はそんな保険金を必要とはしていません」

「それはそうですな」

桂木が肯いて、「すると動機が分かりませんね。まあ我々には考え及ばないようなことを――」

そこへ絹江がつかつかと入って来て、

「桂木様」

「は？」

「お客様でございます」

「客？　私に？　誰だろう……」

桂木は当惑した様子で席を立った。「失礼します」

美也子はちょっとためらってから、桂木の後を追った。出口の所で絹江に、

「お父様がお客を入れていいと言ったの？」

と低い声で訊くと、

「はい。お名前をお伝えすると、『その人なら構わん』とおっしゃって……」

ホールのほうから、

「君か！……どうしてここが……」

と驚く桂木の声が響いて来た。美也子が行ってみると、桂木が若い女と固く抱き合って……。引き返そうにもタイミングを失して、仕方なく目を伏せて立っていると、
その内桂木が気がついた。

「あ……あの、お嬢さん……これは私の……その……」

「分かりますわ。桂木さんが刑務所を出るまで待っているとおっしゃった方ですね」

「そ、そうなんです」

桂木が照れて頭をかく。女は二十七、八で、美人というより子供っぽい愛らしさの魅力的な女だった。

「まあ、あなたったら、こんなキレイな人がいるから腰を落ち着けてたのね！」

と彼女が桂木をにらむ。

「馬鹿を言うな。この人はもう奥さんだよ」

「あら！　でもやっぱりいい家のお嬢さんって、ちっともくすんで来ないのねえ、結婚しても！」

「失礼なこと言うなよ！」

美也子は笑い出してしまった。彼女の言い方が、少しもねたみを感じさせない素直なものだったからだ。

「私、香織といいます」

「千住の娘で春山美也子です」

「おい、香織、どうして私がここだと分かった？」

「電話があったの」

「電話？　誰から？」

「分かんないわ。男の人だった。ただあなたがここにいると教えてくれただけで切れちゃったの。私はもうあなたのことが気になって、我慢してられなかったものだから……」

父だわ、と美也子は思った。絹江に訊かれて『その人なら構わん』と言ったのは彼女が来るのを承知していたからとしか思えない。

「さあ、香織さん、どうぞ。今食事中ですの。あなたもご一緒にいかが?」

「ええ。この人の顔見て安心したら、急にお腹が空いて来ちゃった!」

「おいおい……」

桂木がハラハラしながら苦笑した。

「大分賑やかになったねえ」

隆夫が言った。

「一体何が始まるのかしら……」

美也子は沈んだ口調で、「もう分からなくなっちゃったわ」

「分からない時は考えたって仕方ないさ。成り行きに任せる他はないよ」

美也子は隆夫を見て微笑んだ。気楽なんだから、この人は……。

もう十一時を回っていた。みんなが自分の部屋へ戻っている。そして今夜もまた何かが起こるのを待っているのだ。

「今日、父から聞いたわ。……あなたの言った通りよ。肝臓ガンで三か月しかもたないって」

「そう」

「あなたどうしてそれが分かったの?」

「何となくさ」

「父はあなたを気に入ってるわ」

「そうかい? そりゃよかった」

「それがちっともよくないのよ」

「どうして?」

「父はあなたに自分の持ってる事業を継がせるつもりよ」

「事業を? 僕に?」

隆夫は思わず笑い出して、「三日とたたずに全部倒産するぜ」

「笑いごとじゃないわよ」

「ごめんごめん」

「お願いだから、父のいうことなんかに耳を貸さないでね」

「君のお父さんだ、喧嘩したくはないがね。――しかしお父さんはもう実際に経営に携ってるわけじゃないんだろう?」

「その辺は私も分からないわ。――神崎さんなら知ってると思うけど」

「あの弁護士さんか」

「そう。父の秘書みたいなものよ」

「なかなか抜け目のない人のように見えるね」

「虫が好かないわ」

「しかし有能だろう。僕はああいう頭のいい人を見ると感心しちゃうんだ。よくああも色々なことに頭が回るなと思ってね」

「変なことに感心しないでよ」

「しかし、あの手の人は怖いね」

「どうして？」

「例えばあの客の広津って男……。あれもちょっと薄気味悪いが、底は浅い。山崎ってのがアッサリ見抜いたぐらいだ。危険な男だけど、それがこっちにもすぐ分かる。でもあの弁護士先生は自分を殺すことに慣れてるだけに、何を考えてるか分からないって所があるだろう」

「そう？　あの人は感情なんかないのよ。計算機みたいなもの」

「いや違うね。感情を隠してるだけさ。僕は不思議なんだがね」

「何が？」

「お父さんがあのメンバーの中に弁護士先生を入れなかったことが、さ」

美也子はまじまじと隆夫を見つめた。そしてため息をついて首を振りながら、

「あなたって時々、急にびっくりするようなこと言い出すんだから……」

「お腹も太ったし、眠るか！」

「そうね。先にお風呂をどうぞ」

「うん。銭湯へ行かずにすむってのはやっぱりいいね」

「ぜいたくに慣れないでね。私たちまたあのアパートへ帰るんだから！」

「分かってるよ。そうにらむなよ」

――美也子が風呂を出て、部屋へ戻ると、隆夫はもう大きなベッドの真中でウトウトしていた。

「ちょっと！」

「ん？……何だい？」

と目をパチクリさせる。

「眠らないでよ。昨夜だってさっさと先に高いびきなんだもの」

「眠いんだからしょうがない……」

「満腹するまで食べるからよ」

「おいしいんだからしょうがない」

「私は食べたくないの？」

「ん？」

と振り向けた顔へ、美也子は唇を寄せて行った。二人は広いベッドの上へ……。

「私だって、おいしいわよ」

美也子は誘うように言って、隆夫のパジャマのボタンを外していった……。


「……今、何時頃？」

「そろそろ……十二時半」

「そう」

美也子は仰向けになって、暗い天井を仰いだ。全裸のしなやかな体が、熱くほてって息づいている。

「私、赤ちゃんが欲しいわ」

「……初めて聞いたね」

「急にそう思ったのよ」

「そうなると僕も何か職を見つけて働かなきゃなあ」

「まだいいわよ」

と笑って、「でも心構えはしておいてよ」

「僕が父親か。——ピンと来ないね」

と隆夫はいささか頼りない。

やや間を置いて、美也子が言った。

「今日、父が三か月の命だって聞いた時、何を考えたか、分かる？」

「さあ……」

「父と最後に一緒に出かけたのは、いつだったかしら、と思ったの」

「いつだったんだい？」

「……思い出せなかったわ」

美也子は裸でベッドからスルリと床へ降り立つと、「さあ、シャワー浴びてから寝ようっと。あなたは？」

「うん。僕もそうする」

美也子はバス・ルームで熱いシャワーを浴びて、汗ばんでいた肌をサッパリさせると、隆夫と交替した。パジャマを着込んで、ベッドの乱れを直していると、電話が鳴った。

「はい、美也子です。……もしもし？」

「美也子か、私だ」

父の声だ。しかし妙にこもって、苦しげに聞こえる。

「お父様、どうしたの？」

「私は……」

と言ったきり声が途切れた。

「もしもし。……もしもし！」

美也子は返事のない受話器をそろそろと戻した。どうしたのだろう？　発作でも起こしたのだろうか？

美也子は窓へ駆け寄り、重いカーテンを開けた。暗い闇の向うに、塔の部屋の明りがくっきりと四角い窓を形造っている。その窓辺に、父の姿があった。黒いシルエットだったが、父の姿であるのは見分けがつく。美也子はこっちへ向いた窓が開いているのに気づいた。滅多に開けることのない窓なのに。そして……美也子は自分の目を疑った。父が窓枠へ片足をかけた！

「やめて……」

思わず声を洩らした瞬間、父は窓の下の闇へ向かって身を躍らせた。一瞬にして姿は暗闇に消え、四角い窓が空しく空の中に輝いている……。

「ああ、さっぱりした」

隆夫がパジャマを着ながらやって来た。「寝ないのかい、美也子？――美也子、どうしたの？」

美也子はよろけるように窓から二、三歩退がった。目を見開き、両手で口をふさぐようにして――。

「何かあったのかい?」

「父が……父が……」

囁くような声しか出て来ない。

「お父さんが?」

「今……飛び降りたの!」

隆夫は一瞬美也子の顔をじっと見てから、窓へ駆け寄って、外を見た。

「確かに、見たのかい?」

「ええ……」

「じゃ、行くんだ! 急いで、ガウンを着て! さあ!」

隆夫はガウンを手渡して、「大丈夫か?」

「え、ええ……大丈夫」

「行こう!」

二人は部屋を飛び出した。

廊下を駆け抜け、階段を足早に降りて行く。降り切った所で、桂木と香織に出くわした。

「どうしたんです？」

「ちょうどよかった。桂木さんも来て下さい。千住さんが塔から飛び降りたんです」

「そいつは大変だ！」

桂木は香織へ、「君は部屋にいなさい」

と言いつけて、隆夫と美也子の後を追った。

裏口から庭へ出て、林の間を抜ける。闇夜に近かったが、館の明りが微かに洩れて、ようやく足元を照らし出している。三人は全力で走って、塔の下へと駆けつけた。

「――どこだ？」

「あの窓の下だから、この辺だわ」

「でも……」

隆夫はあたりを見回して、「どこにも見えないよ」

「変だわ……。確かに私……」

「一回りしてみましょう」

と桂木が言った。

三人は塔の根元をぐるりと回って見た。しかし、どこにも死体らしい物の影も、痕跡もない。元の場所へ戻って来て、美也子は頭を振りながら、

「私の幻覚だったのかしら？……あんなにはっきり、父が窓枠へ足をかけて飛び出す

のを見たのに……」

「確かにお父さんだった？」

「ええ。光を背にしたシルエットだったけど、父だったわ」

「あなたの思い違いなら幸いですがね」

と桂木が言った。

「何事もなかったのなら、上の部屋にいるはずだね」

隆夫は塔の上のほうを見上げて、「行ってみよう」

三人は鉄の扉を開いて塔の中へ入った。正面のエレベーターのボタンを押すと、すぐに扉が開いた。エレベーターが上に着いて扉が開くと、三人はキョロキョロあたりを見回しながら部屋へ足を踏み出した。

「お父様！——いるの？」

美也子が声をかけたが、返事はない。

「一回りしてみよう」

隆夫が言った。「桂木さん、反対側から回って下さい」

「いいですよ」

回る、といっても、ものの数秒あれば充分だ。反対側で顔を合わせた三人は、肩をすくめた。

「ここにはおられないようですね」

「それじゃ一体……」

美也子は何が何だか分からなくなってしまった。「どうしたのかしら？」

「お父さんはどこでいつも眠ってたんだ？」

「その長椅子がベッドにもなるの。でも今夜は眠ってなかったのね。長椅子のままになってるから」

ソファと兼用のベッドといっても、いわゆる安上がりな簡易ベッドとは訳が違う。がっしりした北欧風の木造りで、クッションも分厚い。背もたれを倒さなくても、充分一人なら寝られる広さである。

「どうすればベッドになるの？」

「その足の付け根のところにスイッチがあるわ」

「どれ？……これかな？」

カタカタと小刻みな音がして、背もたれがゆっくりと倒れ始めた。「へえ！　よく出来てるねえ！」

「電気仕掛けか何かですか？」

「いいえ。私もよくは知りませんけど、歯車を組み合わせたメカニズムなんだそうです。ずいぶん古い物だそうですけど、とても精巧にできてるでしょう」

「全く立派な物だな！」

と感嘆の声を上げてから、隆夫はふと身をかがめた。「こいつは……」

広がったソファの中央に銀色に光る物があった。拾い上げてみると口紅である。

「口紅か。ちょうど長椅子の状態だと、真中が折れ曲がって凹んでしまう。そこへ入り込んじまったんだな。——君のかい？」

「いいえ！」

美也子は口紅を受け取って眺めた。「これはエリザベス・アーデンだわ。高級品よ。私なんか手が出ないわ。それに私、こんな赤の強いのは使わないわ」

「そうか。じゃ一体……」

「父はいつもここへ女を来させていたもの、その誰かが落として行ったんでしょ」

「なるほどね……」

隆夫は何やら考え込むように呟いた。

「でも……一体、父はどうしたのかしら？」

「さあね。部屋を見た限りでは異変のあった様子はないし、飛び降りたにしては、下に死体もない……」

「でも、確かに私——」

「分かってる。僕は信じるよ。きっと見た通りのことがあったのに違いない」

「しかしそれは妙ですね」

　と桂木が首を振って、「お父さんは我々に自分を殺すよう依頼なさった。それでいて飛び降り自殺なさるとは……」

「君がそれを目撃してから僕らがこの下へやって来るまでに、せいぜい三、四分しかたっていないはずだ。誰かがお父さんの死体を隠したとしても、それだけの時間で……」

　隆夫は開いたままになっている窓から、暗い戸外を眺めて、「君が見たのはこの窓だね？」

「ええ。開けておくことなんか、ほとんどないの。それも妙だわ」

「もし本当に飛び降りたのなら、地面に何か痕跡が残るはずだよ。この暗い中では分からない。ともかく夜明けまで待とう」

　その時、長椅子のそばのテーブルにある電話が鳴り出して、三人はギクリとした。

「はい。――ああ絹江さん、美也子よ。お父様がいないの。あなたは知らない？――そう。――え？――分かったわ。すぐ行きます」

　美也子は受話器を置いて、「絹江さんも知らないそうよ。驚いていたわ」

「そうなると、いよいよことは面倒だなあ」

「それだけじゃないの」

「何だって？」

「警察の人が来てるんですって」

「警察」

「ええ。また電話があったらしいの。今夜、父が殺される、って」

三人は言葉もなく、顔を見合わせた……。

3

野々山刑事は多分に後ろめたい気分で、ソワソワとホールを往き来していた。何しろ、どう考えても午前一時過ぎというのは、人の家を訪問するのに相応しい時間とは言えないし、公務というには、自分一人の判断でやって来たので、いささかはばかられるところなのである。おまけに理由がいたずらかもしれぬ怪電話で、それも警察へかかって来たのは六時間以上も前と来ている。

やっては来たものの、野々山は門の前で、テレビカメラに身分証明書を見せた瞬間から、早くも後悔し始めていた。それなら最初から来なければいいようなものだが――そもそも、彼をここへ来させたのは、飯沢警部でも、彼自身の職業意識でもなく、恋人の花岸ひとみだったのである。

この夜のデイトは、野々山がほぼ十五分に一回の割で自分の頬をつねったり、右の足で左の足を蹴っ飛ばしてみたりするほどにトントンと理想的に進展し——実際、ただ憧れに胸を焼いているだけだった当の相手から「好きよ」と告白され、キスされるなんてことは、特に野々山の場合、一生に一度もあるはずもない、奇跡以上の出来事だったわけだ。まあ冷静な第三者が見ていれば、女のほうが多少ヤケ気味なのは、意中ナンバー・ワンだった相手が他の女性と婚約したせいで、やむなくナンバー・ツーで我慢することに決めたのだな、とたやすく見抜けたに違いないし、ああも自分のほうから積極的に迫って行くのは、そうと決めたら、こっちに早くツバをつけておくに限る、という気なのに相違ないと直感されるはずだが、野々山は残念ながらそういう第三者の忠告を受ける機会を逸したまま、

「みんなあなたにあげるわ」

という彼女の熱い囁きにカッカと頬が燃え立ち、青森のリンゴみたいな顔で、彼女と共に、仕事以外では足を向けたこともないラブ・ホテルへと向かったのであった。もし幻の第三者がその二人の後姿を見送ったとしたら、結構場数を踏んでいるに違いない女が、きっとベッドの上では恥ずかしげに身をよじらせ、あたかも初めてであるかの如く痛がってみせ、かくて哀れな男性の方は、感涙にむせぶという光景をまざまざと思い描いて苦笑したに違いない……。

さて、その感激の儀式が無事終了した後、早くも奥さんづいたひとみは、早く出世しろと野々山をせっつき始めた。そして話のついでに、彼が今夜の怪電話のことをチラリと洩らすと、とたんに、そういう絶好の機会を見逃す手はない、とたきつけたのである。いたずらだったら困る、とか、飯沢警部に黙って一人で行ったら後が怖い、といった言い訳には耳も貸さず、そんなふうだからいつまでも平の刑事なのよ（いつまでも、と言われるほど長くはないのだが）、上役なんか気にせずに蹴落としてやればいいの、と宣言。逆らうには余りに純真な野々山は、ラブ・ホテルから真直ぐにここへ出動して来たという次第である。

しばらく待って、やっと美也子がホールへ姿を見せた時には、野々山はもうさっさとお詫びを言って帰りたい心境だった。

「どうもご苦労様」

美也子が優しく言った。「今度はお一人ですの？」

「は、はあ。こんな時間にお伺いして本当に申し訳ないと思ったんですが……」

「いえ、お仕事でしたらやむを得ませんわ。それで、また何か電話があったとか？」

「ええ、そうなんです……」

野々山は例の電話の内容を美也子へ話して聞かせた。ただし、たった今、その電話があったかのように。

「まあ、またいたずらだろうとは思ったんですが……その、万一ということもありますので、こうして……」

「それはそうですわ。本当にご足労をおかけして――」

「で、お父様は別に何も……？」

「はい。無事でおります。ちょっと疲れて休んでいるものですから、お目にかかれませんが」

「そうですか……」

半ば安堵し、半ば落胆しつつ肯くと、「いや、どうも申し訳ありませんでした、お騒がせして」

「いいえ、わざわざおいでいただいて、こちらこそ恐縮ですわ」

と至って愛想よく言われたものの、野々山としては、もはやここにいる理由はない。

「――では失礼します」

とピョコンと頭を下げて玄関のほうへ向きかけた時だった。

「お嬢さん、お父さんが飛び降りちまったんですって？」

階段をヒョコヒョコ降りて来たのは、見すぼらしい感じの初老の小男だった。

「古井さん！」

「何か手伝いましょう」

「い、いえ、いいんです！　父はちゃんと休んでますわ」

「おや、そうですか？　でも桂木さんの彼女が騒いでましたよ」

「いえ、思い違いだったんです。大丈夫なんです！」

野々山はポカンとして二人のやりとりを聞いていたが、

「あの……何かあったんですか？」

と控え目に口を挟んだ。

「いえ、何でもありません。ちょっとした誤解だったんですの」

美也子の口調は至ってきっぱりとしていた。腕のいい刑事なら粘る所だろうが、野々山はこんな美人が嘘をつくなどとは考えもしない男である。素直に、

「そうですか」

とまた玄関のほうへ行きかけた。そこへ、

「おい、騒がしいな！　何かあったのかい？」

と今度は打って変わって柄の悪い声。いかつい人相の男が、およそ似合わない絹のガウンをだらしなく着込んで、欠伸（あくび）をかみ殺しながら降りて来る。その男の顔を見た野々山は、はて、と思った。どこかで会ったことのあるような、ないような……。こんな特徴のある顔を忘れてしまうのだから、野々山は刑事向きではないのかもしれない。〈凶悪犯指名手配〉のポスターにデンと居座っている顔ぐらい、毎日署で眺めて

いるのだ、即座に思い出せなければならないところである。

誰だったかなあ……。俳優か何かかかな？　などと考えているうちに、男のほうも野々山を見た。二人の視線が会う。

「起きてしまわれたんですの？　何でもないんです。すみませんでした」

「それならいいんだがね」

とその男は笑って見せて、そのまま階段を上がって行ってしまった。

「今の方はどなたです？」

野々山は美也子に訊いた。

「え？――ああ、今の方ですか？　父のお客ですの。古い友人で……」

「そうですか」

と相変わらず疑ってもみない。「いや、じゃ本当に失礼します」

「どうも申し訳ありません、おもてなしもせず」

「いえいえ、とんでもない」

と野々山が一礼し、美也子が開けた玄関のドアから出て行こうとすると、突然、

「動くな！」

と鋭い声がホールに響き渡った。びっくりして振り向いた野々山の目に、今階段を上がって行ったばかりの男が、踊り場に立って、その手に拳銃があるのが映った。銃

口はピタリと自分のほうへ向いている。

　一瞬、凍りついたように、誰も動かなかった。野々山は一体何が起こっているのか理解できないまま、

「どうしたっていうんです、そんな――」

と二、三歩足を進めた。

「動くと撃つぜ！　両手を上げるんだ！」

　相手の声には迫力があった。こりゃ俳優としたら、きっとヤクザ映画専門に違いない、と野々山は思った。

「やめて、山崎さん！」

　美也子がやっと我に返ったように叫んだ。

「黙んな！　こいつは俺のことに気づいた。目を見て分かったんだ。帰すわけにゃ行かねえ！」

　山崎？……山崎……山崎。野々山は、やっと思い出した。こいつは――

「貴様、あの――」

「手を上げろと言ったろう！」

　凶悪犯となればなおのこと、野々山は銃口にこれほど間近にさらされたことはなかった。しかし、刑事として、こういう場合取るべき道はわきまえていたのが、せめて

もの幸いと言えるだろう。つまり、高々と両手を上げたのである。

「どう答える？」

——ややさかのぼって、塔の部屋から館へと戻りながら、美也子が隆夫に訊いたのは、つまり、やって来た刑事へ何と答えようか、ということだった。

「そうだねえ……。お父さんがどうなったにせよ、今の所、殺されたという可能性は薄い。それなら事態がはっきりしてから警察へ知らせてもいいんじゃないかな」

「そうね。——じゃ、隆夫さん、書斎にいてよ。私が刑事の相手をして、巧く追い返すわ。こんな時間ですもの。父に会わせろとは言わないでしょう」

「よし、君に任せるよ」

「ええ、大丈夫、巧くやるわ」

——と引き受けた結果がこの始末。

山崎の部屋の椅子に縄で縛りつけられて哀れな姿をさらしているのは野々山刑事である。山崎はしごくご満悦の態で、

「へへ……。デカさんよ。この格好、決まってるぜ。新聞社に写真でも送ってやろうか？」

「山崎さん！」

美也子は抗議した。「すぐに放してあげて!」

「ごめんですね、お嬢さん」

「あなたは客ですよ。人の家でこんな勝手な真似は許しません!」

美也子も怖い物知らずである。

「放してやったって、そりゃいいですよ。でもその場で俺が撃ち殺しますが、それで構いませんか?」

「そんな――」

「それにね、こいつを帰しゃ俺がヤバイだけじゃない。あんたの親父さんだって俺を知っててかくまったってことで重罪ですぜ。それでもいいんですか?」

美也子はぐっと詰まった。山崎はニヤリとして、

「ま、このままにしておくのが、お互いのために一番だと思いますがね」

「でも……この人が帰らなきゃ、どうせ他の刑事さんたちがやって来るわよ」

「そいつはどうかな。ちょいと妙だぜ、この野郎は。大体、妙な電話があったたって、まずここへ電話で問い合わせて来るのが当然だ。それをこんな夜中にいきなり訪ねて来るってのはおかしい。それに、来るにしたって、二人で来るはずだ。一人ってこたあない。パトカーも使わずタクシーで来てるし、きっとこいつは一人の思いつきでやって来たんだ」

美也子は山崎の経験に裏打ちされた（?）理論に圧倒されながら、一応、縛り上げられてシュンとしている野々山へ、

「この人の言う通りなんですか?」

と訊いた。野々山は黙ってコックリ肯く。いや、口をききたくとも、猿ぐつわをかまされているのである。美也子はため息をついて、

「こんなことになって、ごめんなさい。決してあなたに危害を加えるようなことはさせませんから、どうかしばらく辛抱して下さいね。――これには色々複雑な事情があるんですの。分かって下さいね」

野々山はどうしようもない、というふうに肩をすくめた。山崎が高らかに笑って、

「よし、いい子だ！　うんと可愛がってやるからな」

「山崎さん、この人に指一本触れたら私が承知しませんよ！」

「おやおや、お嬢さんもかなりキツイこと言うんだね」

「あなたのことを警察へ通報はしません。その代わり、この人を無傷で帰すことが条件です。それが気に入らなかったら、ここで私を撃って下さい！」

「分かったよ、そうムキになるなって。大丈夫。デカをバラしたら、それこそ死刑さ。おいそれとはやらねえよ」

山崎の口調に真剣味があった。美也子は少し気を鎮めるように息をつくと、

「じゃ、あなたも父を捜すのを手伝って下さいな」

と言い捨てて出て行った。山崎は感に堪えないといったふうに首を振って、

「大した度胸だぜ、あの娘！　美人で、いい体してて、あの気っぷのよさ！　素人にしとくにゃ惜しいぜ！——なあ、デカさんよ、そう思わねえか？」

廊下で絹江を見つけると、美也子は、

「絹江さん。料理人や他の人には、何とか巧くごまかしてね。お願いよ」

「かしこまりました」

絹江も当惑した様子で、「それはそうと旦那様はどうなさったんでしょう？」

「分からないのよ。ともかく、私は家の中を捜すわ。——あなたも手伝ってね。他の人たちじゃ迷子になっちゃうでしょうから」

「かしこまりました」

何しろ広い屋敷である。

一通り部屋を覗いて回るだけでも大変な仕事であった。絹江と一階二階に別れて捜し回ったが、父親の姿はどこにもなかった。

「……仕方ないわね。明日、他の人たちの手を借りて、もう一度捜しましょう」

部屋へ戻ると、美也子はぐったりと疲れてしまった。

「やあ、どうしたね、刑事さんは？」

　ベッドにひっくり返っていた隆夫が声をかけた。

「哀れなもんよ。縛られちゃって、猿ぐつわ。山崎さんの好きなようにされてるわ」

　美也子の話を聞くと隆夫は、

「――なるほどね。さすがに山崎って人は、その道のプロだな。よく物事を見てるよ」

「変なことに感心しないで、何とかしてよ」

　とムクれると、

「なに、山崎って男は乱暴だが馬鹿じゃない。刑事さんは大丈夫さ。――心配はむしろ、君のお父さんのほうだ」

「ええ……。絹江さんと一通り回ってみたけど、どこにもいないし。たぶん……生きてるとは思えないわ。だって、あんなにはっきりと、私……」

「そうだ。だが死体はなかった。奇妙だな。実に奇妙だ。しかし、これだけで終わらないような気が、僕はしてるんだ」

「どういうこと？」

「分からないが、何かが起こりそうな気がする。それから、ね」

　美也子は再び窓辺に立った。――塔の部屋はそのままにして来たので、黄色い光の満ちた四角い窓が、夜の中にくっきりと浮き出て見えていた。今は父の姿もなく、ただ空しい空間だったが……。

あれは幻だったのだろうか。錯覚か。それとも本当に、見た通りのことが、起こったのか？

美也子は、闇に潜む獣の眼のようなその明るい四角形に、じっと見入った……。


翌朝、朝食を終えると、一同は手分けして千住の捜索にかかった。美也子と隆夫は塔の中と周辺、山崎と広津は庭を別々に、桂木と古井は、絹江に略図をもらって、広い邸内をもう一度捜し回ることにした。

美しく晴れた一日だった。美也子は、ゆうべの出来事が何もかも夢だったような気がした。しかし、父の姿がないのも、椅子に縛りつけられた刑事も、現実なのだ。

隆夫は問題の窓の真下の地面をかがみ込んで調べていたが、やがて立ち上がると、

「何の跡もないね。短い雑草も生えているが、草一本、何かに押し潰された様子はない。ゆうべ僕らが歩いて踏みつけた跡はあるけど、この高さで落ちて来たら、下の柔らかい地面へ相当食い込むはずだよ」

「じゃ、私の錯覚だったのかしら？」

「そうとも限らないさ」

「だって――」

「飛び降りはしたが、何かの理由で下まで着かなかったとも考えられる」

「そんなことって、あり得ないわ！」

「分からないよ。この世には時々、とんでもないことが起きるからね。もう一度上へ行ってみよう」

　真面目な顔でそう言って、隆夫は鉄の扉を開けた。

「君はエレベーターで行きたまえ。僕は階段で上がる」

　美也子が塔の部屋へ昇って、ゆっくり一回りすると、隆夫がフウフウいいながら上り口から顔を出した。

「やれやれ、運動不足が応えるな。胸が苦しくて……」

「しっかりしてよ」

「ああ……大丈夫。どうだい？」

「何も変わりないわ。昨夜私たちが出た時のままよ」

「そうか……」

　隆夫はじっくりとあちこち眺めつつ、部屋を一回りして戻って来た。

「どうやら、お父さんは本当に姿を消してしまったようだね。まあ他の連中が見つけてくれれば別だが……」

「今度のことは分からないことだらけよ。あんなまともでない人ばかり集めて、〈殺してくれ〉と頼んでおいて、自分で飛び降りてしまう。それでいて死体も落ちた跡もない。といってどこにいるでもない……。さっぱり分からない、私！」

「僕もご同様だな」

「それによ、あなたを事業の後継者にすると言っておいて、その日のうちに自殺することなんてある？」

「そう……。僕と君の結婚についても、まだ話し合う約束だった。お父さんのような性格の人だったら、自殺するにしても、総ての問題にはっきり結着をつけてからにするだろう」

「ええ、そう思うわ」

「お父さんは自殺じゃない。これは確かだよ」

「でも父は自分で飛び降りたのよ！」

「それは確実かい？」

「ええ！　誰にも突き飛ばされたり、押されたりはしてないわ」

隆夫は開いた窓の所へ行き、

「君が見た時、お父さんはどうしてた？」

「両手を窓の下の枠に置いてたわ」

「こんなふうに？」

「もっと真中にいたわ」

「これくらい？」

「そう」

「それから？」

「左足を窓枠へかけたの。――やめて！」

「大丈夫だよ。飛び降りやしない」

「当り前よ！　でも危ないわ。やめてよ」

「そして飛び降りた……」

「ええ。一気に、ね」

「ふむ。……これじゃ誰かに押されたとも思えないねえ」

「押されたにしたって――」

「死体はあるはずだ。それがないのはなぜか？」

「さっき、あなたが〈下へ着かなかったのかもしれない〉って言ったのは、どういう意味？」

「ああ。つまり、お父さんがあらかじめ途中にネットを張ったりしておいたのかと思ったんだ。動機は別にして、方法だけを言えば、だよ。しかしそんなネットを張ったら、今度は外すのが大変だ。僕らがここへ駆けつけるまでではとても無理だろう」

「それはそうね」

「もう一つの考えはね、下に車がいた、ということなんだ」

「車？　自動車？」

と美也子は目を丸くした。

「そう。トラックの荷台にワラのような物を一杯積んでおいて、そこへ飛び降りる。すぐに車で走り去れば一分とかからない。――しかし、タイヤの跡が地面に必ず残るはずだ。でも見つからなかった……」

隆夫は首を振って、「お手あげだなあ、全く！」

美也子は隆夫の突拍子もないアイデアに、呆気に取られて彼の顔を見ていた。


しばらくして美也子と隆夫が書斎へ行くと、山崎と広津が紅茶を飲んでいた。捜索が終わったらここで集まることにしてあったのだ。

「やあ、何か見つかりましたか？」

隆夫が声をかけると山崎が肩をすくめて、

「庭にはいない」

と答えた。「充分捜したつもりだ。庭には手がかりらしい物もないよ。そっちは？」

「こっちもさっぱりですよ」

　と隆夫はソファへ腰を降ろした。「僕も紅茶をいただきます。ポットを……すみません。——いや、全く参りましたね。妙な話だ」

「あ、そうだわ」

　と美也子が思いついて、「神崎さん、どうしよう?」

「あの弁護士さんか。知らせるべきだろうなあ。——そう、あの人なら、君のお父さんがどこか身を隠しそうな場所——隠し別荘みたいなものを知ってるかもしれないね」

「そうね……。電話してみるわ」

「いや、直接話さないと、現在の微妙な状況は分かってもらえないんじゃないかな」

「じゃ来てもらう?」

「そいつあまずいぜ」

　と山崎がニヤついて、「俺の部屋の刑事さんのことが分かったら、弁護士さんとしちゃ黙ってるわけにゃいくまいね」

「ああ、そうだったわ」

　美也子はため息をついて、「じゃ、仕方ない。私、出かけて来るわ、後で」

「俺のことは黙っててくれよな」

「分かってますわ。あの刑事さんを死なせちゃ可哀そうですもの」

そこへ桂木が香織をつれて入って来た。

「やあ」

「どうでした？」

「部屋という部屋は全部捜しましたがね。見つかりません」

「ご苦労様でした」

美也子は微笑んで、「紅茶でもどうぞ」

「すみませんね。しかし、どうなさったのかなあ、あなたのお父さんは」

「——古井さんは？」

「おや、まだですか」

桂木は意外そうに、「先に戻ってると思ってました」

「奴のことだ、他の部屋へ迷い込んでるのさ」

と山崎は笑って、「きっと洗面所でお茶の来るのを待ってるぜ」

「食堂へ行ってしまったのかな、捜して来ましょう」

桂木が腰を上げて出て行った。

「まめなことだな。サラリーマンはみんな同じだ」

広津がポツンと呟くように言った。

「それがまともなことなのよ」

美也子が冷ややかに言うと、広津がキッとにらんだ。

「どういう意味かね」

「おいおい」

山崎が苦笑いして、「またナイフの決闘をやらかそうってのかい？　じゃ、お前さんに勝ち目はないぜ。このお嬢さんは筋金入りだ」

「彼女は――」

と隆夫が口を挟んだ。「いつも自分が正しいという確信があるんです。そういう人間は強いですよ」

「夫婦喧嘩はどっちが勝つんだね？」

と山崎が訊いた。

「さて、それは秘密ですね。子供の喧嘩は犬も食わないと言うじゃないですか」

美也子が思わず笑いをかみ殺した時、ドアが開いて、桂木が立っていた。

「どうでした？――どうなさったの？」

美也子は驚いて声を上げた。桂木の顔が、まるで死人のように青ざめていたからだ。

「古井さんが……」

桂木は言葉を無理矢理押し出すように言った。「客間で……死んでいます」

「何ですって！」

「殺されているんです」

桂木は言い直した。

4

「食堂にいないので、ちょっと覗いてみたんです。そしたら椅子の背から頭が見えたんで、『古井さん』と呼んでみました。返事がないので居眠りでもしてるのかと思い、前へ回ってみると……この通りで……」

桂木は額の汗を拭った。さしもの落ち着き払った彼にしても、死体——それも殺されたホヤホヤの死体との対面は相当のショックだったのに違いない。

一同は、古井の腰をかけた椅子を要に、扇状に広がって、死体を眺めていた。美也子は、この人がこれほど他人の注目を集めたのは、これが初めてじゃないかしら、と思った。

死体を見慣れていないはずの桂木が、〈殺されています〉と告げたのは、一目でそれと分かるからだった。古井はごく普通の椅子に腰をかけたまま眠り込んだ、といった姿勢で、右手はひじかけにかかり、左手は足の間に垂れている。胸に深々と短剣が突き立っていなければ、どう見ても居眠りしているとしか思えない。

「やれやれ、可哀そうに」

山崎は大して同情もしていない口調で、「しかし一突きで即死だな、こいつは。ほとんど苦しまなかったろうぜ」

「死の顔は安らかかね……」

呟くように言ったのは、桂木にしがみついている香織である。

「そこが妙ですね」

と隆夫が言った。

「というと？」

けげんな表情の桂木へ、隆夫は、

「いや、実に穏やかな表情でしょう。少しも恐怖や驚きの跡がない」

「なるほど。すると眠っている所を襲われたのか……」

「または、殺されるなんて思ってもみない相手にやられたか、ですね」

「しかし、誰が……」

桂木が独り言(ひとりごと)のように口にしたこの言葉で、全員が何となく黙りこくってしまった。

美也子がその重苦しさを振り払うように、

「ともかく、それは私たちの考えることじゃありませんわ。私たちのできることは、古井さんが死んでいるのがはっきりしている以上、この状態に手をつけずに置いて、警察へ知らせることです」

「そいつは困るね！」

山崎が言った。「サツに来られちゃ色々迷惑する」

「殺人があったんですよ！」

美也子が憤然と、「このまま放っとけと言うんですか！」

「この哀れな仏様にゃ、どちらかの部屋で休んでいただく。どっか空部屋があるだろう」

「ごめんだわ！　これ以上、あなたの勝手にはさせません！」

キッパリと言うと、美也子は電話へ向かってツカツカと歩き出した。

「待ちな」

山崎が上衣の下から素早く拳銃を取り出した。「それ以上電話へ近付くと引金を引くぜ」

美也子は振り返ると、

「撃てるもんならどうぞ。自分で自分の死刑執行令状にサインするようなもんよ」

「あんた、いい度胸だ。しかしな、俺はあんたは撃たないぜ。このあんたの亭主か、そこのサラリーマン旦那の彼女をまず撃つ。それでも構わないのか？」

美也子は凄まじい形相でにらみつけ、

「卑怯者！」

そこへ隆夫がのんびりと割って入った。

「まあまあ……。山崎さん、あなたの立場として、警察を呼ばれて困るのはよく分かります。しかし、それによっていくつか新たな問題も生じて来ますよ」

「何だ、一体？」

「まず、死体をどこへ隠すか。どこへ隠したにせよ、ここには絹江さん以外の使用人が何人もいます。それらの人に気づかれないようにするのは至って難しい。第二に、古井さんを殺したのが誰なのか、分からなくなってしまうという点です。証拠がなくなってしまうのも問題ですが、むしろ我々が互いに疑い合いながら過ごさねばならなくなるほうが問題でしょう」

「我々が？」

桂木が思わず言った。「我々の中に犯人がいると言うんですか？」

「他に誰かいますか？」

隆夫は問い返した。「僕らのうち、誰がやったかを決めるのは難しい。みんな手分けして千住さんを捜してたんですからね。誰だって姿を見られずにここへちょっと戻ることぐらいできたでしょう。しかし僕ら以外の誰かだとは、ちょっと考えにくいですよ。絹江さんをはじめ、使用人の人達はあなた方の素姓さえ知らないんですから」

「でも……私たちがどうして古井さんを殺すの？」

と美也子が言った。

「それは分からない。表には現われていない動機が何かあるのに違いないよ」

「あんたの言うことはよく分かる」

山崎は真面目くさった顔で、「しかし、やはりサツを呼ばれるのは俺にも、ここにいる広津って旦那にも、うまくねえな」

「じゃ、どうしようっていうんですか」

「死体はどこかへ始末する。それでどうだ」

「そう簡単にゃ行きませんよ」

「やりゃできるさ。それからもう一つの犯人が誰かってことだが……」

と隆夫をジロリとにらんで、「あんたは見かけによらず、頭が良さそうだ」

「恐れ入ります」

「だからあんたが臨時に警官になって犯人を捜せ！」

隆夫は目を丸くして、

「僕が？」

「そうだ。見つけたら俺がそいつを始末してやる」

「裁判官ってわけですか?」

「兼、死刑執行人だ」

山崎はニヤリとした。

「……あなたが犯人だったら?」

「俺がやったのなら、こんなこと言い出さねえさ」

すると突然隆夫が笑い出した。いかにも愉快そうにゲラゲラ笑い出したのである。

それは、胸にナイフを突き立てたままの死体の前では何となく場違いで、ちょっと不気味ですらあった。みんな、隆夫が発狂したのかと怪しむような目つきで彼を見ていた。

「隆夫さん！　どうしたのよ！」

美也子が大声で呼ぶと、隆夫はパタッと笑うのをやめた。

「いや、失礼。――山崎さん、あなたは面白い方ですねえ。ちょっと話がそれて失礼だけど、いつまでここに居座るつもりです?」

「俺か?　そうさな……ここは実に居心地がいい。まあ、いつまでも、とは行くめえが、もうしばらくは邪魔するつもりだ。そっちの少女の敵の旦那もよ、ここを出りゃ、サツから逃げ回らなきゃならねえ。それよりは死体と同居のほうがいいね。それによ、肝心のここの主人様が行方不明じゃ、勝手に失礼するって訳にも行くまい」

「いささかこじつけだな。——桂木さん、あなた方はどうします?」

「さて……。こんなことになっては失礼したい心持ちですがね」

「そいつあ困るぜ」

山崎は首を振って、「俺たちは一心同体。ここを出る時はみんなで揃って、仲良く行こうじゃねえか」

「幼稚園の生徒じゃあるまいし、お手々つないで、なんて!」

と美也子が皮肉った。

「まあ、差し当りは仕方ないでしょうな」

と隆夫が肩をそびやかして、「山崎さんが〈力〉をお持ちなんだから。——じゃ、ともかく死体の始末を考えなきゃね」

「隆夫さん!」

美也子の、とがめ立てするような声に隆夫は苦笑いして、

「いいから任せておきたまえ。そのうち山崎さんもここの安穏な生活に飽きて出て行くさ。それまでは誰もけがをしないのが先決だよ」

「あんたは頭がいいぜ、全く。でも、さっき何であんなに笑ったんだ?」

「ああ、あれですか」

隆夫は答えた。「もし僕が犯人だったら、どうするのかな、と思ってね」

「野々山はどうした！」

飯沢が怒鳴った。

近い席の部下が答えると、

「今日はまだ来ていませんが……」

「分かっとる！　だからどうしたと訊いとるんじゃないか！」

「さあ、何も連絡がないので……」

「無断欠勤だと？　あいつめ！　アパートへ電話してみろ！」

「さっきも警部にそう言われてかけましたが、誰もいませんでしたよ」

「な、なんだと？　俺が言った？」

「はあ」

「そうか……」

飯沢は渋々黙った。――畜生、野々山の奴、ただじゃおかない！　「おい」

「は？」

「奴の机に何かメモでもないか？」

「さあ……。別に何も」

「そうか」

「ああ、待って下さい。……何か走り書きで書いてあります。でも、これは……」

「何だ?」

「〈マンガ〉と書いてあるだけです」

「何だと? 人を馬鹿にして!」

飯沢は八つ当りした。マンガだと? マンガ……。ん? 何かあったな。漫画家……。そうか、例の、いたずら電話のあった大物の北千住とかいう奴……。あいつは漫画家だったな。もしかして野々山の奴、何かつかんだのかもしれんぞ。それで俺に黙って手柄を独り占めにしようと……。

「畜生! あいつ、ただじゃおかんぞ!」

すっかりそう思い込んで、飯沢はそうわめき散らすと、びっくりして目を見張っている部下へ、「おい! 出かけて来る!」

「は、はあ……。どちらへ……」

「北千住のとこだ!」

と言い捨てると、飯沢はドタドタ足音をたてて出ていった。

「お嬢さん!」

神崎は顔を上げてびっくりしたように、言った。「驚きましたね、これは」

「お邪魔してよろしい？」

「もちろん！　どうぞお掛け下さい」

神崎は部屋の隅の応接セットのほうへ美也子を案内して、「ここは初めてでしたね？」

「ええ」

「まあ、ゆっくりなさって下さい。――何か飲み物は？」

「そうね……。ブランデー、あるかしら？」

「おやおや、昼間からアルコールですか」

神崎は笑いながら書架のほうへ行った。書架がゆっくり回転して洋酒セットの棚が現われると、

「まあ、粋な仕掛ね！」

と美也子は声を上げた。「時々仕事中に飲むの？」

「私はやりません」

「そう。でも今はあなたも飲んだほうがいいかも……」

「さあ、どうぞ」

と神崎はブランデーのグラスを美也子へ渡すと、「さて、何事ですか、お嬢さんがわざわざここまで……」

「何からお話ししたらいいのかしら……」

「ごゆっくりどうぞ」

と神崎は美也子と向かい合って座る。

「父のことなんだけど……」

「お父様と喧嘩ですか？」

「喧嘩なら年中よ。珍しくもないわ。それが……喧嘩しようにも、いなくなっちゃったのよ」

「いなくなった？」

「ええ」

「いなくなった……というと……お父様が、ですか？」

「父のことを話してるんだから、当り前でしょ」

神崎は、まだ状況がよく飲み込めない様子だった。

「詳しくおっしゃって下さい」

「詳しくも何も、父の姿が屋敷の中に見えないんです。要するに行方不明なの」

「——まさか！」

「本当よ。屋敷中捜したけど見つからないし、神崎さんが何かご存知かと思って」

神崎の顔がやや青ざめてきた。

「失礼。私もブランデーをいただきます」

「だからさっきそう言ったでしょ」

「――どこかへお出かけということじゃないんですか？」

「父が滅多に外出しないのはご存知でしょ。それに出かけるとしても、絹江さんには必ず言って行くわ。それが絹江さんも知らないし、車も全部ガレージにあるのよ。――そうそう、神崎さんのベンツも置いてあるわ」

「ああ、そうでした。今日でも伺って持って来るつもりだったんです。……しかし、それは妙ですね」

「神崎さんなら何かご存知かと思って来てみたんだけど」

「いや、寝耳に水ですよ、それは……」

「父が姿を隠しそうな所、どこか見当つかないかしら？」

「お父様は方々に土地を持っておられます。しかし別荘のような物はありません。それは確かです」

「何かそんなようなことを言ってませんでした？」

「さて……」

神崎は眉を寄せて、「お父様は何を考えていらっしゃるのか、さっぱりおっしゃらない方ですからね」

「もし……父が自殺したとしたら……」

「自殺ですって？」

「もしも、よ。……そんな様子があった？」

「何ともお答えできませんね。……確かに、ここのところ、お父様は何か考えておられた。お嬢さんを連れ戻し、何やら得体の知れない連中を集めさせ……。しかし、何を考えておられたのかは、私にも打ち明けていただけませんでした」

「あの……四人の人、あれは神崎さんが選んだの？」

神崎はブランデーグラスを揺らせながら、しばらくためらっていたが、

「残念ですが、お嬢さん、それは申し上げられません。依頼人の秘密ですからね」

「私にも？」

「万一、お父様が亡くなられたとでもはっきりすれば別ですが……」

「融通がきかないのね」

「弁護士は信用商売ですからね」

その時、いきなりドアが開いて、派手な服装の女が勢い良く入って来た。

「あなた、お昼を誘いに来たわよ！」

「おい、良美」

神崎が慌ててにらむと、

「あら、お客様だったの？　失礼」

「千住さんのお嬢様だ」

「まあ！　初めまして、神崎の家内でございます」

「どうも……」

美也子は曖昧に微笑んで、「じゃ、神崎さん、私、失礼するわ」

「そうですか。わざわざおいでいただいて……」

「何か分かったら連絡するわ」

「午後にでも伺いましょう」

「いえ、今ちょっと……たてこんでるの」

美也子は急いで言った。「おいでにならないほうがいいと思うわ」

「そうですか。――いや、車だけでも、お預けしたままでは申し訳ありませんからね」

「ああ、それなら……」

「事務所の若い者をやるかもしれません。それに渡してやって下さい」

「ええ構わないわ」

「そうしていただけると、私も……。今日は午後からちょっと大阪へ飛ぶことになるかもしれないので」

「まあ、忙しいのね」

美也子は微笑んで、「じゃ失礼するわ」

と振り向きざま、ちょっとよそを向いていた良美へぶつかってしまった。

「あっ、ごめんなさい！」

弾みで良美のハンドバッグの口金が外れて口が開き、中の物が少し床へ飛び出した。

「ごめんなさい、ぼんやりしてて……」

急いで美也子がかがみ込んで拾おうとする。

「あら、私のほうが……。いいんですよ」

「お嬢さん、放っておいて下さい、女房がボサッと突っ立ってるから悪いんですよ」

「いえ、そんな……」

美也子は、ふと口をつぐんだ。

「まあ、すみませんね、お嬢さん」

「……ごめんなさい」

美也子は口紅を良美へ渡しながら、「いい口紅をお使いね」

「女房は舶来品しか使わんのですよ」

神崎が苦笑いして言った。「どうせ大した顔じゃないのに」

「そんなこと言っちゃバチが当たるわ、神崎さん。こんな美しい奥様のことを」

——表へ出てタクシーを待ちながら、美也子は、あの夫婦の間に見られたよそよそしさが、気のせいだったのかどうか、と思った。そしてもちろん、あの口紅がエルザベス・アーデンだったのが、偶然なのかどうか、とも……。

飯沢警部は、悪夢にうなされていた。殺到するカメラマン、新聞記者、ＴＶカメラの列、浴びせられるライトのまばゆい光……。いやそれが悪夢なのではない。それが殺到して来て、彼を突き倒し、踏みつけ、押し潰して、野々山の周囲へと我先に駆け寄る、という悪夢なのだ。

「事件解決のヒーローに一言！」
「こっちを向いて！」
「笑って下さい！」
「現代の英雄！」
「名推理の主の声を——」

口々に浴びせられる讃辞、また讃辞……。傷だらけになり、ようやく起き上がった飯沢は叫ぶ。

「違う！　事件を解決したのはこの俺だ！　奴はただの使い走りだぞ！　聞け！　俺がヒーローなんだ！　この俺が！」

が、叫びは空しく、野々山への歓呼の声にかき消されて……。

「警部！」

それでも飯沢は雄々しく立ち上がるのだ！　英雄は同時代の人間からは認められぬものなのだ、と自らを慰めつつ……。

「警部、着きましたよ！」

「——ん？　何だ？」

飯沢は目を覚ました。運転席から部下の刑事が振り返って笑っている。

「着きましたよ。よくお休みのところ、申し訳ありませんが」

「ああ、そうか……」

いやな夢だ、畜生！　飯沢は目をこすって、こんなことになってたまるか、と呟いた。さて、とパトカーを降りようとして、目の前の光景を見ると、

「おい、何だここは？」

「北千住の駅前ですよ。警部、そうおっしゃったでしょう？」


隆夫は書斎に一人ポツンと座っていた。

「やあ、お帰り」

「何してるの？」

「名探偵が思索をめぐらせている図、と言いたいところだが、ちょっとウトウトしてたのさ」

「怠慢な名探偵ね」

美也子は笑って隆夫の頰へ軽くキスした。

「君のほうは何か分かった？」

「さっぱりよ」

美也子は神崎との話を隆夫に聞かせた後、

「ただね、ちょっと面白いことがあったのよ」

「へえ、何だい？」

「帰りかけた時にね、神崎さんの奥さんが来たの。彼女の口紅、何だと思う？」

「エリザベス・テイラーなのかい？」

「エリザベス・アーデンよ！」

「ふーん。すると……」

「偶然と言えなくもないけど……」

「むしろ偶然でない確率のほうが高いだろうね。君のお父さんなら、神崎さんの奥さんに手を出すのをためらったりしないんじゃないか？」

「父なら親友の奥さんだって他人も同じじよ」

「すると、もし本当にその奥さんがそうだったとすれば……」

「何なの？」

「神崎さんはそれを知ってただろうか？」

「まさか！」

「そうかな？」

「いえ……そうね」

美也子はゆっくり考え込んで、「あの人なら……知っていても黙ってたかもしれないわ。父の忠実な飼犬みたいなものだから」

「飼犬が何かのきっかけでかみつくこともあるよ」

「どういうこと？――まさか神崎さんが父をどうかしたって――」

「まあ待てよ。僕は何も言っちゃいない。大体、君のお父さんの身に何が起こったのかさえ、僕らには分かっちゃいないんだからね」

「そうね。……本当に何があったのかしら？　今でも、私、錯覚だとは思えないの」

「錯覚じゃないだろうね。君は眼もいいし、あの窓からは塔の部屋の窓がはっきり見えた。君の見たことを僕は信じるよ」

「でも、そうなると……」

「まだ早い。まだ早いよ。結論を急いじゃいけない。まだ僕らは、いわば枚数不足のままでトランプをしているようなもんだ。欠けている部分が多すぎるんだよ。もう少したんねんに事実を集めることだ……。ああ、ところで、これだけどね――」

隆夫が上衣の左ポケットから何やら白い布にくるんだ物を取り出し、手の中で布を広げて見せた。美也子が、

「キャッ！」

と悲鳴を上げて飛びすさる。布に包まれていたのは、血のりの乾いた、短剣だったのだ。

「それ……あの古井さんの？」

「そう。凶器だからね、死体は何とかするにしても、これは後で警察が必要だろう」

「気持悪いわ！」

「そう？」

「あなた平気なの？」

「警察官としては仕方ないよ」

「あなた、本気で探偵役をやる気なの？」

「誰かがやらなきゃならんからね」

美也子はため息をついて、

「私、シャーロック・ホームズと結婚したつもりはないんだけど！」

「そうからかうなよ。この短剣、見憶えあるかい?」

「そうね、それ、たぶん客間の壁に飾ってあった短剣じゃないかしら」

「やっぱりそうか。じゃ誰にでも取れたわけだね」

「上のほうだけど、椅子か机にでも乗れば、誰でも手に入れられるでしょうね」

「すると犯人の決め手にはならないな」

「さっぱりわからないわ、私。どうしてあの害の無いお年寄りが殺されなきゃならなかったのか……」

「そう。それも、欠けた札の一つだね。そもそもお父さんが、あの四人を集めた動機に何かが隠されているような気がしてるんだ」

美也子はふと思い出したように、

「それであの人は……古井さんの死体はどうしたの?」

「ああ、色々相談したんだがね、結局、自分の部屋へ一時帰すことにしたよ。ベッドへ寝かせて、部屋に鍵をかけてある」

「そう……。死体、縛られた刑事さん、ピストル持ったならず者、シャーロック・ホームズ……。私、頭がおかしくなりそうよ!」

美也子は投げ出すように言った。

5

野々山は、我に返って、頭の絞るような痛みに顔をしかめた。眠っているつもりはなかったのに、ついウトウトしてしまったらしい。伸びをしようとして、自分が椅子に縛りつけられているのを思い出した。

「畜生！」

思わず口に出る。悔しいと思うぐらいの刑事魂は持っているのである。しかし……。

「もう俺も終わりだなあ……」

こんなザマになって、刑事なんかやってられやしない。せめてこの惨めな様子を、飯沢にだけは見られたくなかった。あいつのことだ。俺の縄を解く前に、大勢報道陣を呼び集めておいて、〈捕われた部下を解放する飯沢警部！〉なんて写真を撮らせるに違いない。あいつの宣伝の種にされるなんて、死んでもごめんだ！

もっとも、〈死んでも〉というのは修辞上の表現であって、本人、死にたくないのは当然である。だから、この屈辱にも、敢(あ)えて甘んじたのではないか。それにしても、ひとみがたきつけさえしなきゃ、こんなはめにはならなかったんだ。――いや、いけない！　男のくせに、自分の失敗を恋人のせいにするとは何だ！　野々山は極めて騎士道的精神で、ひとみをかばった。

「ひとみ……」

今頃、僕のことを心配しているんじゃないだろうか。もし僕が命を落とすようなことがあったら、きっと嘆き悲しみ、自責の念に苦しむに違いない。気にすることはないんだよ。僕は刑事として当然危険を覚悟してなくちゃならないんだから……。僕に万一のことがあったら、自分のせいだといつまでも苦しまず、新しい男性を捜して幸せになっておくれ……。

当の相手は、言われなくたってその気なのも知らず、野々山は心の中でひとみに呼びかけながら、涙ぐみさえしていた。

「ひとみ……」

野々山の連想は、昨夜の、二人の初めての夜へと移って行った。恥じらいながら彼の手で裸にされ、目を閉じて彼を受け容れたひとみ。服の上から想像していたよりずっと豊かな乳房、腰のあたりの肉づきの官能的なこと。初めての割には敏感に愛撫に反応していたのは、自分を愛して、信じ切っていたからに違いない、と野々山は信じ切っていた。

切なげに洩れるため息、その瞬間の嗚咽にも似た感激の声音……。

「刑事さん」

野々山ははっと目を開けた。食事の盆を手にした絹江が立っている。

「お食事ですよ」

「あ、ど、どうも」

野々山は慌てて言った。

断わっておかねばならない。野々山は、絹江の提案で山崎の部屋から、屋根裏の小部屋に移されていた。ここなら絹江以外の使用人が覗く心配がまずないためで、山崎も、

「すぐそばに一日中デカがいるのは胸くそが悪い」

とすぐ承知した。むろん縄は解かない。手洗いに立つ時だけは、山崎が見張っていることになった。その代わり、この屋根裏部屋は、天窓から射す光で明るく、名前から想像されるほど埃っぽくはない。それに階下から離れているので、猿ぐつわの必要がなく、野々山にはずい分と救いとなった。

「遅くなりまして……」

絹江が手近な椅子を引き寄せて、膝に食事の盆をのせると、縛られたままの野々山へ、少しずつ食べさせ始めた。

「どうもお手数で」

「いいえ。刑事さんも大変ですわね」

「全くです。……この漬物は旨いですね」

「そうですか」

「お袋が自分で漬けてたのと、よく似た味です」

「どちらのほうですの？」

「四国です。徳島のほうで」

「まあ、そうですか！　私の母もその辺だったんですのよ」

「それで似た味なんですね。いや、懐かしいな！」

——何とも呑気なものである。野々山のほうも、こういう話で巧く同情を引き、縄を解かせようという下心があるわけでは、まるでない。生来の人の良さが出るのである。

「ほ、ほれはほうと、下の様子は」

といささか舌足らずなのは、熱いイモが口の中に入っているのだ。

「ええ、静かなようですわ」

「ここのご主人は……」

「まだ見つかりません」

「心配ですねえ」

「ええ。それに一人お客様が亡くなられて」

「……何です？　亡くなったって……死んだんですか？」

「ええ。誰かに刺されたとか。お気の毒に」

「ということは……殺されたんですね！」

「そのようですわ」

「あの……警察へは届けたんですか？」

「いえ、刑事さんがここにおいでなんだからいいだろうということになりまして」

「はあ……」

野々山は、いささか呆気に取られた態で肯いたが、

「それで、刺したのは、あの拳銃を持った奴ですか？」

「え？　ああ……いいえ、そうじゃないようですわ。誰がやったのかは分からないみたいで。春山様が調べておられますわ」

「はあ。しかし……あなたは怖くないんですか？　殺人犯がいるっていうのに」

絹江はちょっとびっくりしたように野々山を見て、

「私が、でございますか？　いいえ、別に」

「しかし……」

「私はこの家の中が巧く切り回されていれば、何があろうと一向に気になりませんのです」

野々山は他の惑星で新しい生物と遭遇した探険隊員みたいな気分で絹江を見つめた。

「さあさ、早く召し上がらないと、さめますから……」

「どうも」

野々山は、椅子に縛りつけられた時もそう感じたのだったが、何かこの家全部が舞台の装置か、映画の大オープンセットで、自分はその演技の中へ突然紛れ込んでしまったのではないだろうか、という気がしてならなかった。

美也子は、塔の部屋へ上がってみて、一瞬ギクリとした。部屋一杯にバッハの平均律が流れていたので、父がいるのかという気がしたからだ。だが、ソファに腰を降ろして、古びた本をめくっているのは隆夫だった。

「名探偵さんは何をなさってらっしゃるの?」

「やあ、君か」

「何を読んでるの?」

「いや、君に断わってからと思ったんだが、お父さんの本や私物を調べてるんだ。構わないかい?」

「ええどうぞ。何か捜査の役に立つ物はあって?」

「分からないね、まだ。お父さんは日記みたいなものはつけておられなかったのかい？」

「そんな殊勝なことをする父じゃないわ」

「じゃ、これは珍しい記録だな」

「何なの？」

　美也子は興味を覚えて覗き込んだ。「古い本ね」

「お父さんの書架の一番奥にあったんだ。いわば、忘れられたようにね」

「何の本なの？」

「それが何とね……催眠術の本なのさ」

「催眠術？」

「お父さんが一時そんなことに凝ってたのは知ってたかい？」

「初耳よ！」

「大変古い本だ。奥付は昭和二十六年……」

「私の生まれる前だわ」

「そうだね。君の知らないのも当然かもしれない」

「何が書いてある本なの？」

「まあ、いわゆる一般的な解説書だ。催眠術の歴史、効用、催眠術のかけ方、かかりやすい人、かかりにくい人……」

「驚いた。父がどうしてそんな物読んでたのかしら？」

「取引の相手に催眠術でもかけて、条件を呑ませたのかな」

「まさか！」

と美也子は笑って、「そんなことができたら大変じゃないの」

「うん。ここにも書いてあるが、催眠術にかかりやすい人っていうのは、まず催眠術を信じてる人でなきゃならないし、またあまり自我の強い人は無理なんだって。君は無理だ」

「何よ、その言い方。ちょっと引っかかるわね」

「まあまあ、気にしないで！　肝心なのはね、本の内容よりも、ちょっとした書き込みがある点なんだ」

「書き込み？」

「たとえば……」

と隆夫はパラパラとページをめくって、「ああ、ここだ。アンダーラインがしてあるだろう」

「何て書いた所なの？」

「本文はこうだ。〈暗示にかかりやすい人間、思考の直線的な人間以外にも、容易に催眠術をかけられる相手がいる。それは病人である。長く患っている人間は、体力の衰えに伴い、意志を統御する力を失っており、また常にふせっているため、目覚めていても、いくらかは眠りに近い状態にある。これは催眠状態の一歩手前と言ってもよい……〉」

「そこにアンダーラインが？」

「そう。いつ引いたものかは分からないが」

「……他にもあるの？」

「ある」

隆夫はひどく難しい顔になって肯いた。

「どこなの？」

「それはね……このすぐ先だ。ほら欄外にあるのは、お父さんの字だろう？」

「ええ、間違いないわ」

「こうあるよ。〈驚くほどよくかかる！　病人というのはこうも意志が弱くなっているのか〉」

「病人……。父がかけたのかしら？　でも誰に……」

「問題だな。……この本をいつ買ったのかは分からない。しかし、こうして大邸宅を建ててからのお父さんが、こんな古本を買って来る機会があったとは考えにくいね」

「じゃ、本が出た頃に……」

「本が出て何年かのうちじゃないだろうか。その書き込みのインクも相当に変色しているからね」

「その頃、家にいた病人っていえば……母ぐらいだわ」

「お母さんは君を生んだ時に亡くなったんだね」

「ええ。……私はそう聞いてるわ」

「何という名前だったの？」

「加奈子……」

「亡くなったのは……その、産後の経過が悪かったからなのかい？」

「ええ。そういう話だったけど」

「そうか」

「……何なの？　何かあったの？」

「ここの書き込みを見てごらん」

と隆夫が本を手渡した。美也子は、欄外にインクのにじんだ走り書きを見て、目を近付けた。

「催眠術をかけて……人……を自殺させることが……可能か……」

美也子はそろそろと顔を上げた。

「それがどういう意味で書き込まれたのか、僕にも分からない。しかし単に面白半分に思いついたことをわざわざ書き込んだりするだろうか？」

「隆夫さん……。あなた、まさか父が母を自殺させたって言うんじゃ……」

「いやいや、そんなことを言ってるんじゃない。それだけの書き込みじゃ何一つはっきりは分からないよ」

「でも、私は父ならやりかねないと思うわ」

美也子は厳しい口調で言った。

「君はお父さんに手厳しいね」

「当然よ。もしこれが事実なら——」

「まあ待ちたまえ。君のお母さんが自殺したかどうかだって分かっていないんだよ」

「絹江さんなら知っているかもしれないわ。私、訊いてみる！」

美也子は立ち上がると、

「おい美也子！」

と隆夫が呼ぶのも聞かず、さっさとエレベーターに乗って行ってしまった。

「やれやれ……」

隆夫は頭をかきながら、本へ目を戻した。

——自殺か。しかし、いかに催眠術といえども、本人がいやだといっていることをやらせる力はない。だから、それを可能にするには、本人が死を望んでいる必要がある。例えば不治の病などで……。

もし、美也子の母親が本当に自殺したのだったら、それは今度の一連の事件と何かつながりがあるのだろうか?

隆夫はまた本を読み始めた。

「それじゃ……やっぱり……」

美也子は青ざめた顔で呟くようにそう言うと、一瞬よろけて、手近なテーブルへ手をついた。

「お嬢様! 大丈夫ですか?」

絹江が慌てて駆け寄って来る。

「大丈夫。何ともないわ……。絹江さん、教えてちょうだい! お母さんはなぜ自殺したの?」

「困りましたね……。自殺とは申し上げませんでしたよ。二階の張り出しから落ちたのです」

「飛び降りたんでしょう?」

「さあそれは分かりません。たぶん何の気なしに身を乗り出されて、ふっと目まいに襲われたのじゃないでしょうか?」

「調査はあったの？」

「はい。事故死ということでございました」

「嘘だわ、きっとお母さんは自殺したのよ」

「お嬢様。お母様は長いこと寝たきりで、気も滅入っておられました。それは確かですけれど、自殺されるほどのことは――」

「なぜ私に今まで教えてくれなかったの？」

「お父様のお言いつけで……。お嬢様が妙な想像をされないようにと」

「お父様がね……」

当然だわ、と美也子は思った。父が母へ飛び降りるように命じたのに違いない。催眠術をかけておいて、自分は他の場所で、アリバイを作る――父は母を殺したのだ！

一度思い込むと、もう疑ってもみないのが美也子の性格だ。見知らぬ母とはいえ、その死が父のせいだったと思うと、何とも押え切れない怒りが心中に渦巻いて、美也子は庭へ一人駆け出した。

そろそろ、空は暮色がほのかに漂って暗くなり始め、林の木立の間を歩いていると、時折風は冷ややかで、美也子の、騒ぎ立てる胸を少しずつ鎮めてくれた。――美也子はちょっと身震いすると、塔のほうへ歩き出した。隆夫の、あの人の好い笑顔が無性に見たくなったのだ。

エレベーターで上へ上がる。

「隆夫さん」

降りて声をかけてみたが、返事がない。もう音楽も鳴っていない。母屋のほうへ帰ったのだろうか。ぐるりと一回りして、いないことが分かると、美也子はため息をついた。何となく疲れて、長椅子に腰を下ろす。

——まあ、この数日間の目の回るような忙しさと来たらどうだろう？　忙しい、といっても別に仕事が、ということではない。スーパーに勤め、家事に精を出していた日々に比べれば、何とも優雅である。しかし、こうも異常な出来事がたて続けに起こるなんて、それこそ異常ではないか。

美也子は、ゆったりと長椅子の背にもたれて目を閉じながら、これじゃいけない。このままじゃいけない、と自分に言い聞かせるように呟いていた。父の失踪や、殺人のことではなく、自分自身の生活のことである。

せっかく大金持の娘から、ごく当り前の女——主婦の生活に慣れたばかりなのに、またこんな生活に引き戻されそうになっている自分が、美也子は怖かった。楽には違いない。美しい服を好きなだけ着られ、働く必要も、家事に汗する必要もない。こんな生活に魅かれない人間がいるだろうか。それは麻薬のように、絶えず遠ざけていなければ、すぐに人をとりこにしてしまうのだ……。

いつの間にかウツラウツラしていた美也子は、人の気配に目を覚ました。目の前に、じっとかがみ込んで彼女の顔を覗き込んでいる顔があった。

短い声をあげて、美也子ははね起きた。

「何してるの！」

広津はニヤリと笑った。美也子はその笑いにゾッと寒気がした。

「何でもありません」

広津は低い声で言った。「ただ、たまたま来てみると、あなたが横になっていらしたので、眺めていたのです」

「大して面白い眺めでもないでしょう」

美也子は突っけんどんに言って立ち上がった。

「もう暗くなったのね。戻りますわ」

「そいつは残念。……あなたと一度ゆっくりお話ししたかったんですがね」

「そうですか」

「ちょうどいい機会だ。お掛けになりませんか」

「私、あなたとお話ししたくありませんの！」

広津は笑った。

「はっきりした方だ」

「それが私の取り柄でして」

美也子はエレベーターのほうへ歩いて行こうとした。——突然、背後から広津の両腕が彼女の体へ巻きついて来た。

「何するの！　離して！」

美也子はもがいたが、一見軟弱な広津は、驚くほどの力で彼女を締め付けてびくともしない。逆に彼女の体を持ち上げると、長椅子の上へドサッと投げ出した。美也子は広津の腕が離れたと思うと勢い込んではね起きたが、それが相手の思う壺で、飛び出した彼女の下腹へ、拳の一撃が食い込んだ。アッとうめいた美也子は目のくらむような苦痛に体を折って床へ膝をつくと……そのまま気を失ったのだ。

——どれぐらい気を失っていたのか、もう部屋はすっかり暗くなっていた。

美也子は微かに身動きして、下腹の鈍い痛みに、顔をしかめた。何があったのか、思い出した。広津だ。広津に殴られ、気を失って……。

美也子は下腹をかばって、じっとしばらく動かなかったが、やがて、痛みがそれほどでないと分かると、長椅子にそろそろと体を起こした。そしてはっとして胸を押えた。乳房がむき出しになっているのだ。ワンピースは引き裂かれ、下着も破り取られている。美也子はふと青ざめた。一体何があったんだろう？　気を失っている間に何をされたんだろう？……スカートの下の下肢が何も着けていないのに気づいたのだった。身体が震え、暗がりの中で頬が燃える。まさか――まさか、そんなことが！　部屋はほとんど闇に近かった。うろ憶えで、美也子はスタンドを手探りして、やっと押し当てた。明りがつくと、自分の惨めな姿がさらけ出されて、急に力がなくなってしまう。広津の思いのままにされてしまったのだろうか？

美也子は思い立って、手近な電話を取ると自分たちの部屋にダイヤルした。

「はい、春山です」

隆夫の声を聞くと、美也子は急に目に涙がこみ上げて来た。

「もしもし……隆夫さん……」

「やあ、どこだい？　今食事だって連絡があったところだよ」

「お願い……すぐ来て」

「どうしたの？　どこだい？」

「塔の部屋なの。お願い！　すぐ来て！」

隆夫のほうも、彼女の声に、ただごとでない響きを聞き取ったらしい。

「よし、今行く！」

と早口に答えて受話器を置いた。

美也子は、やや気持がおさまって、長椅子のほうへ戻りかけたが……ふと足を止めた。たった今まで気づかなかったのだが、長椅子の背後から、足がのぞいている。誰かが、倒れているのだ。美也子はゴクリと唾を飲み込んで、そろそろと長椅子の外側を回った。長椅子のすぐ後ろに、影にはなっていたが、広津が倒れていた。横を向いて寝た格好で、右手に握っているのは、美也子の下着らしい。

美也子はじっと、広津の背中に広がった赤黒いしみを見つめていた。その中央から、銀色のナイフの柄が突き出ている……。

「――大丈夫かい？」

「ええ……」

美也子は気付けのブランデーのグラスを隆夫へ返した。

「少し横になったほうがいいんじゃないか？」

「いいえ、もう平気。本当よ」

「すまなかったね。僕が用心しなかったばっかりに、こんな目に会って」

「いいえ、私こそ油断してたのよ。こんな奴にやられちゃうなんて」

「けがはない？」

「ええ。――ねえ、隆夫さん」

「うん？」

「信じてくれる？　私、こんな格好にされたけど、何もなかったのよ」

「ああ、信じるとも」

「本当に？」

「君は僕の神様だからな。神様ってのは嘘をつかないらしいから」

隆夫が美也子に優しくキスした。美也子は力一杯彼を抱きしめた……。

「しかし、誰か知らないが、広津を殺した奴は君を危機一髪の所で助けてくれたわけだな」

「ええ。まあ、感謝状をあげたいってほどでもないけど」

「あのナイフ、見憶えあるかい？」

「父のペーパーナイフよ。この部屋のデスクにあった奴だわ」

隆夫はゆっくり首を振った。

「これで二人か……。一体誰がやったんだろう？」

「古井さんを殺したのと同じ犯人かしら？」

「おそらく間違いないと思うね。君がチラとでも見ててくれりゃなあ……」

「名探偵としては怠慢なセリフね」

「君じゃないだろうね、襲われて無我夢中で……」

「気を失っててそんなことできるほど、私器用じゃないわよ！」

と美也子は隆夫をにらみつけた。

「またこれで一騒動だなあ……」

その時、電話が鳴った。

「はい、春山です。——ああ、絹江さん、今行きますよ。——ええ、彼女も一緒です」

と受話器を置いて、「さあ、夕食に行こう」

「この格好で?」

「そうか。じゃ一度部屋へ戻ろうよ」

二人は塔から母屋へ戻った。階段を上がりかけた所で、降りて来る山崎に出くわした。

「お嬢さん! どうしたんだね、そのなりは?」

と目を見はる山崎へ、隆夫はちょっと微笑んで、

「いや、何でもないんです。……何しろ新婚なものでね……」

山崎は二人の後ろ姿を呆気に取られて見送っていた。

第三章　死体の顔も三度

1

〈神崎弁護士事務所〉の前に車が停まるのは、別に珍しいことでも何でもない。

神崎の客ともなれば、まず大方は自家用車で訪れるのが普通であり、まあ四分の一程度がタクシーを利用してやって来る。手近な駅から歩いて来る人間というのは極めて珍しく、また一般的に言って、あまり歓迎されない場合が多い。

しかし、やはり、いかに上客をもって知られる神崎弁護士事務所にしても、ロールス・ロイスがその前に横づけになる、というのはそうそう日常茶飯事のうちには入らないのである。

黒光りするその車体が、眼下の路肩に静かに停止すると、運転手がきびきびした足取りでドアを開けに急ぐ。中からは五十七、八といった年齢の紳士が降り立った。

神崎は、二階のオフィスの窓から、その光景を眺めていた。紳士はその乗り物に過不足ない優雅な雰囲気を持っていて、成金でもなく、変人でもないように見える。高級なスーツをごく当り前に着こなし、白髪の優った頭はきちんとクシを入れられている。彫りの深い、ちょっと日本人離れのした顔立ちで、鼻の下に形のよい口ひげを貯えていた。

その紳士の姿が一階の入口へ消えると、神崎はデスクに座って、インタホンの鳴るのを待った。――あの紳士は神崎と面会の約束があったわけではない。原則として事前の約束のない訪問客とは会わないのが神崎の方針である。しかし例外は常に存在する。ロールス・ロイスでやって来るような客は例外に値する存在だ……。

インタホンが鳴った。

「何だ?」

「秋川様という方がご面会したいと……」

「約束は?」

敢えて訊くのは、相手の耳に入ることを計算しての作戦だ。

「ございませんが、急用だとのことで……」

やや間を置いて、

「分かった。お通ししてくれ」

「かしこまりました」

神崎は椅子に、あまり尊大に見えないように身体を任せて、ドアの開くのを待った。

紳士は静かに部屋へ入って来た。

「秋川様ですね。どうぞ」

神崎は立ち上がると、応接セットのほうへ案内した。チラリとドアから顔を覗かせた女性秘書へ、微かに肯いて見せる。紅茶を淹れろという合図だ。

「突然お邪魔して申し訳ない」

秋川と名乗った紳士は、柔らかい、深味のある声で言った。

「いいえ。――ただ私は一日の大半はここを留守にしているものですから」

「なるほど。今日は幸運だったというわけですかな」

「そうだとよろしいのですが」

神崎は微笑んで、「ところでどういうご用件でいらしたのでしょう？」

「これは……ことによるとあなたの本業とはちょっと離れた話になるかもしれんのだが……」

「とおっしゃいますと？」

「私は秋川隆一といって、まあ小さな会社の社長などもやっている。あなたとはその面では別に関係がない。今日伺ったのは多分に個人的なお願いなのだが」

「どういう……」

「息子を見つけていただきたい」

神崎はちょっと戸惑った。

「息子さんを……。すると行方が分からないのですか？」

「大学へ行っている時、独り立ちしたいというので、アパート暮しをさせておいた。ところがいつの間にかそこからいなくなって大学にも行かなくなってしまった。もう三年になるが」

「ご心配ですね。しかし秋川さん、それは弁護士の仕事ではありません。興信所か、警察においでになるのがよろしいでしょう」

「むろん承知しておる。私は別に息子のことを心配しているわけではないのだ。息子は一人でもちゃんとやって行くだろう。ただ、ある知人が、ごく最近息子を見かけたと知らせてくれたので、せめて居場所でも分かればこちらとしては安心できる。そこでこうしてやって来たのだ」

「お話がよく分かりませんが……」

「その知人が息子を見たというのが、あなたのベンツの中で、なのだ」

「――まさか！」

神崎は目を丸くした。

「息子はあなたのベンツに乗っていた、というのだ。車の番号を控えておいて知らせてくれたわけだ」

「何かの間違いでしょう！　それは――」

「これが息子だ。見憶えはありませんかな？」

秋川は上衣のポケットから一枚の写真を取り出すと神崎の前へ置いた。

「しかし、どう考えても――」

言いかけて、神崎の口はポカンと開きっ放しになってしまった。写真を見る目が大きく見開かれた。

写真の中から、明るいジャンパー姿で微笑みかけているのは、間違いなく、春山隆夫だったのだ。

「――やはりご存知のようだな」

秋川は神崎の反応に満足気に、「息子がどこにいるのか、伺わせてもらえるかな？」

「ちょ、ちょっとお待ち下さい」

神崎は息をついて、「これは……いや、全く驚きましたな……。確かにこの方は存じています。ただ……」

「ただ？」

神崎は一瞬、あれこれ考えをめぐらせていたが、

「いかがでしょう……。一日だけお待ち願えませんでしょうか？　明日、こちらへおいで願えれば、間違いなく息子さんをお連れしておきましょう」

「ふむ……。明日、とおっしゃる」

「はい。明日のこの時間に……」

秋川はやや考えていたが、やがて肯くと、

「よかろう。一日を争う急ぎ事でもない」

「ありがとうございます！」

「では明日、この時間に来よう。確かに約束しましたぞ」

「はい、必ず！」

秋川が去ると、神崎は額の汗をそっと拭った。

「いや……驚いたな！　あの若造が！」

秋川……春山か。何ともはや！　まるで赤穂浪士の合言葉だな。

神崎が一日待つように秋川隆一に頼んだのは、特別の理由があってのことではなかった。ただ、この場で秋川へ万華荘の場所を告げたのでは、秋川との付き合いもそれまでだが、明日、この事務所で父と子を対面させれば、秋川も神崎へ感謝の念を示すだろうし、ともかくもロールス・ロイスを乗り回すような客を手放したくない、というのが本音なのであった。

神崎はインタホンのボタンを押した。

「これからの予定は？」

「十一時から〈清文会〉の会合です」

「キャンセルしてくれ。私は出かける。車を回してくれ」

「はい。あの、ベンツはまだ……」

「そうか！　タクシーを呼べ」

ちょうど万華荘を訪れるのにいい口実があった。ベンツが置いたままだったのだ。

神崎はふと微笑んだ。あの若造、巧く丸め込んでおくに限る。何しろ彼自身、大金持の息子であるばかりか、千住忠高の娘と結婚しているのだから！

神崎は万華荘へ電話を入れた。

「はい」

「ああ、お嬢さん。神崎です」

「あら。何かしら？」

「お父様は……」

「まだ見つからないのよ」

「そうですか。……困りましたね」

「それだけ？」

「いや実は車が必要になったので、今からそちらへ取りに行きます。よろしく」

「あ、神崎さん――」

何か言いかけるのを構わずに神崎は受話器を置いた。――千住の姿が見えない。それもいかにも妙であった。自分の眼で確かめねばならない。美也子が自分を来させないようにしているのも、何かひっかかった。

「はっきりさせてやる……」

神崎はタバコに火を点けて、ゆっくりふかした。――前夜、出張と称して、女の所へ泊まって来た、そのけだるさが、まだ体の隅々に残っていたが、不快ではなかった。もう妻との間に絶えてない、熱い情交に溺れ切ったのは、全く久しぶりであった。

以前なら、どこか後ろめたさに追い立てられるようにして帰りを急いだものだが、良美が自分を裏切っていたのを知ってからは、何の気がねもない。女のほうで驚くほど精力的に、何度も女を抱いた。そして朝の出勤は、いささかの眠気を除けば、至って爽やかである。

「車が来ました」

秘書の声に、神崎はタバコをもみ消して立ち上がった。

神崎が表へ出てタクシーに乗るのを、離れた所で見守っていた秋川は、ロールス・ロイスへ戻ると、

「おい、あのタクシーを尾行できるか」

と運転手へ訊いた。

「そりゃできますが、これは目立ちますからね」

「それを気づかれないようにやれ」

「分かりました」

運転手はニヤリとして、「任せて下さい」


「で、どうなんだい？」

山崎がやや苛立った様子で言った。「ちったあ進んでるのか？」

「残念ながら、さっぱりです」

隆夫はあっさりと言った。「昨日の広津さんにしても、あの時刻、みんなアリバイがない。やろうと思えば誰だってできたはずです」

「頼りねえ刑事だな」

「仕方ありませんよ。科学捜査もできないし、みんなの言葉から犯人を推理して行く他はありません」

隆夫、美也子、山崎、桂木、香織の五人は書斎に集まっていた。今日も暖い日和で、広い窓から朝の陽光が射し込んでいる。

「ちょっと考えたんですが……」

桂木が一つ咳払いをして言い出した。「私たちの中に、本当に犯人がいるんでしょうか？　どうも私にはそう思えない。こんなことを言っては、恩人に対して失礼かと思うんですが……」

「いや、桂木さん」

隆夫が引き取って言った。「あなたのお考えはもっともですよ。犯人は千住さんかもしれない」

「父が？」

美也子はびっくりして、「でも父は――」

「分かってるよ。だが、実際問題、古井さんを初め四人を呼び集めたのはお父さんだ。僕も君も、この方々には一度も会ったことがない」

「でも、それは父も同じでしょう」

「さて、そこなんだ」

隆夫は桂木と山崎の二人を交互にじっと見つめて、「……あなた方は、千住さんを見ず知らずの方だとおっしゃった。確かにそうですか？　千住さんが僕らの前から姿を隠し、謎の殺人鬼になって、一人、また一人と血祭りにあげているとしても、何か理由があるはずです！　あなた方四人に共通する理由が。趣味で人殺しをするような人ではない」

　山崎と桂木はめいめい眉を寄せて考え込んだが、まず桂木のほうが首を振って、

「さっぱり思い当たりませんよ。あの人はとても印象の強い方だ。一度会えば忘れるはずがありません」

「今の千住さんを考えるからです。二十年、三十年前はどうです？　千住さんもまだこの大邸宅に住んではいなかった。……何か思い出しませんか？」

「さて……。どうも……」

「考えて下さい。必ず何かあるはずだ。山崎さんはどうです？」

「考えてるんだがね……。俺も昔はずいぶんめちゃくちゃをやってたからなあ」

「今よりですか？」

　美也子が思わず訊くと、山崎は笑い出した。

「こいつあ手厳しいや！——いや、若い頃は明日のことも考えねえし、昨日のことも憶えちゃいねえってもんでね。もちろん手当り次第に悪いこともやったが、とんと憶えちゃいねえのさ。いちいち良心の呵責(かしゃく)なんてのにかかずらってた日にゃ、毎日生きちゃ行けねえからな」

「じゃ千住さんのことは記憶にないんですね？」

「ない。——さっぱりだ」

隆夫はお手上げといったふうに、

「それじゃ動機のほうからは見込みなしだ」

「隆夫さん、あなた本当に父が――」

「可能性の問題さ。集められた四人のつながりが分からない以上、隠された動機を誰が持っているかも分からない。……僕か、君かもしれない……」

そこへ絹江がお茶の用意をして入って来た。

「おい、おばさんよ」

山崎が絹江へ声をかけた。「あのデカはおとなしくしてるかい?」

「はい。大変に素直な方で……」

「素直ないい子か!」

山崎は高笑いして、「後でちょっと顔を見に行くかな」

「……ああ、絹江さん、ありがとう。……ねえ、隆夫さん。これからどうするの?」

「そうだね。……自分たちの身を護らなけりゃ。みんなあまりバラバラにならないようにするんだ。殺人者に機会を与えないことだよ。そして、もう一度、この館と庭を調べてみよう。美也子、君が案内してくれ」

「ええ、いいわよ。また手分けして?」

「いや、今度は全員で一緒にやるんだ。一人になると危ない」

そこへ電話が鳴った。

「私が出るわ」

美也子が席を立って、電話に出た。それが神崎の電話だったわけで……。

「——困ったわ」

美也子は受話器を置くと、「神崎さんよ。こっちへ来るわ。止める間もなく切られちゃったのよ」

「いや、いい機会だよ」

隆夫は山崎を見て、「神崎さんなら、あなた方四人を集めた当人だ。何か事情を知っているかもしれない。殺人や刑事さんの件は伏せたままにして、何とか聞き出してみよう。構いませんね、山崎さん？」

「ああ。仕方ねえな」

「よし。じゃ、家捜しを始めましょうか」

隆夫は絹江に、「神崎さんがみえたら教えて下さい」

「承知いたしました」

一同は腰を上げた。

「野々山が行方不明？」

飯沢は部下をジロリとにらみつけた。

「はあ。アパートにも一昨日から戻っていないのです」

「じゃどこへ行っちまったんだ？」

「分かりません。署にも連絡がないし……」

「あいつめ！　出て来たらただじゃおかん！」

「あの……交通事故にでも……」

「野々山が？　交通事故？　へっ！　奴をはねた車があったら感謝状をやりたいよ！」

飯沢は言いたい放題言うと、「放っとけ、放っとけ！　そのうち出て来る！」

と、まるで隠れたゴキブリ扱いである。

「はあ……」

部下は渋々席へ戻った。こういう上司を尊敬しろって言われたって無理だよな、といった表情が露骨である。幸い飯沢はそんなことには気づかなかったが。――いや、気づくようなら、そうひどい上司にならないであろう。何しろ前日に間違えて北千住へ行ってしまってから、千住の邸へ行く気も失せ、野々山なんかに何ができるか、と開き直っているのである。

「ふん、どうせどこかで二日酔か何かでぶっ倒れとるんだろう！」

悪態の追い打ちをして、さめた茶をガブッと飲んで顔をしかめた時だった。

「警部……」

と部下に呼ばれて、

「何だ？」

「お客ですが」

「客？　誰だ！」

「野々山の知り合いだとか……」

「俺に何の用だ」

「知りませんよ。ぜひ上司の方に会いたいって」

「俺は忙しいんだ！　お前、代わりに話して来い！」

「若い女性です。何でもフィアンセだとか……」

「何だと？」

「フィアンセ……婚約者ですね。いいなずけ……」

「それぐらい分かっとる！　野々山の婚約者だと？」

「本人はそう言っています」

「俺は何も聞いとらんぞ！」

部下に怒ったってしようがない。「俺に黙って婚約するとはけしからん！」

こうなると八つ当りである。

「忙しいからって帰しますか？」

「いや、会おう。……これも上司の務めだ。多少時間は割く。どこにおる？」

「廊下に……」

「よし、ちょっと出て来るぞ」

「はあ」

部下はいい加減うんざりした顔で、飯沢の後ろ姿を見送った。「あれで警部だからな！」

近くにいた同僚がニヤリとして、

「俺はそろそろ警視正さ」

廊下へ出た飯沢は、目の前に立っている女を見て、半ば愉快になり、半ば不愉快になった。愉快になったのは、女がなかなかの美人で、しかも肉付きのいい、彼の好みのタイプだったからで、不愉快になったのは、この女が野々山なんかと婚約しているのはけしからん、と思ったせいである。

「あなたが野々山さんの上役？」

女はちょっと上目づかいに飯沢を見た。

「飯沢警部だが、君は？」

と、〈警部〉に心持ちアクセントを置いて言った。

「花岸ひとみといいます。野々山さんのフィアンセですの」

フィアンセ、と「アン」の所をちょっと鼻にかけた発音をする。それがまたちょっとコケティッシュで可愛いのである。

「なるほど。それで？」

「野々山さん、アパートにいないので、こちらへお電話したら、休んでらっしゃるとか……」

「ああ。休んでおる」

「何か連絡はありまして？」

「いや。無断欠勤は彼らしくないので、私も心配しておったのだが」

相当の心臓である。

「ああ！　困ったわ！……あの人の身に何かあったら、私の責任だわ！」

「何かあったら？」

「ええ、私がいけなかったんです、あの人に行け行けと言ったもんだから……」

ひとみはハンドバッグからピンクのハンカチを取り出すと、「あの人に何かあったら……私……」

と出てもいない涙を拭う。

「まあまあ、落ち着いて」

柄にもなく優しく肩など叩いて、「こんな所では……。じゃ、お茶でも飲みながら」

「すみません。でも、お忙しいんでしょう……」

「いや、なに。部下の安全に気を使うのは上司の当然の義務だからな」

偽証罪に問われてもいい所である。

手近な喫茶店に入った飯沢とひとみは、コーヒーが来るまで黙りこくっていたが、コーヒーを一口すすると、潤滑剤の役を果たしているのか、たちまち雄弁になった。

「私、心配なんです。あの人純情だから、私の言うこと聞いてあそこに行っちゃったんじゃないかって」

「あそこ?」

「ええ。そこで何か悪い人に捕まってひどい目に会わされてるんじゃないかって……」

口から出まかせも、たまには当たることがあるという好例である。

「ちょ、ちょっと待ちなさいよ。一体何の話だね? 最初から話してくれ」

「ええ……。私たちおとといの晩、デートしたんです」

「ふむ……」

「で、その時にふっと、彼が言ったんです。出がけに妙な電話があったって」

「妙な電話？」

「ええ。何でも、何とかいう漫画家が殺されるとか……」

「その電話は、奴の——いや野々山が署を出る時にかかって来たんだね？」

「そうです」

　すると俺が帰った後だな。畜生！　何でもう少し早くかけて来ねえんだ！——無茶な苦情を言って、

「それでどうしたんだね？」

　とブスッとした顔になる。

「あの人はきっといたずらだって言ったんです。それを私は、もしかして本当だったら大変だわ、と……。警官はやっぱりデートなんかしてるより、人命を守るほうが義務だからって言ったんです」

「で、奴はマンガ荘へ出かけたんだな？」

　女性の想像力——いや創造力たるや相当なもの、と言う他はあるまい。

「はい」

「何時頃だね、それは？」

「ええ……。ちょうど十二時頃でした」

「十二時？　すると……昨日の十二時？」

「いいえ。おとといの夜中の……」

「夜中の十二時？」

飯沢もさすがに目をむいた。

「ええ」

「どうしてまたそんな時間に？」

「人命に関わることですもの。時間なんて言ってられないでしょ。一刻を争うと思ったんです」

「ま、そりゃそうだが……」

飯沢はまだ釈然としない顔で、「電話があったのは何時頃だったのかね？」

「さあ、六時だかそこいらだと思います」

「で、マンガ荘へ行ったのが十二時。——何をしとったんだね、そんな遅くまで」

「あの……」

ひとみは目を伏せ、ちょっと腰をモジモジとさせてから、「私たち……ホテルにいましたの」

「ホテルに？」

「ええ。私たち、あの晩、初めて結ばれたんです」

今や飯沢の精神状態は最悪の状態にあった。ひとみがデブのブスならともかく、自分好みの色っぽい女の子で、しかも彼女が野々山ごときとホテルへ行った、というのだ！

飯沢はコーヒーをガブ飲みして、必死で気を落ち着けた。

「そ、それは、しかし……結婚前の付き合いとしては行き過ぎだぞ！」

「あら、そうでしょうか？　私、そうは思いませんわ。セックスの不一致って、離婚の大きな原因でしょう？　だったらその点を事前に確かめておくのはとっても大切なことだと思いますけど」

飯沢は喉がカラカラになって、コップの水を全部飲みほしてしまった。

「そ、それで何かね？　君と野々山は……つまり一致したのかね？」

話は完全に無関係なほうへ脱線している。

「ええ！　あの人、まだ無器用ですけど、そこが何とも言えずカワユイんです！　私、気を失いそうになって……」

飯沢は発狂寸前だった。

「あら、こんな話をしに来たんじゃないんだったわ」

ひとみのほうがよほど冷静である。「ともかく、それであの人、ホテルから真直ぐにその家へ行ったんですの」

「ホテルから？　不謹慎な！」

「あら、そんなこと――」

「まあいい。で、彼はそれっきり……」

「ええ、何も言って来ないんですの。あの人のことですもの、電話できればきっとして来ると思うんです。私のことをとても気遣ってくれてたんですから……」

「で、心配になった、というわけだな？」

「はい。あの人大丈夫でしょうか」

あんな奴どうだっていい！　と内心怒鳴ったものの、フィアンセの女性にそうも言えない。

「まあ心配はないと思うが……。まあ、私に任せておきなさい」

「まあ！　じゃ一緒に行っていただけますの？」

「もちろん」

と反射的に答えて、「……一緒に？」

「ええ」

「どこへ？」

「そのマンガ荘とかいう所ですわ。今から行ってみようと思ってますの」

「あんたが？」

「ええ。ちょっと心細かったけど、警部さんが一緒に来てくだされば安心ですわ」

「ふむ……。一緒にね」

飯沢はためらっていたが、この女と一緒に行くのなら悪くないな、と思い直した。みちみち話もできるだろうし……。

「よし、いいだろう。じゃ早速出かけるか」

「パトカーを呼ばないんですか？」

「パトカー？」

「ええ。警官隊を引き連れて乗り込むんでしょ？」

「ま、今の所まだその必要はないな。我々だけで行ってみよう」

「大丈夫かしら？」

「何を言うか！」

飯沢は憤然と、「この飯沢警部がついとるんだ！　何があっても大丈夫！」

実際の所、何かあろうとは、飯沢は思ってもみなかったのである……。

2

「いや広い庭ですねえ……」

桂木が息をつきながら言った。

「少し休みましょう」

隆夫が言った。――なだらかな草の斜面に快く陽が当たっている。一同は思い思いに腰を降ろした。

家宅捜索は目下の所、何の成果も挙げていなかった。母屋と物置、台所から、野々山刑事の縛られている屋根裏部屋まで順番に捜し回ったが、千住忠高の潜んでいそうな気配はどこにもなかったのだ。絹江にも訊いてみたのだが、さっぱり心当りはないという。しかし、そうなると千住が屋敷を出て、どこかに潜んでいるということになる。

「出るのは不可能じゃありません。塔の反対側から海の側を回って、もう一つの口から出ればいいわけですから。でもそこも最初の殺人があった時に僕が頼んで閉めてもらったんです」

隆夫は言った。「だからそれ以後は出入りはかなり難しいはずです。塀は相当高いし、乗り越えるのも不可能ではないけど、あの年齢の人では、ちょっと難しい。その気になればできないことはありませんけどね」

「それじゃ、こんなに捜し回ったって無駄じゃねえか」

と山崎が文句を言う。

「いや、僕は犯人が――いや、千住さんかどうかはともかくとして、この屋敷の中にいるという気がしてるんです」

「どうして？」

と訊いたのは珍しく香織である。

「つまりですね、古井さんも広津さんも、非常に巧みにタイミングをつかんで殺されているんです。どちらの場合も、みんな離ればなれになっていてアリバイがない。僕は美也子と、桂木さんは香織さんと一緒だったが、共犯とすればアリバイにはなりません。広津さんの場合は特に場所も塔の部屋です。広津さんの動きをずっと追っていなければ、とてもあんな場所で狙うことは不可能ですよ。つまり、犯人は我々の動きを大変よくつかんでいる。それは屋敷の外にいたのではまず無理です。——だから犯人は屋敷の中にいる、と思うのです。たぶん今もどこかで僕らを見ている……」

他の四人は何となく気味の悪そうな目つきで周囲を見渡した。その時、

「キャッ！」

と香織が突然声を上げた。

「ど、どうしたんです？」

隆夫がびっくりして腰を浮かした。

「誰かいるわ！　塔の部屋に！」

一斉に立ち上がった四人が、塔のほうへ視線を向けた。窓ガラスがキラキラ光って

いる。

「……気のせいじゃないのか？」

桂木が言った。香織ははっきりと首を振って、

「いいえ！　本当に誰かいたのよ！　影がチラリと動いたのよ！」

「行ってみましょう！」

隆夫が先頭を切って走り出すと、残る四人がワッと後に続いた。ゆるやかな斜面を一気に駆け上り、塔の下へ着く。

「山崎さん！　ここにいて下さい」

「何だと？　どうして俺が――」

「階段で降りて来るかもしれませんから。あなたは銃がある」

「よし、分かった」

残る四人はエレベーターで上った。扉が開くと、美也子がはっと息を呑む。

「お父様……」

塔の部屋に、高らかに流れているのは、バッハの〈ブランデンブルグ協奏曲〉の第二番であった……。

「――誰もいない」

一回りして、桂木が腹立たしげに、「やっぱり、お前の気のせいだよ」

と香織へ言った。

「いや、桂木さん、気のせいじゃありませんよ」

隆夫が言った。「このレコードは自分でかかったわけじゃありませんからね」

「これは第二番の第二楽章よ」

美也子が言った。「ここへ入って来た時は第一楽章の終わりだったわ。このレコードの面は第二番が頭になってるから、ここへ入って来た時はまだレコードがかかって五分とたっていなかったはずだわ」

「それにこの匂いに気づきませんか？」

と隆夫は言った。

「匂い？」

桂木が鼻をピクピクさせて、「なるほど、そういえば……」

「これ、葉巻の匂いでしょ！」

香織が言った。「私のいた店にもよく葉巻をキザったらしく喫ってるのがいたわ。他のお客の迷惑になるし、本当にいやだった」

「千住さんは葉巻を喫ってましたよ」

「そうだったわ。父のはハバナの特製で……」

「まあ、僕はシャーロック・ホームズじゃないから、葉巻の灰を見分けるなんて芸当はできないけど、この屋敷で他に葉巻をやる人はいそうもないからね」

「すると何ですか、やはり千住さんがここにいた、と……」

「それとも誰かが、千住さんがいたように見せかける工作をしたか、ですね。——レコードをかけ、葉巻を一服ふかす。匂いが強いですからね。充分匂いは残るでしょう」

「しかし、その人物を香織が見たとして、我々がここまで来る間に逃げられたでしょうか」

「そうですね。エレベーターがあるんですから、不可能ではないはずです。かなり際どい芸当であるのは確かですが」

香織がため息をついて、

「あーあ、私、こんな所、早く出て行きたいわ！」

「同感ですね」

隆夫は微笑して、「まあ僕らは千住さんのことを放って出て行くわけにも——」

と言いかけた時、銃声が下から響いて来た。

「——山崎さんが！」

美也子が叫んだ。「何かあったんだわ！」

「行こう！」

四人はエレベーターへ飛び込んだ。下降のボタンを押すと、扉が閉まり、箱が降り始める。

「大丈夫かしら?」

「なに、山崎さんは、そう簡単にやられる人じゃない」

隆夫がそう言った時だった。——エレベーターが突然停まって、明りが消え、四人は闇の中に閉じ込められた。


「まあ神崎様。いらっしゃいませ」

「絹江さん。千住さんの姿が見えないそうですね」

「はい。心配しているのでございますが……」

「お嬢さんはおいでですか?」

「今、皆様でお庭にいらっしゃいます。旦那様のことを調べておいでで」

「ああ、なるほど」

「お呼びして参りましょう」

「いや、結構。待たせていただきますから」

「さようでございますか。間もなくお戻りだと存じますが」

神崎は客間へ入ると、絹江のほうを振り返って、

「絹江さん。春山さんは？」

「は？――ああ美也子様のご主人ですね。はい、ご一緒で」

「分かりました。ありがとう」

神崎は客間でゆっくりとソファにもたれた。

「さて、どう話を持って行くかな……」

春山隆夫――いや秋川隆夫にどう話をするか。まともに父親が会いたがっていると言うのは巧くない。大学やアパートから姿をくらましたというのは、やはりある程度、父親と巧くいってなかったせいだろう。そこへいきなり父親のことを持ち出しては、また逃げ出してしまう怖れがある。

「何か口実をつけて事務所へ来させるんだな――」

そこで父親に会わせる。――といって、後で神崎が恨まれるのでは困るのだが。何しろ八方美人風に巧く立ち回ろうとするから難しいのだ。もっとも、それを巧くこなさなくては、弁護士稼業などやってはいられない。

「そうだ……。二人を一緒に呼べばいい」

と神崎は思いついた。

隆夫と美也子の二人を呼んで、秋川に会わせるのだ。父親のほうが怒るだろうか？いや、あの父親はそう石頭にも見えなかった。少なくとも、第三者の目の前で親子喧嘩をするような野暮な手合ではない。

　隆夫にとっても、父親に黙って結婚したことで、当然負い目があるわけだから、父親と一応冷静に話し合う他はあるまい。

「そうだ。それがいい！」

　神崎は自分の考えに満足して肯いた。

　さて、次は、何を口実に二人を事務所に呼ぶか、である。――それに最適なのは、目下の千住の行方不明の件であろう。実の所、神崎は、千住そのものの安否はさほど心配していなかった。金持というのは、とかく姿をくらましたがるものなのだ。かつて神崎の関係したことのある土地成金の大金持などは、突然夕食の席から姿を消して、半年も行方が分からず、家族が方々の興信所や探偵を使って捜させて、漸(ようや)く発見した時は、どこやらの山中で、木こりをしていた……。

　その金持は見つかった時、自分が誰なのか、全く憶えておらず、屋敷へ連れ戻された翌日、半年前通りの主人となって目が覚めたのだった。

　これは一種の突発的な神経症で、金持であるが故の悩み――ぜいたくな話だが！――から逃げ出したいという、隠れた欲求が、何かのきっかけで、不意にこういう失踪という形で現われるのであるらしい。これ以来、神崎は金持の失踪という事態には、あまり驚かなくなっているのだ。

きっと千住にしても、何かの気まぐれから姿をくらまし、たぶん変名で、ホテルにでも泊まっているに違いない。必要ならば息のかかった探偵を動員すれば、必ず捜し出せるという自信が、神崎にはあった。

もっとも神崎は、この屋敷で、すでに二人の人間が殺されていることなど知る由もない。知っていれば、こう呑気に構えてはいられなかっただろう……。

神崎は窓辺に立った。……ふと胸が痛む。妻が、塔の部屋で千住に抱かれたのに違いない、と思うと、嫉妬とは違う、傷つけられた自尊心が疼くのだった。良美……恥知らずな女だ。千住に抱かれたその体で、一夜とたたぬうちに体をすり寄せて来るのだから！

俺はそんな奴のために働いている……。だが、すでに神崎は無用な感傷を切り捨てた。仕事は仕事。奴は金持なのだ……。

玄関のほうで人の声がした。誰か来客か。神崎はいやな顔をした。話の邪魔をされては困るのだが……。

「失礼いたします」

絹江が顔を出して、「申し訳ございません。ちょっとお客様で。こちらでご一緒にお待ちいただいてよろしいでしょうか？」

「ああ、構いませんとも」

神崎は素早く職業用の笑顔を作って見せた。

「どうぞこちらで……。ただ今、お呼びして参ります」

と絹江が案内して来たのは……えらく尊大な印象を与える男と、若い女であった。

警察だな、と神崎は直感した。それに、あのちょっと芝居じみた口ひげは、見たことがあるような気がする。女のほうは、といえば、またずいぶんとアンバランスで、ちょっと蓮っ葉な感じのする女だ。化粧などから見て、平凡なＯＬだろうが、男関係のかなり派手な女に違いない。男好きのする、というか、ある種の男を魅きつける何かを具えている……。

さすが人間相手の商売だけに、神崎の目は確かである。

口ひげの男のほうは神崎を故意に無視しようと努めていたが、それが余りにわざとらしいので、かえってぎごちなく、珍妙に見える。女のほうが少なくとも正直で、興味津々という目で神崎を「値ぶみ」していた。

しかし、一体警察が何の用なのだろう？　神崎の興味は女の流し目などにはなかった。

「失礼します」

神崎は声をかけた。「警察の方ですね。確か……」

「確かに県警の飯沢警部だが、あんたは？」

「ああ、そうでした。飯沢警部でしたね。よくお顔を拝見しますよ。私はこちらの千住氏の顧問弁護士を勤めている神崎と申します」

よく顔を見ると言われて、急に飯沢の顔がゆるんだ。

「そうか。弁護士かね。いや、よく私のことを……」

「飯沢警部といえば有名ですからね」

「そ、そうかな、うん?——まあ、何かと引っ張り出されるんでな」

この馬鹿め！　神崎は内心せせら笑いながら、

「今日はまた何のご用でこちらへ?」

「う、うむ……。それはちょっと……」

「あ、いえ、決して捜査の秘密などを探る気ではありません。ただ、千住氏の弁護士としましては、ちょっと気になりましたものですから」

「ああ、ま、そりゃそうだろうな」

「警部自らおいでになるとは、どうもただ事ではないようですな。——実は今、千住氏はここにはおられないのです。絹江さんからお聞きになりましたでしょう?」

「う、うん。娘がいるというので。一度会ったことはあるのだが……」

「以前にここへおいでになったのですか?」

「ああ、前の電話の時にな」

「電話？――すると脅迫電話か何かで？」

　さすがに神崎の頭の回転数は飯沢のそれとは比較にならない。ジェームス・ワットの蒸気機関とスーパーカーのエンジンぐらいの差が歴然である。

「うん、まあそんなところだ」

「どんな内容でした？」

「なに、前の奴は、千住が殺されたという知らせでな。飛んで来てみると、本人ピンピンしとった。今度のは……」

「また、殺された、と？」

「いや、一昨日の夜中に殺されるという予告だったのだ。すぐ行動に移すべきだったのだが、私の耳に入るのが遅れてな」

　と飯沢は言いわけがましい。

「それはまた……。しかし妙ですね。千住氏が殺されるなどと脅迫されていたとは。私は全く存じませんでした」

「まあ、たぶんいたずらとは思ったが、念には念を入れるのが……」

「それに野々山さんが行方不明なんです！」

　と若い女が口を挟んだ。

「野々山？」

「ああ、私の部下の刑事なのだ。電話を受けてここへやって来たはずなのだが、それきり姿を消してしまってな……」

「それは心配ですね」

「私のフィアンセなんですの」

「それはそれは。ご心痛はお察ししますよ、お嬢さん」

「ありがとうございます」

こんな女、百万積まれたってごめんだな、と神崎は内心思った。しかし……ここで千住の行方不明が知れると厄介だ。この馬鹿な警部はきっと大騒ぎをやらかすに違いない。それは、千住の持っている株や資産にも悪い影響を及ぼす怖れがある。

「しかし警部さん、千住氏はちゃんとご健在ですよ」

「君は知っとるのかね?」

「はい。氏は時折、私有地の別荘へ静養に行かれます。今もそちらにいらっしゃるはずですが」

「そうか……。確認は取れるかね?」

「お望みならば。ただし手紙でしか連絡は取れませんのですが」

「電話はないのか?」

神崎は大げさに手を広げて見せて、

「警部さんもご存知でしょう。金持というのは大変気まぐれな人種でして。静養中を電話のベルで邪魔されたくない、と……。いや、私なども手を焼くことがあるのですよ。まあその辺は警部さんのほうがお付き合いもお広いし、よくご存知と思いますが……」

「う、うむ……。分かるよ、君。よく分かる！」

こういう馬鹿は持ち上げてやるに限る。

「まあ、よろしくその辺をご配慮下さい」

「うん、大丈夫！　任せておきたまえ！」

「では私はちょっと失礼いたします」

神崎は客間を出た。美也子があの間抜けな警部と会う前に、話を合わせておく必要がある。

「庭にいる、と言ったな……」

神崎は庭に出るのを客間の窓から見られないように、玄関から外へ出ると、建物の横手をぐるりと回って庭へ向かった。途中、ガレージの傍を通りながら、帰りにはベンツを持って帰らねば、と思った。

神崎は足を止めた。ガレージから、クラクションの音がしたのだ。耳慣れた、自分のベンツのクラクションだ。――神崎は一瞬ためらってから、ガレージの入口へ近付いた。暗い中を覗き込むと、自分のベンツが暗く光っているのが、ぼんやりと分かる。

「誰かいるのかね？」

と声をかけると、ベンツの車体の陰から、黒い影が離れた。顔は暗くて分からない。

「誰だ？……何をしてる？」

相手は無言で近付いて来た。神崎は暗がりに眼が慣れていなかったので、何も見ることができなかった。赤く燃えるような光が眼の前で走った時には、それを認める間もなかった。弾丸が確実に神崎の心臓を射抜いていたからだ。


「どうしたの！」

暗くなったエレベーターの中で、香織が叫んだ。「どうなっちゃったのよ！」

「大丈夫！　落ち着くんだ！」

桂木の声。――実際、真っ暗なので、声しか聞こえないのだ。

「大丈夫。ただの停電ですよ」

と呑気な隆夫の声がした。「心配することはありません。ええと……桂木さん、マッチお持ちでないですか？」

「あ、ああ……確かポケットに……あったよ」

「一本点けてみて下さい」

ややあって、黄色い灯がポッと点ると、エレベーターの中が照らし出された。香織が安心したように息をつく。ほんの数秒の間だったが、隆夫はエレベーターのボタンのパネルを見て、非常用の呼出しボタンを押した。

「誰か来るはずだよ」

再び暗がりになった箱の中で、隆夫は言った。

「停電でも？」

と美也子は訊いた。

「こういう電力は別系統になってるはずだ」

「じゃ、のんびり待ってればいいのね」

「さっきの銃声が心配ですな」

と桂木が言った。「あの後は静かなようだが」

「考えてみると、あの銃声、もう少し遠くから聞こえて来たみたい」

「うん。僕もそう感じた。少なくともこの真下ではなかったよ」

「じゃ山崎さんが何とかしてくれりゃいいのに……」

「銃声のしたほうへ駆けつけてるだろう」

「でも……もしかして……」

と香織が怯えたような声を出す。「犯人が私たちをここへ閉じ込めて……」

「馬鹿なことを言うんじゃない！」

「まあたとえ誰かが電気を止めたとしても、箱の中にいりゃ安全ですよ。むしろ危ないのは山崎さんだな」

「すると我々を遠ざけておくために？」

「可能性はありますが、そうと決まったわけでもありませんよ」

そう言った時、頭上の蛍光灯がチカチカと瞬(またた)いて、点った。同時にブーンとモーターの唸りが聞こえ、箱が静かに動き出した。

「動いたわ！」

香織が歓声を上げた。「エレベーターが動いてるっていいもんね！」

変な感激の仕方があるものである。

下へ着いて扉が開くと、四人は外へ飛び出した。山崎の姿はない。

「少なくとも殺されてはいないようですね」

と隆夫が言った。「しかしどこへ行っちゃったんだろう」

その時、屋敷の横手から続けざまに二発、銃声が響き渡った。

「ガレージのほうだ！」

四人は一斉に駆け出した。建物の横へ回り、ガレージがもう少しで見える所まで来た時、女の悲鳴が聞こえて来た。

「誰の声だろう？」

「少なくとも絹江さんじゃないわ」

美也子が言った。「あの人は世界の終わりが来たって悲鳴なんか上げないわよ」

ガレージの手前で、四人は思わず立ち止まった。それはまるで映画の一シーンだった。――手前には拳銃を手にした山崎が、背中を見せて立っている。ガレージの前の地面に、見知らぬ口ひげの男が長々とのびていた。手のそばに拳銃が落ちている。その二人を少し離れて見ている女は、たった今まで悲鳴を上げていたままの格好で、両手で顔を半ば覆って大きく見開いた目だけをのぞかせている。

山崎は振り向いて、

「やあ、どうだったね？」

「どうだったじゃないわ！……」

美也子は一歩進み出て、「また人を殺したのね！」

山崎はキョトンとして、

「殺した？　俺が？　冗談じゃねえよ」

「だってあそこに倒れてる人は……」

「あいつは死んじゃいねえよ。本当さ、調べてみな」

隆夫がつかつかと歩み寄って、かがみ込んで調べていたが、やがて顔を上げ、

「大丈夫。気を失ってるだけだ。けがもない」

「ほら見ろ」

美也子はほっとするやら腹立たしいやらでプッとムクれた。

「一体どうしたっていうんです？」

隆夫が訊くと、山崎はちょっと困ったような顔になって、

「俺にもよく分からねえんだ。塔の下にいると、こっちのほうで銃声がしたんで駆けつけてみた。すると玄関のほうから、その口ひげの野郎と女が出て来たんだ。やっぱり銃声を聞きつけたんだろうな。ところがそいつ、俺を見るなり拳銃を抜いてぶっ放しやがった。まあ、えらくへっぴり腰だし、弾丸も俺よりゃおてんとさまに近いほうへ飛んで行くくらいだから、そう心配することもないと思ったが、一応こっちも一発撃ってやった。むろん外してだぜ。ところが野郎、コテンとひっくり返っちまったんだ」

「ショックですね、きっと」

隆夫が愉快そうに言った。「撃たれたと思い込んだんだな」

「誰なの？」

美也子が訊くと、隆夫は倒れた男のポケットを探った。

「何かあるかな。……ええと、おや？　これは、これは！」

「何なの？」

「この方は警部さんだよ」

「まさか！」

「本当よ！」

と声を上げたのは若い女だった。「こんなだらしのない人だと思わなかった！」

とすっかり立腹の態である。

「全くだぜ」

山崎は首を振って、「情ねえな、これで警部？　へっ、これだから今のサツはだめなんだ。何かってえとすぐに職権を振り回すくせによ、一対一となるとからっきしだもんな」

「ところで、あなたは？」

隆夫が女へ訊いた。

「花岸ひとみ。——野々山さんのフィアンセです」

「野々山？」

「まあ！」

美也子が叫んだ。「あの刑事さんだわ、屋根裏にいる……」

山崎がゲラゲラ笑い出した。

「するとこの野郎はあのデカの親分か？　こいつあ傑作だ！　似合いの親分子分だぜ！」

「じゃ、野々山さん、ここにいるんですね？」

「ああ、いるともよ。今ご対面させてやらあ」

「ちょっと待って下さい、山崎さん」

「何だ？」

「後の二発の銃声はそれで分かったけど、最初の一発は？」

「そうか……。忘れてたぜ。そういやあ分からねえな」

「この辺で聞こえたんですね？」

「ああ、――少しこもったような音だったな」

隆夫は、ガレージの中へ入って行った。そして少しして出て来ると、ホッと肩で息をして、

「この中でしたよ」

「何だったの？」

と美也子が訊いた。

「……神崎さんだ。胸を撃たれて、死んでる」

3

「やれやれ、世話のやけるこったぜ」

山崎が言った。——屋根裏部屋。椅子に縛りつけられた野々山と飯沢が仲良く席を並べている。

「小学校時代を思い出すだろ？　ええ？」

野々山は、まだ気を失っている飯沢を見て、

「本当に大丈夫なんだろうね、警部は？」

「ああ、かすり傷一つねえよ。太鼓判だ。全くよく眠ってらっしゃる。赤ん坊も顔負けだぜ」

野々山は情ない上司の顔をまじまじと見て、ため息をついた。それから、精一杯の気迫を込めて山崎をにらみつけると、

「貴様、こんなことをして、後で後悔したって遅いぞ！」

「後でするから後悔ってんだろ」

「さっさと縄を解いて、おとなしくしろ！　警官が大勢やって来るぞ！」

「残念ながら来やしねえよ。ちゃんと確かめたんだ」

「確かめた？　誰にだ？」

「このお方にさ」

山崎は屋根裏部屋の表に立っていたひとみを引っ張って来た。ひとみのことは何も知らされていなかった野々山の首が三十センチも——いや本当にのびたらオバケだが、実際そう見えるほど——のび切って、目はほぼ円形に近いほど広がり、顎はガクッと外れんばかりに落ちた。

「ひ、ひ、ひ……」

笑っているわけではない。「……ひとみさん！」

ひとみは山崎にグイと肩を抱かれ、野々山の哀れな姿をにらみながら、

「こんな情ない人だと思わなかったわ！」

「ひとみさん……。じゃ、君が警部を——」

「ええ。あなたのことが心配だったから、話をしたのよ。そしたら、警官なんかいらん、一人で大丈夫だって大見得切ってさ、来てみたら何よ。当たってもいない弾丸でノック・アウトされるなんて！　つくづく、やんなっちゃったわ」

「面目ない……。君までこんな所に……」

「おいおい、誤解すんなよ」

山崎がニヤニヤしながら、「俺は女性をこんなとこへ閉じ込めるような、冷血動物

たあわけが違うぞ。この女はな、ちゃんと手厚くもてなして、暖いベッドに寝かしてやる。俺のベッドへな」

「な、何だと？」

野々山が、さっと青ざめた。「貴様……」

「この女、ちょうど俺の好みでな」

山崎はひとみの肩へ回した手をのばして、ワンピースの上から豊かな胸をもみ始めた。「きっと気が合うと思うんだよ」

ひとみは黙ってされるままになっている。野々山はワナワナと身体を震わせ、

「畜生！　彼女に触るな！　殺してやるぞ！　手を離せ！」

と叫ぶが、椅子へ固く縛りつけた縄はビクともしない。山崎はせせら笑って、

「まあ、そこで指くわえてるんだな。俺はここんとこ運動不足なんで、ちょっと体操して来るからよ」

とひとみを抱きかかえるようにして屋根裏部屋を出て行ってしまう。残された野々山は、

「ひとみさん！　ひとみさん！――畜生！　この縄を解け！　締め殺してやる！」

と、およそ警官らしくない言葉をわめき散らしたが、そのうち疲れ切ってしまった。

「ああ……。ひとみさん……」

とすすり泣いていると、

「ウーン」

と呻いて、飯沢が目を覚ました。

「……ん？　ここはどこだ？」

と呑気に周囲を見回し、「おい！　野々山じゃないか！　どうした？」

野々山はプイとそっぽを向く。

「縛られてるのか？　よし待てよ。今解いてやる！……ん？」

とやっと自分も縛られているのに気づき、

「こいつは参ったな。おい、野々山、俺の縄を解いてくれ。そしたらお前のを解く」

救い難い、というべきであろう。

「うるさい！　黙ってろ！　このヒヒおやじ！」

野々山が怒鳴った。——飯沢が、まるで牛か馬に「コンチハ」と挨拶されたような顔つきになって、目をパチクリさせた。

山崎のほうは宣言を早速実行に移し、まだ午後の三時すぎだというのに、ひとみを部屋へ連れ込んで、一戦を交えるべく襲いかかった……。

「やめて！　何すんのよ！　ケダモノ！　離して！　いや！　やめて！」

ひとみのセリフだけを収録すると、相当に抵抗したように思えるが、その実、言葉とは裏腹に、ひとみは至って従順に山崎に抱かれていたのである。ラジオ・ドラマなら表現に困るところだ。ただしものの十五分もすると、

「ああ……あなたみたいな人初めて！　凄いわ！……もっと強く！」

と、セリフのほうも至って素直になって来たのだが。

こちらは黄昏が迫ってそろそろほの暗くなって来た書斎。美也子が電話に出ている。

「……ええ、そうなんです。神崎さん、急に熱を出されて。――いえ、こちらでお医者様を呼びますから。――どうぞご心配なく」

受話器を置くと、美也子は額の汗を拭って、

「もういい加減いやになるわ。今度は神崎さん！　これじゃこの屋敷、そのうちに死体置場になっちゃうわ」

甚だ物騒な予言も、この場にはあまりに相応しくて、やり切れなくなるほどだった。

「一体どうして神崎さんが殺されたんでしょうねえ」

桂木が首をひねった。

「二通り考え方はありますよ。古井さん、広津さんと続く一連の殺人事件の一つだと見るのと、全く別の事件と見る見方とでです」

「そんな偶然ってある？」

「偶然かどうかはともかく、神崎さんは、今までの二人とは立場が違うし、それに凶

器もナイフから拳銃になっている。別の犯人とも見られるよ」

「それはそうですね。しかし、あの拳銃はどこで手に入れたんでしょう?」

「見つかっていないから何とも言えませんが、僕らの知ってる限りでは、この家にある拳銃は山崎さんのと、山崎さんが野々山刑事から取り上げた二挺だけです。今はあの警部さんのを含めて三挺ですがね」

「でも、それだって山崎さんが持ってるはずでしょ?」

「そう。だが他にもあったのかもしれない。これが周到に仕組まれた計画だったら、拳銃を前もって手に入れておくぐらいのこと、簡単だろう」

「そうね……。でも、なぜ神崎さんが……」

「古井さんや広津さんを殺したのと同じ犯人だとすると、おそらく動機は、神崎さんがここの四人の客のつながりを知っていたからじゃないかと思うね。それが洩れるのを恐れて口を封じたんだ」

「もし全然別の犯罪だったら?」

「その時は個人的な動機が問題になるだろうね。例えば奥さんの口紅とか……」

隆夫は曖昧に言葉を濁した。

「何か打つ手はないの? このまま黙って殺されるのを待ってるなんて、たまらないわ!」

隆夫は何やら考え込んでいた。

「そう……。一つ調べてみたいことがある……」

夕食の席は、新たな死体の出現という事態にもかかわらず、割合に活気があった。それはそもそも神崎がこの一員でなかったせいもあっただろうが、何よりも、山崎とひとみの健啖（けんたん）ぶりが大きな原因だった。何しろ三時すぎから始まった二人の情事は、夕食の呼び出しで中断されるまで飽くことなく続けられ、二人とも人間としてぎりぎりの空腹状態（ちょっとオーバーな表現ではあるが）で食事に降りて来たのである。

そして他の面々がちょっと照れくさくなってしまうくらい、大らかに食べ、かつ飲んだ。山崎だけではない。ひとみも、すっかりこの野性的な男に魅了されてしまったのは一目瞭然で、全裸の上にガウンをまとっただけのスタイルで、まるで新婚家庭の二人きりの食卓みたいに、平気で山崎を熱っぽく見つめているのだった。

山崎のほうも上機嫌で、殺人のことなどてんで頭にない様子。食事の合間も、ひとみのガウンの胸元へ手を突っ込んだり、テーブルの下で彼女の太ももをさすったり、という始末だ。そして夕食がすむと二人して、

「では皆さん、おやすみ」

と一礼してさっさと二階へ。

「どうでしょうね、あの女！」

美也子が頭へ来て吐き捨てるように言った。「まるで盛りのついた猫だわ——あの刑事さんも気の毒に」

「本当ね」

香織もため息をついた。「フィアンセがあの調子じゃ、若死にするわね」

——食事の後、隆夫は一人でさり気なく廊下から庭へ出ると、塔へ向かった。穏やかな夜で、静かな木立の間を抜けて行くと、潮の香を含んだ風が渡って来て、人殺しなどという殺伐とした現実が嘘のような気がして来る……。

塔へ着いた隆夫はエレベーターの箱へ入ると、ボタンを押さずに、箱の内側や、ボタンのパネル部分をていねいに調べた。それから昇りのボタンを押し、上の部屋へ行く。部屋でも明りを点けずに、ポケットから取り出したペンシル・ライトで辺りを照らし出した。

隆夫が調べたかったのは、エレベーターの電気系統である。四人が乗ったまま停まってしまったのは、果たして単純な事故だったのだろうか？　もし、あれが故意の操作によるものだとしたら、どこでそれをやったのかが知りたかったのだ。エレベーターには、どこか電気系統を集めた配電盤のようなものがあるはずだ。それがこのエレベーターには見つからない。

隆夫は、エレベーターの円筒をぐるりと一回りしてみた。何も見つからないまま、元の場所へ戻って来た時、突然、誰かが目の前へ立ちはだかった。隆夫は身を沈めると、頭から相手へぶつかって行った。相手がウッと唸って転倒する。弾みで床へ転がった隆夫は素早くはね起きて、部屋の明りのスイッチへ走った。

総てがアッという間の出来事だった。普段の、至って呑気でスローモーな隆夫しか知らない人間が見たら目を見張ったに違いない、素早い身のこなしだ。——部屋に光が満ちた。

「ひどいな、いきなり」

床から起き上がった男が言った。「相手をよく見ろよ」

隆夫は一瞬呆気に取られていた。

「——ここで何してる？」

「何してる、もないもんだ」

立ち上がったのは、中年の紳士で、鼻の下にひげこそなかったが、あのロールス・ロイスの主、秋川隆一であった。「君こそ、ひどいじゃないか。何も言わずに姿をくらましちまって」

隆夫は奇妙な表情をしていた。苦々しいようで、それでいて懐かしく、また、よりによってこんな時に、といった気持が複雑に入り混じった顔だ。

「どうしてここが分かった？」

「君が神崎とかいう弁護士のベンツに乗ってるのを見た奴がいてね。知らせてくれたのさ」

「神崎に会ったのか？」

「ああ。借り物のロールス・ロイスで乗りつけた。金がかかったよ。——一杯もらっていいかね？」

「勝手にやれよ。で、神崎に何と言った？」

「君は俺の家出した息子だと言ってやったよ」

「それでここへ来たのか……おかげであの弁護士は命を落とした」

「まさか！」

「本当さ。拳銃で一発だ」

「しかし、警察も何も来てないぜ」

「呼べない事情があるんだ。色々と複雑なことになっていてね」

「ふーん。しかし、大した屋敷じゃないか」

と男は手を拡げて、「相当な値打だろう」

「ああ、相当なもんだ」

「いや、君が姿をくらましちまったんで、みんな大騒ぎしたんだ。何か大仕事を企んでるんだって言う奴もいるし、足を洗って逃げ出したんだってのもいてね。むろん俺は君を信じてた。君を悪く言った連中に、この大邸宅を見せてやりたいよ」

「なあ森川」

隆夫はソファへ腰を降ろした。「誤解しないでくれ。僕は本当に足を洗ったんだ」

森川と呼ばれた男はニヤリとして、

「だめだめ。そんな言い草が俺に通じると思ってるのか？　何度も一緒に仕事をして来た仲じゃないか。水くさいぞ」

「しかし本当なんだよ、これは」

「じゃ、どうしてここにいるんだ？」

「ここの娘と結婚してるからさ」

森川は笑って、

「じゃ何かね？　結婚してみたら、たまたま相手がここの娘だったっていうのか？」

「その通り」

「それを信じろっていうのかい？」

隆夫がため息をついて、

「ＯＫ、分かったよ。確かに僕はここの娘を狙った。彼女は巧く乗って来たよ。ところが、だ……」

「どうした?」

「とんでもないことになってるのさ。今ゆっくり説明してる暇はない」

「つれないこと言うなよ。君が金持の娘をたらし込む。我々がその邸に忍び込む。——いつもその手で成功して来たじゃないか」

「今度ばかりはそうは行かないんだ」

「一体どうしたって言うんだい?」

「別に、ただ僕が本当に彼女を愛してしまったってことさ」

「しかし——」

と森川が言いかけた時、エレベーターが下へ呼ばれて動き出した。

「誰か来る!」

隆夫は森川の腕をつかんで、「階段から降りるんだ!」

「分かった。——連絡してくれるな」

「僕からする」

「よし。以前の通りの番号だからな」

「分かった。早く行け」

森川が足音を立てないように気をつけながら、らせん階段を降りて行くと、入れ違いにエレベーターが昇って来る。乗っていたのは美也子だった。

「ここにいたの」

「ああ。調べ物でね」

美也子は冷やかすように、

「名探偵さんは大変ね」

「一人になっちゃ危ないって言っただろ」

「あなただって」

「僕は平気さ」

美也子は森川の飲みかけのグラスを見つけて、

「あら、お酒飲んだの？」

「いや……。注いでみただけさ」

隆夫はギクリとした。

「何を調べてたの？」

「エレベーターさ。さっき停まった原因を調べてみようと思ってね」

「何か分かって？」

「いいや。このエレベーター、定期的に検査してるんだろう？」

「ええ、そうよ。確か何度か検査に来たのを見かけたことがあるわ」

「どこの会社だか分かる？」

「さあ……。絹江さんなら知ってると思うけど」

「よし。じゃ戻って訊いてみよう」

明りを消し、エレベーターへ乗り込む。下りのボタンを押してから、隆夫はボタンの取りつけられたパネルをいじくった。

「ここが開けられたらな……」

と呟いた時だった。カチッと音がして、パネル全体が蓋のように開いて来たのだ。

「あら！」

「見ろよ！」

パネルの下に、もう一つパネルがあって、昇り下りのボタンがついているのだ。

「何かしら?」

「さて……。押してみよう」

エレベーターはすでに下へ着いていたが、隆夫は見つけたボタンの下りのほうを押した。扉がスルスルと閉じて……。

「どうしたの！」

美也子が思わず声を上げた。「エレベーターが下がってる！」

4

「飯沢がおらん？　おらんとはどういうことだ？」

本部長の双見(ふたみ)は目の前の刑事をにらみつけた。

「はあ……。昼頃お出かけになって、それきり戻られないのです」

「どこへ出かけたんだ？」

「さあ。何もおっしゃっていませんでしたから、分かりません」

「一人で出かけたのか？」

「いえ、それが……」

と刑事は言い淀んだ。

「何だ？」

「はあ……つまり、その……若い女と一緒だったようで……」

「女？　誰だ？」

「さあ……それが……」

もう夜になって、ひとみが飯沢に会いに来た時に応対した刑事が帰ってしまっているのである。双見本部長は不機嫌に顔をしかめて、

「分かった。もういい！」

一体、あいつ、どこへ行っちまったんだ！　せっかく今夜のパーティで実力者に引き合わせてやろうと思ったのに。――パーティはKホテルの大広間で開かれることになっていた。表向きは〈××を励ます会〉だが、実質上は、県下のお偉方がほとんど集まる、多分に政治的な集会であった。

もう行く時間だ。これ以上待ってはおられない。双見本部長は席を立って、自分の部屋を出た。一階へ降りて刑事の一人へ、

「おい、もし飯沢から連絡があったらな、わしはパーティへ出かけたと言っとけ」

「はい、分かりました」

「それから奴にもすぐパーティに来いと伝えろ」

「はい」

双見が行ってしまうと、刑事は欠伸をして、「さて帰るか」

と独り言を言った。わずかに残っている同僚へ、

「おい、飯沢警部から連絡があったら……」

と言いかけると、

「だめだめ！　俺も帰るんだ」

「そうか……。じゃ、構わねえ。あんな奴、放っとけ！」

敬愛される上司というのはパンダより珍しい、と言ってもいいかもしれない。

双見は署の前から、ハイヤーでパーティ会場へ向かった。歩いたって大した距離ではないのだが、やはりホテルの正面へ乗りつけるという到着の仕方でないと、格好がつかないのである。

「全く、飯沢の奴！」

とシートにもたれて呟く。実際、飯沢らしくないことだ。仕事は忘れても、こういう会合に顔を出すことだけは忘れない人間なのに……。双見は別に皮肉めいた気持からでなく、そう考えた。何しろ双見本人だって、そうして現在の地位を得たのである。コツコツ刑事稼業に精を出したって、定年まで勤めてせいぜい警部止まりだ。いつまでも第一線にいると、けがをする危険も大きいし、年齢を取ってからはますます危ない。何てったって、こまめに動いて、安全な地位にまで昇りつめることだ。——そうとも、本部長ともなれば、もう犯罪者の銃弾にさらされることもない……。

だが、双見本部長は間違っていた。

「俺が戻るまでおとなしくしてるんだぞ」

森川の言葉は、一応まだ一郎の耳の中に残っていた。しかし、パーティの始まる時間が迫って来るにつれ、一応の苛立ちは増して来た。

「何してんだろうな、畜生！」

　同じ言葉がもう三十回以上も一郎の口から洩れていた。

　森川と一郎の取ったのは、ホテルでもＡクラスの二人部屋で、値も安くなかった。大きな儲けを手にするには、投資をケチってはいけないというのが森川の信条なのである。

「いいか、ここは一流ホテルだ。そこの高い部屋に泊まるような客が、強請や詐欺の常習犯だなんて、誰も思いやしねえ」

　それはそうだが、実際に仕事ができなかったら一銭にもならないのだ。一郎は気が気ではなかった。――森川と組んでまだ半年にしかならないので、完全に信頼し切れていなかったという点もある。また一郎が生来、まれに見るせっかちな人間であるのも事実だ。それは一郎自身認めていた。

　何しろ十時の列車に乗るのに、八時半に駅へ着き、九時前にもうホームに立っているという男である。――まだ三十前、二十七、八という年齢の割には、せっかちという原則を頑固に守り通していた。

「もう七時半じゃねえか……」

　パーティは七時から始まっているのだ。一郎にしてみれば、パーティの開始に遅れるなどというのは、このホテルをダイナマイトでぶっ飛ばすより許せないことであった。いや、むろん森川の計画はそんな物騒なものではない。それは——一郎がこのホテルのボーイの制服を着込んでいることからも察せられるに違いない。制服は今日の夕方、ホテルへ着いて一時間としないうちに一郎が盗み出して来たものだ。

二人の計画はこうである。今夜、このホテルでは、あるパーティが開かれる。それには相当のお偉方が集まることになっていた。政治家、ジャーナリスト、俳優、大学教授……。その数、数百人を下らないはずである。

森川は、このホテルの支配人に以前から近付いていて、それとなくパーティの裏話を聞き出していた。それによると、この手のパーティのある夜は、ホテルのツイン・ルームを極力空けておかなければならないのだという。

要するにパーティで気が合って、そのまま秘かに会場からベッドへと直行する組もあり、またもともとの愛人同士が、会場では互いに素知らぬ顔、お開きになってから部屋で待ち合わせというケースもある。また主催者のほうで高級コールガールを部屋に待たせておき、そこへ然るべき〈先生〉が訪問するという場合さえあるのだそうで、ホテル側としてもこういう事情（文字を入れかえてもよい）は見て見ぬふりなのだ。

「そりゃ、あんた、聞いたらびっくりするような有名人同士の取り合わせがあるんだよ」

とホテルの支配人が言った。なるほど面白いね、と人並みの興味を示しただけの森川だったが、内心ではすでに、あるプランが形を成し始めていた。

　それだけのパーティならば、みんな顔見知り同士というはずもない。押し出しのいい森川が客を装って会場に目を配り、これは、と思う大物が女とドロンを決め込もうとしたら、ボーイに変装して待機している一郎へ合図する。一郎は超小型のカメラを手に後をつけ、二人が部屋へ入る瞬間をカメラに収めるのだ。さらに、こういう手合は、普通途中で何か飲み物を取り寄せるものである。まさか連れ立ってホテルのバーへ行くというわけにはいかない。そこにも出来れば巧く網を張って、部屋の中へ入り、二人がご親密な所を撮影できれば正に言うことなし、というわけである……。

「こいつは、巧い相手さえ捕まえれば、相当ふんだくれるぞ」

　森川も一郎も、大いに期待をふくらませていた。ところが、である。

「一体何やってんのかなあ……」

　一郎がぼやいている如く、肝心の森川がどこかへ出かけたきり帰って来ない。何だか以前からの顔なじみを誰かが見かけたとかいう話を聞き込んで、飛び上がるほど喜んで出かけてしまったのだ。そしてパーティの始まるまでには戻るからな、と言って、

「俺が戻るまでおとなしくしてるんだぞ」

　と付け加えたのだが、その当人が戻らない。どうしたらいいのか？　一郎は迷いに迷った。確かに森川は兄貴分で、一郎はまだこの道では駆け出しだ。しかし、いくら

駆け出しでも、部屋にいたのでは仕事にならないという理屈ぐらいは分かる。

「——よし!」

一郎は決心した。俺一人だって仕事がやれるって所を見せてやらあ! 一郎はカメラをバッグから取り出した。手の中にすっぽりと収まる超小型カメラで、レンズは広角だから大体の方向へ向けてシャッターを切ればそれですむ。ピント合わせも不要、音も写した当人以外はまず気づかないぐらい小さい。

一郎はカメラをポケットへ忍ばせると、鏡の前に立った。——ぴったりのサイズだ。一郎は我ながら満足だった。大体が細身でスマート、顔立ちもなかなか端整で、人当りの良さは天性のものだから、ボーイにはぴったりである。

出来栄えに満足して、一郎は部屋を出た。廊下を見渡し、人影がないのを見て、ドアを閉め、ボーイらしいきびきびした足取りで歩き出した。一郎が部屋を出て三十秒後に、部屋の電話が鳴り出した……。

パーティ会場は凄い人だった。入口から溢れた人間がロビーで話し込んでいるほどで、一郎は目まいがしそうになってしまった。混雑しているというのは、いい点もある。偽のボーイが一人ぐらい紛れ込んでいても、まず気づかれることはあるまい。しかし困るのは誰が誰やらさっぱり分からないことで、大体がカモを選ぶのは森川の役目だったのだ。一郎は有名人の顔など、とんと分からない。

やたら人の出入りする入口の所でしばし迷ったものの、ここまで来て引き返すわけにもいかず、ままよ、と会場の中へもぐり込んだ。

しかし、人また人の波を泳ぎながら、一郎はもう途方にくれてしまった。ちょっと歩けば誰かにぶつかる。呼び止められてウイスキーを持って来い、こっちはコーラだと一度に四、五人から声がかかる。他のボーイにはウロウロするなと文句を言われる。

――ボーイという職業に一郎は敬意を払うようになった。それにしても肝心の仕事はさっぱりである。何とかパーティ会場の隅の、比較的空間のある一角へ脱出して、息をついてから、さて、それらしい奴はいないか、と目を皿のようにする。

あれは怪しい！――一郎は、脂ぎった中年男が、うら若い派手造りの女とひそひそ話をしているのを目に止めた。どう見ても夫婦ではない。しかも目配せをして、さり気なく別れる様子は……。

「よし、あいつらだ」

勇躍、一郎はその男から少し距離を置いてついて行った。案の定、男は会場を出ると、出口とは反対のほうへロビーを抜けて行く。エレベーターの乗り口に若い女が待っていた。こいつは間違いなしだ！　一郎は、エレベーターの扉が開くのを見ると、足を早めて、何食わぬ顔で素早く同じ箱へ乗り込み、

「何階でございますか？」

と訊いた。

「——十二階だ」

「かしこまりました」

箱が昇って行く間、一郎はそっとポケットを探って、カメラがあるのを確かめた。

十二階へ着き、扉が開くと、二人が降りた後、〈開〉のボタンを押したままにして少し間を置き、自分も降りた。二人が廊下の角を曲がって行くのが目に入る。小走りに急いで角まで行くと、そっと覗き込んだ……。

和服姿の中年の女性が二人と出くわした所だった。

「あら、あなた、もう出ていらしたの?」

「こいつが頭が痛いって言うもんだから……」

「嘘よ、パパが酔って気持が悪いって言ったのよ！　ね、ママ、パパを寝かしといて私たちだけパーティに出ましょうよ。飲み足りないわ、私」

畜生め！　親子だったのか！　一郎はガックリ来て踵を返した。

パーティ会場へ戻って、また人の少ない隅へと引っ込む。今度こそ誰か見つけてやる、と勢い込んで見回していると、

「ねえ、ちょっと」

と女の声がした。「——あなたよ、ボーイさん！」

「は？　わ、私ですか？」

慌てて振り向くと、特大の郵便ポストが立っていた。最近の四角いモダンな奴ではない。旧式な円筒型の、大口を開けて何でも飲み込もうと待ち構えている貪欲な奴だ。そのポストは二重三重に金ピカのネックレスをかけ、頭に珍妙な色のターバンみたいな帽子を載せていた。——つまりは女だったわけだが、そのずん胴のスタイル、消化器を持って来たくなるような、今にも煙の出そうな真っ赤なドレス、口紅でなく絵具で塗ったのかと思える巨大な口……。どう見ても郵便ポストにしか見えない。もっともポストのほうで怒るかもしれないが……。

「あんた、ボーイさんでしょ？」

「は、はい。さようでございます。何かご希望が——」

「あるから呼んだのよ」

「何でございましょう？」

いささか舌が回らない様子。どうやら相当酔っているらしい。

「あたしね、ちいっと気分が悪いの。部屋まで連れてってくれない？」

「はあ……」

「鍵はこれ」

と一郎へ鍵を渡すと、「ちょっと肩貸してよ」

と一郎の肩へ腕を回し、ぐっとのしかかって来て、一郎は一瞬よろけてしまった。かなりの体重である。

「さあて、部屋まで連れてってちょうだい」

「はあ……。お客様、ちょっとロビーで休まれてはいかがで……」

「いやよ！　部屋へ戻りたいの！　あんた、言うことがきけないってＪの？」

「い、いえ、決してそのような……」

こりゃまずい。一郎は内心舌打ちしたが、ここでこの女を怒らせて騒がれでもしたら厄介だ。仕方ない、早いとこ部屋へ送って戻って来よう。心を決めたものの、何しろその重さたるや、まるで象でも引きずっているよう。足もとが覚束ないものだから、右へ左へよろけて、その度に一郎も危なく引きずられて転びそうになるのを必死でこらえる。

何とかエレベーターへ辿り着き、八階へ向かう。八階の廊下でまた一苦労して、漸く部屋へかつぎ込んだ時には、一郎は息も絶え絶えの有様だった。

「ありがとう……。悪いわねえ」

「いいえ……とんでも……ございません」

女をベッドへドサリと降ろして、「では、失礼します」と退がろうとすると、

「あんた！　まだ終わってないよ！」

「は？」

とポカンとする。

「あたし、気分が悪いのよ。このドレスが窮屈なせいだわ、きっと」

それが窮屈なら石油タンクでも着るより仕方ないでしょう、と言いたいのをこらえて、

「水でもお持ちしましょうか？」

「いいえ、いいの。このドレス、脱がしてよ」

一郎はぞっと鳥肌が立ったが、ここは我慢だ！　仕事と思えば……。

「最初に靴……。そう、それから首のネックレスを外して」

と広大な背中を向ける。「……外したら、今度はホック……そう。ファスナー降ろして……ああ、楽になった。……ドレス、下へ引っ張ってちょうだい……」

目をそむけながらドレスを引っ張るが、まるで接着剤でくっついているかのように、ジリジリとして動いて来ない。エイッ、と気合を込め、体重をかけて引っ張ると、いきなりドレスは巨体からスッポ抜けて、一郎はドレスもろともみごとに一回転してしまった。

「ああ、楽になった……」

特別製に違いない肌着に包まれた巨体を波打たせて、女はベッドで伸びをした。一郎のほうは喘ぎ喘ぎ起き上がると、

「では……失礼いたします……」

と逃げ出そうとした。

「あら、ちょっと待ってよ」

「まだ何か……？」

恐る恐る訊くと、

「胸が苦しいの。……ブラジャーのホック外してくれない？」

ここに至って、一郎も頭へ来た。

「お客様！　そこまではサービスいたしかねます！　ご自分でどうぞ！」

と言い捨てて、部屋を出かかった時、背後でビリビリッと何かが裂ける音がして、一郎は振り返った。顎がガクンと下がる。――女が自分でブラジャーを引き裂き、乳牛のそれみたいな乳房をむき出しにしているのだ。

「分かるわね？」

女の声は一郎を震え上がらせるほどの迫力だった。「このまま出てったら、あんたに暴行されたって支配人へ訴えるよ！」

「そ、そんな……」

一郎は青くなって身震いした。

「こっちへおいでよ」

「は……はあ……」

「取って食いやぁしないわよ」

と今度は薄気味の悪い猫撫で声になって、

「あんた可愛いじゃないの……。パーティで見た時から一目惚れしちゃったのよ、あたし……。おいで！」

と一郎の腕をつかんでグイと引っ張る。一郎はベッドの上へ転がり込んだ。

「あたしを満足させるまでは帰さないよ！」

肉の巨大な塊が、一郎の上へ押し潰さんばかりにのしかかって来た……。


「おい双見！」

双見本部長は振り返って、

「何だ、南郷じゃないか！」

大学時代の友人、南郷は、今や県会議員で、県の実力者の一人である。

「相変わらず警察勤めか」

「他に仕事もない。君のように政界へ打って出るだけのバックもないしな」

と双見は肩をすくめた。南郷はこの県きっての財閥の一人娘と結婚したのだ。

「なあに、女房に負い目があると辛いこともあるぜ。〈先生、先生〉と呼ばれるのはいい気分だが、忙しくて、このパーティだって、つい十分前に来たばかりさ」

「そうか。見かけほど楽じゃないんだな」

「そうとも、それも来たばっかりで、もう行かなきゃならん」

「何だ、帰るのか？」

「女房の叔父の誕生会なんだ。他のホテルでね。それを今日の夕方になって電話して来やがる。全く、やり切れんよ！」

「なるほどね……」

大して負い目がなくても、俺の女房も似たようなもんだな、と双見は思った。

「おい、双見」

南郷は、ちょっと周囲を見回し、声を低くして、「お前にこれを貸してやるよ」

「何だい？」

双見は、南郷がポケットから取り出した鍵を見て、「このホテルのじゃないか」

「そうだよ。馬鹿！　早くポケットへ入れろ！」

「な、何事だよ、一体？」

「その部屋へ行ってみろ。いい女が待ってるぞ」

「何だって？」

双見が目を丸くした。

「しっ！　大きな声出すな。そいつはな、今日の主催者のプレゼントなんだ」

「プ、プレゼント？」

「そうさ。俺も楽しみにしてたのに、さっきも言った通りだ。無駄にしちゃもったいない。お前、使えよ」

「と、とんでもないよ！」

と慌てて首を振る。

「心配ないって。話はついてるし、払いは向うもちだ。ただ楽しめばそれでいいんだぜ」

「南郷、お、俺はいやしくも警察の人間だぞ！　そんなことをして、もしばれたら――」

「大丈夫。そんなヘマはしないよ。お前も女房以外抱いたことがないってわけでもあるまい？」

「そ、そりゃそうだが……」

「それにな……」

南郷は顔を寄せて、囁き声になる。「相手はプロじゃない。普通の人妻だ」

「本当か？」

「だから、余計に安全なのさ。この主催者はいいのを揃えるって定評なんだ」

「じゃ今までにも？」

「ああ、四、五回ね。まあ、お前もたまには重要人物の気分を味わってみろよ」

このひと言が双見の胸には応えた！

「じゃあ、失敬する」

「おい、南郷！——おい！」

パーティのただ中に取り残されて、双見は、やおら続けざまにウイスキーのグラスをあけた。


その様子を、森川は見守っていた。双見本部長か。こいつは傑作だぜ！　これがものになれば、金だけじゃない、大いに利用価値があるぞ。それにしても……。

「一郎の奴、どこに行っちまったんだ……」

肝心の時にいないんだからな、とため息をつく。二、三それらしい奴に目はつけたのだが、大物といえるほどではなかった。しかし今度は……県警の本部長だ。これを見逃す手はない。

そんな監視者のいることなど露知らず、双見のほうは額に冷汗をかいていた。ポケットには鍵がある。女……人妻だと言ったな。本当だろうか？　からかってるんじゃないか？

「まさか！」

南郷が俺をからかってどうなるっていうんだ？――これは事実なんだ。

双見がためらっているのは、警察官の良心ゆえではむろんなく、万一発覚したら、総てをフイにしなくてはならないという不安だった。女一人のためにそんな危険を犯すのは馬鹿らしい。しかし浮気というのは危険だからこそ魅力があるのだ。それに、双見はこのところ全くあの方面にごぶさたであった。双見の妻は、社交家というのか、年中旅行に出ていて家にいるのが珍しいくらいだったのだ。一度だけ、それも何時間かの契約に違いない。それぐらいのことなら……。

双見は決心した。

5

「エレベーターが……下がってる！」

美也子が声を上げた。

「静かに」

隆夫は平静な声で美也子を制して、「こんなことだったのか……」

エレベーターが停まって、扉が開いた。二人は静かに箱から出た。

一直線に、明るい通路が走っていた。美也子は意外さにまだ目を疑う思いだったが、目の前の様子に、一層驚かされた。地下道……。方向からみて、それはまっすぐ屋敷へつながっているに違いなかった。

かえって意外だったのは、地下道といっても、妙に謎めいた暗がりの道ではなく、コンクリートで固められ、明るい水色に塗られた、近代的なオフィス・ビルの廊下に近い印象だったことであろう。天井には蛍光灯が並んで、真昼のように明るい。むしろ屋敷の中より、よほど明るかった。

「驚いたわ！……まるで知らなかった！」

「新しく塗り直してはあるが、この地下道自体は最初から造られていたものだろう」

「母屋のほうへつながってるのね」

「そうだろう。たぶんお父さんが屋敷と往き来するのに不便だから作ったんだろう」

「どうして私に黙ってたのかしら？」

「何か隠しておきたい理由があったのかもしれない。……さあ、行こう」

二人は通路をゆっくりと歩き出した。床はリノリウムが貼ってあり、柔らかい足音が響いた。

「香織さんが見た塔の部屋の人影が、僕らが駆けつけるまでに消えていたのも当然だな。エレベーターで降りて来ればそれですむんだから」

「じゃ、犯人はここを知ってるのね」

「まず間違いないだろう」

「犯人は誰なのかしら?」

「うん……。大体の見当はついてるんだが……」

「本当?」

美也子は立ち止まって、まじまじと隆夫の顔を見た。「……父なの?」

隆夫はゆっくり首を横に振った。

「いや。そうじゃない」

「それじゃ……」

「まあ、少し待ってくれ。確かめてみなくちゃ、はっきりしたことは言えない。弘法も木から落ちる、ってこともあるからね」

「そう……ね」

美也子は曖昧に肯いた。「じゃエレベーターが停まったのも、偶然じゃなかったわけだわね」

「そうさ。さっきの降り口のわきに電源のスイッチがあった。あれを使って一時停電させたのさ」

二人は通路の突き当りに来ていた。ゆるやかな階段が上へ続いている。

「どの部屋へ出るのかしら？」

「お楽しみだね」

二人は階段を上がって行った。上がり切った所が、壁をそのまま切り取ったようなドアになっていて、太い鉄パイプの把手が付いている。隆夫がそれをつかんで、

「ヘビが出るか蛇が出るか……」

笑っていられるような時ではないのに、美也子は思わず吹き出した。

「どうした？」

「ううん、何でもないの」

「よし、開けるぞ。ヨイショ！」

扉は意外に軽々と開いて来た。

「――どうなってるの？」

思わず美也子は声を上げた。――二人は、また狭い通路の入口に立っていたのだ。

「これは……」

隆夫は頭をかきながら呟いた。「ひょっとすると……」

「何なの？」

通路は、今通って来た地下道とは対照的に暗かった。所々、小さな電灯がかすかな光を投げているだけで、慣れない眼にはほとんど真っ暗闇に見えたが、少しすると、ようやく通路の様子が浮かんで来た。

まず、えらく狭い。幅が五十センチあるかなしか、という所だろう。下は絨毯を敷いてあるが、南側の壁は、コンクリートがむき出しで、寒々としていた。しかし驚いたのは、通路が、二人の立っている出口——入口というべきか——から、相当に長くのびているらしいことだった。

「どうなってるのかしら？　感じだと、ここは母屋の建物のはずだけど……。こんな通路があるわけないし。でも確かに地上へ上がって来たわよね？」

「ああ。ここは屋敷の中だよ」

「でも——」

「歩いてみよう」

隆夫が先に立って歩き出す。美也子は奇妙にゾクゾクする感じを覚えながらついて行った。少し歩くと、窓があった。明るい光が通路に射し込んでいる。

「窓があるわ。……でも何だか変ね」

「覗いてみろよ」

美也子はその窓の前に立って、アッと短い叫びを上げた。窓の向うは、客間だった。

「客間じゃないの！　これはどういうこと？」

「分かるかい。客間のここに何があったか思い出してみろよ」

美也子はやや考えて、

「……鏡だわ」

「そう。これはマジック・ミラーだ。客間の側からは鏡だが、こっちからは素通しのガラスなんだ」

「じゃ、今、私たちがいるのは……」

「この通路は壁の中にあるんだよ」

「壁の中……」

「〈古い銃〉というフランス映画を見なかったかい？　あの中にフランスの古城が出て来るんだ。そこがやはりこういった仕掛けになっていた。壁の厚い建物でなければできないことだからね」

「でも一体何のために……」

「本来はやはり敵が攻め込んで来た時の逃走用ということだったんだろう。――お父さんがどういうつもりでこれを造らせたのかは分からない。たぶん、西洋の古城を真似た遊びだったのじゃないかな」

「驚いた！　私、二十年以上もここで暮らしてたのよ。それなのに全然気づかないなんて……」

「たぶん部屋に入るドアもあるはずだ。……ほら、そこだ。部屋の中はたぶん飾り棚か何かで隠してあるんだろう」

「ええ。確か棚がある場所だわ」

「一緒に開くようになっているんだよ、きっと」

美也子は夢でも見ているようだった。

「さて、もっと行ってみよう」

隆夫は言って、通路を歩き出した。——驚きはさらに重なった。書斎、居間、食堂……全部が通路の「窓」から見えるのだ。書斎では、何も知らない桂木と香織が本を開いて所在なげにしていた。

「ねえ、あの人たち、どこへ行ったのかしら?」

香織の声がはっきりと聞こえて、美也子はギクリとした。考えてみれば鏡一枚しか隔てていないのだから、聞こえるのも当然だ。美也子が何か言おうとするのを隆夫は身振りで押し止めた。こちらの声も当然向うに聞こえるはずだからだ。

「——さあ、何か調べたいことがあるとか言ってたがね」

と桂木が答えた。

「妙な人たちばかりね、ここは」

と香織が首を振った。「人殺しがあっても何だか対岸の火事みたいに、大して騒ぎ立てもしないし……」

「金持っていうのは風変りなもんさ」

「あなた、よく落ち着いていられるわね」

香織が苛々した様子で立ち上がると、鏡の前へつかつかと歩いて来た。美也子は一瞬ギクリとした。見つかったのかと思ったのだ。しかし香織は鏡に姿を映して髪を直し始めた。――美也子は落ち着かなかった。人の話を立ち聞きしているのだから。しかし隆夫はじっと身じろぎもせず、話に聞き入っている。

「今度はあなたが狙われるかもしれないのよ」

「何だか妙なのさ。一度死のうと決心したせいかね。――殺されるかもしれないと思っても、恐怖が肌に迫って来ないんだよ」

「呑気なこと言って！」

香織は桂木の隣へ腰を降ろすと、「ねえ、あなた本当に……」

「何だね？」

「本当に、思い当たること、ないの？　いくら殺人狂だって、何の理由もなしに殺したりはしないと思うわ」

桂木が答える前に、一瞬、間があった。

「……何も思い当たらないよ」

そして立ち上がると、「さあ、部屋へ行こうか！」

と香織の肩を抱きながら、書斎を出て行った。——美也子はほっと息をついて、

「ああ、疲れた。息を殺してたら苦しくなっちゃった」

「呼吸ぐらいしたっていいよ」

と隆夫は笑って、「しかし、惜しかったな。桂木さん、何か言いかけたのに」

「そうね。ためらってたものね」

「自分でも確信がつかめないんだ。何となく思い当たることがあって……」

隆夫は通路の奥を見て、「さて、また行ってみようか……」

「どこまで続いてるのかしら？」

「建物の造りから言って、二階にはたぶん通路は作れないだろう。片側は窓で、片側にはドアがあるし」

二人は足を止めた。梯子に近いような、狭い、急な階段が目の前にあった。

「二階があるんだわ」

「いや、違うよ」

隆夫は階段の上を見上げて、「高すぎる。きっと屋根裏まで真直ぐ昇ってるんだ」

「じゃ、あの刑事さんたちが縛られてる所へ？」

「おそらくね。――上がってみる？」

「そうね……。私、高所恐怖症なんだけど、ここまで来たんだから……」

「しかし、犯人はこの通路を知っていたんだな。だから自由に出没できた……」

「汚ないわね、やり方が！」

「怒ったって仕方ないよ」

隆夫は笑って、「よし、行こう」


双見は、もうドアの前を十回も行ったり来たりしていた。他の客が通りかかると慌てて素知らぬ顔で歩き出す。また戻って来ると、今度はボーイの姿が見える。やり過ごすと次はメイド……。ホテルの廊下がこれほど賑わっているとは双見は思ってもみなかった。

もう一人、苛々しているのは、秘かにそれを見守っている森川だった。

「いい加減にはっきりしろよ！」

とグチって、「それにしても一郎の奴……」

双見は、やっと廊下に人影のなくなったのを見て、震える手でドアの鍵を取り出した。焦っているので、ますます手先が震え、鍵穴になかなか鍵が入らない。

「落ち着け！　今からそれでどうするんだ！」

と自分に言い聞かせて呼吸を整え、やっと鍵を開けた。素早く左右を見回してドアを開け、中へ滑り込む。どう見ても初心者の空巣狙いという様子である。

部屋へ入ると、真っ暗だった。手さぐりでスイッチを押すと——ソファに座っている女が目に入った。双見はゴクリと唾を飲み込んだ。人妻、というふれ込みは嘘ではなさそうだった。三十歳前後か、ありふれたグレーのスーツ、薄い化粧も、見るからに素人っぽい。双見は咳払いした。こういう時は何と言えばいいのだろう？　今晩は、というのもおかしいかな。どなたですか、って訊くわけにもいかない。それともビジネス・ライクに、さあ始めよう、と服を脱げばいいのか……。

女がそろそろと立ち上がった。——丸ポチャの顔立ちで、なかなか可愛い。あまり慣れていないのだろう、おどおどした様子で上目づかいに双見を見ながら、

「あの……」

と囁くような声で、「私……初めてなんです……」

「そ、そうですか。ご苦労様」

馬鹿！　何を言ってるんだ。「そ、それじゃ、始めましょうか」

「え、ええ……。あの……シャワーを浴びますから……」

「ああ、どうぞお先に」

「それじゃ……」

女がいそいそと浴室へ姿を消すと、双見はソファへ腰を降ろした。

「やれやれ……」

こんなに固くなってちゃ、楽しむどころの騒ぎじゃない。それにしても確かにあの女、初めてのようだ。人妻売春か。全く、何て乱れとるんだ！　双見は妙な義憤を覚えた。亭主の顔が見たいよ。

浴室からシャワーの音が聞こえて来た。女はたぶん裸になっているのだろう（当り前だ！）。そう思うと双見は身震いした。突如として頭に血が昇り、狼の血が騒ぎ出した。——あれは俺の女なんだ！　俺がものにしてやるんだ！　シャワーか……。一緒に浴びるのも悪くないな。熱いシャワーで暖まった体でそのままベッドへ、てのも、こういう場合にはいいんじゃないか。

「そうとも！　遠慮することはない！」

女だってその気で来ているのだ。もしかすると、こっちが入って行くのを待っているのかもしれない……。

そう思いつくと、双見は立ち上がり、浴室のドアへ耳を寄せて、中で水のはねる音に聞き入った。

「よし……」

腹を決めると、双見はベッドの傍へ行って素早く服を脱ぎ、裸になって浴室のドアを開けた。ビニールのカーテンの向うに、水音が響き、ピンクの裸像がぼんやりと揺らいで見える。双見は舌で乾いた唇をしめして、手をのばし、カーテンをサッと開け放った。女がキャッと叫んで身を縮める。

「い、いけません！　こんな所で……」

「何を言ってるんだ！　構やしないじゃないか！」

いつもよりオクターブ高い上ずった声で言うなり、双見はシャワーの滝の下へ飛び込んで、女の体を抱きしめた。

「あ……やめて！……まだ……」

女は身をよじったが、逆らい切れないと分かっているのか、すぐにおとなしくなった。双見は荒々しく女の唇を唇で塞ぎ、手をなだらかな背中に這わせた。豊かな胸の膨らみがじかに自分の胸に押しつけて来る。――これこそ浮気だ！　何年来、絶えてなかった興奮に我を忘れて、双見は女の首筋に、喉に、接吻を浴びせた。女のほうも次第に燃え立って来たのか、双見の背へ両手を回し、抱き寄せる。――狭い浴槽で、二つの肉体が激しく揺れ動いて、ちょっとした弾みで、石けんが台から転げ落ちた。折り悪しく、双見の右足がその上へ……。

森川は、パーティの会場の隅でぼんやり突っ立っている一郎を見つけた。

「あの野郎！」

ずかずかと歩いて行くと、グイと腕をつかむ。

「あ、兄貴！」

「馬鹿め！　どこをほっつき歩いてた！」

森川は一郎を廊下へ引っ張り出した。「肝心の時に消えちまいやがって！」

「だって、兄貴がちっとも帰って来ないし、パーティは始まるし、俺一人で何とかやろうと思ったんだよ……」

「そのくせどこに行ってた？　ちっとも姿が見えなかったじゃないか」

「それが……ひどいことになって……。俺、ヘトヘトなんだよ……」

と急によろけた。

「おい！　大丈夫か？　どうしたってんだ？」

「どうもこうも……。押し潰されるところだったんだ！」

「何だと？——ま、いい。しっかりしろ！　カメラ、持ってるな？」

「うん。潰れてなきゃね」

「何を言ってんだ。いいか一〇二四号室に何とかもぐり込むんだ！」

「わ、分かったよ。……一〇二四だね？」

「そうだ。凄い獲物が待ってるからな！　こいつは何としてでも**もの**にするんだ」

「たった今ものにされたばっかりだ……」

「何だ？」

「いや、何でもないよ」

「よし、行け！」

森川は一郎の肩をポンと叩いた。とたんに一郎がよろけて倒れそうになる。

「おい、一郎！　どうしたんだ？」

「な、なあに、大丈夫！……ちょっと腰に力が入らないんだ……」

一郎は笑って見せて、「じゃ行ってくらあ」

森川は心許なげに、その後ろ姿を見送っていた……。


女は心配そうに双見の顔を覗き込んだ。

「大丈夫ですか？」

「ああ……。もう、大丈夫……」

双見はベッドで起き上がろうとして顔をしかめた。

「あ……痛っ！」

「ほら！　もう少しゆっくり休んでいらっしゃらないと！」

女はバスローブをはおっていた。そして、双見を寝かせて、

「ずいぶんひどく頭を打たれたんですね。コブができてますわ」

「全く……お話にならん！」

双見は苦笑いした。――これが俺にはいい所かもしれないな。

「せっかくの時間だ。せめて何か一緒に飲みましょう」

と双見が提案すると、女は笑顔になって、

「そうですね。ルーム・サービスを頼みますわ。何がよろしい？　ウイスキーか何か……」

「いや、これ以上頭痛がしちゃ困る！　紅茶にして下さい」

「分かりましたわ」

女は電話で、「紅茶を二つ。一〇二四です」

と頼むと、ゆっくりベッドのほうへ戻って来た。双見は改めて女をゆっくり眺めた。

裸身にタオル地のローブをはおっただけの姿は、何ともなまめかしく、惚れぼれとするほどだった。

「あの……」

女は申し訳なさそうに、「私、約束ですので……もう四十分ほどで失礼させていただきます」

「ああ、構わんですよ」

双見は肯いて、「自分でへまをやらかしたんだから、文句を言う筋でもないし」と苦笑い。

「そもそも妙な気になったのがいかん。わしは友人の代理でね」

「代理?」

「ここへは、さる議員殿が来ることになっとったんですが、急用ができましてね。わしが代わりに、というわけで」

「そうですか」

「慣れないことはするもんじゃないな」

とため息をつく。「——あんた、本当に初めてなんですか?」

「はい……」

女は顔を伏せた。「友達に以前からしつこく誘われてたんですの。とってもいいアルバイトだからって。私、いやで断わってたんですけど……。ちょうどこの話があった日は、前の晩に夫と喧嘩をしまして、気がムシャクシャしてたものですから、つい、いいわと返事をしてしまったんですの」

「なるほどね」

「後で断わろうと思ったんですが、つい言いそびれて……。今日もここへ来てお断わりするつもりだったんです。でも、来てみると他にも何人も来ていて、もう係の人に機械的に『君は何号室』と言われて、断わるきっかけがつかめなくって……」

「へまな相手でよかったわけですな」

　と双見は笑った。

「すみません……。何だか、私……」

「いや別にわしが損するってもんでもなし、構やしません。しかし——あまり感心したもんじゃありませんな。わしが言うのも変だが」

「はい」

「もうこういう話は引き受けないほうがいいですぞ」

「ええ、二度と！」

　女は肯いた。

「ああ、やれやれ……」

　双見が頭へ手をやって、「やっと少しおさまった」

「大丈夫ですか？」

「なに、大したことは……アイテ……」

　起き上がろうとして顔をしかめる。

「寝ていらしたほうが……」

「いや、何か着ないことには、寒くなって来て」

双見は裸のまま毛布をかけているだけなのである。

「あら、私が取りますわ」

女は床に放り出してある双見の下着を集めて持って行った。

「や、すまんですね。いや全く……」

女がふと黙り込んだままベッドへ腰を降ろすと、そろそろと身をかがめて、双見の唇に唇を重ねた。

「どうしたんです？」

目をパチクリさせる双見へ、

「あなたはいい方だわ。——私、一旦約束したんですから、それだけのことは——」

「しかし……」

女は毛布をはいでベッドへ上がると、バス・ローブの帯を解いた。ローブがするりと丸味を帯びた肩から滑り落ちる。

「もう時間が……」

「いいんです」

双見は女の柔らかい重味を受け止めて、再び血の湧き立つのを感じ、コブの痛みも急に軽くなったような気がした。女を横たえると今度は自分が上になって彼女へかぶさって行った。女が切なげなため息をつく……。

一郎は十階の廊下をウロウロしていた。一〇二四号室がなかなか見つからないのである。――案内のパネルを辿ってやっと方向が分かり、歩き出した時だった。

「おい……」

と呼び止められてギクリとする。振り返ると同じ制服のボーイではないか。一瞬、正体がばれたか、と息を呑んだ。

「今、手が空いてるかい？」

どうやら違うらしい。一郎はほっとしながら、

「え、ええ……まあ……」

と曖昧に返事をした。

「悪いけど、これを届けてくれないか」

とボーイは、白い布をかけたワゴンを指して、「俺ちょっと忙しいんだ。頼むよ」

「でも……」

一郎はためらった。まさか、とは思うが、また妙な客にぶつかって時間を取られたら、仕事がパーになってしまう。

「いいじゃねえか。頼むよ、な！」

と相手は調子よく一郎の肩を叩いて、「一〇二四だからな！」

「でも、ちょっと用があって——」

と言いかけて、「何号だって？」

「一〇二四さ。いいだろ！　じゃ、頼んだぜ！」

一〇二四だって？　一郎は思わず自分の頬をひっぱたいた。

「痛い！」

夢じゃないのだ！　何と言って部屋へ入るか、口実を考える必要がないのだ！　こいつはツイて来たぞ、と一郎は手を打って喜んだ。早速ワゴンを押して、一〇二四号室へ向かう。途中で布をめくって見ると、紅茶のセットだった。

「へっ、色気のねえもの飲んでやがる」

一〇二四号のドアの前で、きりっと背筋をのばし、ボーイらしい顔つきになってドアをノックした。

「ルーム・サービスをお持ちしました」

が、返事がない。もう一度ノックしようとして、ふと室内から微かに洩れ聞こえて来る音に耳を澄ました。あれは、もしや……。一郎はそっとドアに耳を押し当てた。

間違いない！　連中、ただ今本番中なのだ。女のかん高い喘ぎがはっきりと聞こえて来る。

「畜生！」

と一郎は舌打ちした。声だけ聞こえたって写真は撮れないんだ。といって、ノックしても、どうせ二人には聞こえやしない。仕方なく一郎はドアにもたれて室内の様子に耳を傾けつつ、ワンラウンドが終わるまで待つことにした。――こっちはどんな女か知らないが、さっきのデブはひどかったな、全く。終わるまでにはせんべいみたいにペチャンコにされるんじゃないかと思った。それもしつこく何度も何度も……。

幸い、長く待つまでもなかった。やがて女が高らかなファンファーレにも似た声でエンド・マークを出してくれたのだ。それに続く静寂。……約一分待って、一郎はもう一度ノックした。今度は手応えがあった。

「どなた？」

と女の声だ。

「ご注文のルーム・サービスでございます」

ややあってドアが開くと、バス・ローブを着た女が現われた。髪は台風の中をくぐり抜けて来たようだし、頰は上気し、息遣いも荒い。明らかに一戦交えた疲れだ。一郎は、何食わぬ顔で、

「失礼いたします」

とワゴンを押して中へ入った。ベッドに男の顔がチラリと見える。あいつだな。しかしベッドに一人で寝てるところを写したって仕方がない。――女と一緒の写真でな

ければ。

「そこへ置いて行ってね」

女の言葉に、

「はい」

と返事をして、ベッドへ背を向け、紅茶のポットやティーカップをいじるふりをして、そっとポケットからカメラを取り出す。手の中へ入れて、親指をシャッターにかけ、いつでも撮れる態勢にすると、さらに少しグズグズして時間を稼ぐ。どうやら気配では女はベッドのほうへ戻ったらしい。二人一緒の写真がバッチリ写せるかもしれない！　一郎はわざとカップをガチャガチャいわせて、カメラを持ったほうの腕に、カバーの白い布を畳んでかけた。手を上げていても、不自然に見えないだろうと思ったからだ。

二人の声が背後で聞こえた。よし、今だ！　一郎は振り向いて、

「失礼いたします」

と頭を下げた。顔を上げながら手の中のカメラを向けて素早くシャッターを——押そうとして、一郎は、自分のほうが写真みたいに静止してしまった。目を見開き、口も半ば開いて、開きっ放し。それというのも……女のローブはいつの間にか床へ脱ぎ捨てられ、全裸の彼女が、男の上にまたがっている。それが現実に目の前で行なわれ

ているのだ。一郎が呆気に取られてしまったのも無理はない。

二人のほうは、ボーイのことなど、まるで存在しないかのように無視して、残り少ない時間を有効に活用すべく、わずかな休憩で再び挑戦したわけだが、一郎にとっては、刺激が強過ぎたのが不幸だった。脅迫のネタにする写真としては、正にこれ以上の物はない。しかし、一郎の手は、シャッターを押すどころか、目と口に連動して緩みっ放しとなり、カメラがスルリと抜け落ちてしまったのだ。

「あっ！」

と思わず声を上げたのが、女の視線を呼んだ。女の眼が床に落ちたカメラを鋭く捕えた。

「キャッ！」

女は悲鳴を上げてはね起きると、「写真よ！　写真を撮ったんだわ！」

と叫んだ。

「何だと！」

男のほうがギョッとして体を起こし、「貴様！　何者なんだ！」

と怒鳴る。まずい！　一郎はカメラを拾うとドアへ向かって走った……。

双見は裸にも構わずベッドから飛び出した。写真だって！　取り戻さなくては！

――双見も必死だった。ドアへ辿り着く寸前の一郎へ飛びかかると、二人は一緒に床へ転がった。

「こいつ！　何をした！」

「うるせえ！　手を離せ！」

一郎は双見を殴りつけた。双見が手を離した隙に立ち上がった一郎は、ドアへ駆けつけ、グイとドアを開けたが——目の前に他のボーイが立っているのに気づいた時は既に遅く、いやというほど頭をぶつけてしまった。相手がその場でのびてしまうくらいの勢いだった。

「イテテ……」

呻いてよろめく所へ、立ち直った双見がつかみかかる。

「こいつめ！　おとなしくしろ！」

「手を離せ！　くそじじい！」

ともみ合っていると、一郎の眼に、騒ぎを聞きつけてやって来る三人のボーイが見えた。一郎は焦った。このままじゃ捕まる！　最後の手段しか残されていない。一郎の手が腰のベルトを探った。

銀色のナイフが光って、双見の喉へグイと突きつけられた。双見は目を見開いて立ちすくんだ。

「来るな！」

一郎は駆けつけて来るボーイたちへ叫んだ。「近づくと、この野郎をぶっ殺すぞ！」

森川は部屋の窓から、華やかな夜景を眺めていた。——一郎は巧くやったかな。そろそろ戻って来てもいい頃だが。

森川は老けて見えるが、実際はまだ四十代だった。暴力沙汰は嫌いで、頭を使う詐欺、恐喝などを専門に、その道何十年のベテランである。その森川が今まで見つけた最高のパートナーが隆夫だった。女を信用させるのに隆夫以上の存在はいなかった。どうしてなのか、森川にもよく分からないのだが、隆夫には女性の警戒心を解かせてしまう何かがあるらしい。それは少々現実離れのした隆夫の素朴さのせいかもしれなかった。それは隆夫の地であって、演技ではないのだ。だからこそ、男に言い寄られるのに慣れた金持の令嬢たちが、不思議と彼に魅かれるのだろう。

隆夫を知ってから森川は盗みに手を出すようになった。隆夫が、恋人になって——大方は婚約まで進んだ——女の家を詳しく調べて、図面を作り、どこに何があるかを森川へ連絡して来る。森川は自分では荒っぽい仕事はできないので、その都度、プロの連中を雇って仕事をやらせた。人選が慎重で、支払いもケチらなかったので、仲間割れや裏切りを起こすこともなく、計画はいつも成功した。

不思議なのは、そんな時でも隆夫は決して疑われないことであった。まさかこの男が、と人に思わせる馬鹿正直な所があったせいだろうか。隆夫はいつも嫌疑を免れた上、恋人とも気持よく別れて戻って来た。一体どうやっているのか、いくら訊いても隆夫は答えないのだった。

その隆夫が姿を消した時は、森川もがっかりした。もうこの稼業から手を引こうかと思ったほどだ。しかし結局それもならず、新たに一郎というパートナーを見つけて仕事を始めたのだ……。

隆夫に再会して、森川はまた新しい仕事への意欲が、久々に湧いて来るのを感じた。それに今度の屋敷は各段に凄い！

「全く、大した奴だよ……」

と森川は呟いた。この仕事が片づいたら、一郎の奴とは手を切ろう。悪い奴ではないのだが、どうもウマが合わないというのか、歯車の食い違うことが多いのだ。こういう相棒では、そのうちにきっとまずいことになる。隆夫と組んでりゃ最高さ！

「それはそうと、一郎の奴は……」

と窓から離れた時だった。ドアを叩くけたたましい音。

「兄貴！　開けてくれ！」

一郎だ！　何かあったな、と緊張する。急いでドアを開けると、一郎が一人の男と共に飛び込んで来た。

「おい……」

森川は言いかけたきり、何も言えなくなってしまった。

何かあったことだけは確かだった。一郎が血相を変え、ナイフを握りしめている。しかし森川を黙らせたのは、もう一人の男のほうだった。顔は――いや、顔など見もしなかった。男は裸だった。パンツもはいていない、丸裸だったのだ。

俺もついに幻を見るようになったのか、と森川は絶望の淵に沈んだ……。

第四章　命短し、殺せよ…

1

「違う……」

美也子は急な階段を上がりきると、周囲を見回して呟いた。「あの屋根裏部屋じゃないわ」

そこも屋根裏部屋には違いなかった。傾斜した天井でそれと分かる。広さは八畳間ぐらいか、分厚い絨毯が敷かれて、足音は全く聞こえない。多分に物置きの役目のある、もう一つの屋根裏部屋に比べると遥かに部屋らしくなっていて、机と椅子、書棚などが置かれていた。

「やっぱり父の部屋だったのかしら?」

「そうだろうね。歩き回っても下の部屋へ響かないように、絨毯も厚味がたっぷりあるし……。たぶん誰にも知られずにここへ来ることがあったんだろう」

「驚くことばっかりだわ！」

「しっ」

と隆夫は美也子を黙らせ、声を低めて、「ほら、ごらんよ」

と壁の鏡を指した。いや鏡の形はしているが、要するに窓ガラスである。覗き込むと、向うは本来の屋根裏部屋で、飯沢警部と野々山刑事が椅子に縛られて神妙にしている。

「そういえば、思い出したわ」

美也子が抑えた声で、「隣の部屋に鏡があるのを見て、どうして物置に鏡なんかつけたのかしら、って思ったものよ。マジック・ミラーだったのね」

その時、急に飯沢が大声を出した。

「大体貴様が悪いんだぞ！　怪電話があった時にすぐ何人か引き連れて駆けつけていれば、山崎一人ぐらい簡単に逮捕できた！」

「何言ってるんですか」

野々山も黙っていない。「彼女がせっかく知らせたのに一人で来るなんて！　いや、一人で来るならともかく、彼女まで連れて来るなんて、どういうつもりです！」

「そ、それはあの女がどうしても来ると……」

「来るな、と止めるのが当り前じゃないですか！　おかげで彼女は獣のような男のえじきに……。僕は一生警部を恨みます！」

「お、おい！　そりゃ筋違いってもんだ！　恨むなら山崎を──」

「筋違いだろうがギックリ腰だろうが、あんたを恨むんだ！　ワラ人形を作って五寸釘を打ち込んで、呪い殺してやる！」

「貴様！　よ、よくも日頃の恩を忘れて──」

「何が恩だい、笑わせるな、畜生！　人をこき使って、自分は上役のご機嫌伺いしかしないくせに！」

「それが上司へ向かって言う言葉か！」

「上司だって？　当たりもしない弾丸で失神する警部なんてあるか！」

飯沢はグッと詰まった。野々山は続けて、

「ここから解放されたら、いの一番に新聞記者にそれをしゃべってやるんだ！　きっとギネス・ブックに載るさ！」

これはさすがに飯沢には応えたらしい。急に低姿勢になると、

「お、おい、野々山……。そう怒るな。俺が悪かったよ。な、だから、あの件は俺とお前だけの秘密に……」

「ごめんだね！」

野々山はプイと横を向く。

「そ、そう言うなよ……。謝るよ。君の彼女のことは気の毒だと——」

「彼女のことは言うな！」

「わ、分かった！　何とか償いはするから、新聞記者にだけは……」

美也子はため息をつくと、

「もう行きましょう」

と隆夫を促した。「同情する気も起こらないわ」

何やら鏡の向うをじっと見つめていた隆夫は、

「え？　ああ、そうだね」

「ここの部屋を調べてみる？」

「いや、手をつけないほうがいいだろう。犯人に、僕らがここを見つけたと気づかれないほうがいい」

「そうね……。でも——」

「行こう。拳銃持った犯人と出くわすのも余り気分のいいもんじゃない」

急な階段を恐る恐る降りると、美也子はホッと息をついた。

「塔まで戻るの？」

「いや、物は試しだ。書斎あたりから入ってみよう」

通路を戻って、書斎の中に人がいないのを窓から確かめ、隠し扉をそっと押してみると、かすかにきしみながら、重々しく出口が開いた。

「驚いた。書棚が扉になってたのね！　こんな重い物が……」

「相当に手の込んだ細工だね」

隆夫は書棚を元通りに閉じた。「大変な金がかかったろうな」

そこへドアが開いて、絹江が顔を出した。

「あら、こちらにおいででしたか」

美也子は慌てて、

「え、ええ……。何か用なの？」

「お客様でございますが……」

「どなた？」

と恐る恐る訊く。最近の来客はろくなことがない。

「神崎様の奥様でございます」

美也子と隆夫は顔を見合わせた。やっぱりいい客とは言えない……。

「この馬鹿！」

森川は怒鳴った。この一分の間に五回目だった。

「悪かったよ」

その都度謝っている一郎は、いい加減ふてくされ気味だった。森川にも分かっている。今は愚痴をこぼしている時ではない。早く対策を考えなければならないのだ。今はおそらくホテル中が大騒ぎだろう。まだ捕まっていないのが不思議なほどだ。

「よし、ともかくこのホテルを脱出するんだ」

「どうやって？」

「歩いて、だ。それくらい分からないのか！」

「だけど、出口はきっと固められてるよ」

「分かってる。しかしここにいたんじゃ、いずれ捕まる」

「人質がいるよ」

一郎が勢い込んで、ソファに裸のまま情なさそうに座り込んでいる双見を指した。

「馬鹿！　いるからこそ逃げ出すのが厄介なんじゃねえか！　一旦包囲されたら、人質なんかいたって絶対だめだ。しかも、こいつは警察の本部長だぞ。――よりによって、こんな奴を……」

「でも、目を付けたのは兄貴だぜ」

「誰が誘拐しろと言った！」

「成り行きで仕方なかったんだよ」

森川は頭をかかえた。ともかく何とかホテルを出なくては……。

「おい、一郎、お前自分の服を着ろ！」

「え？　ボーイの制服は？」

「そいつへ着せるんだ。裸で連れ歩くんじゃ目立っていけねえ」

「下着は？」

「お前のをやれ。持ってるんだろう？」

「あるけど……」

「何だ？」

「洗ってねえよ」

「汚ないな、全く！　よし、俺のをやる。早く着替えろ！」

双見も、下着を身につけると、やっと人間らしい表情を取り戻した。

「君たち、自首したまえ……。悪いことは言わん」

「黙れ！」

一郎がナイフを突きつけると、双見は口をつぐんだ。

「その制服を着るんだ」

と森川が指示した。しかし細身の一郎にピッタリの制服である。中年太りの双見が合うはずはなく、ボタンははまらず、ズボンもファスナー開きっ放しという、何ともシマらない年増のボーイが出来上がった。

「いいか、俺たちは真直ぐ駐車場へ行く」

「車、ないぜ」

「盗むんだ！　俺に任せろ。キーぐらいピン一本で代用できる」

「へえ、兄貴、そんなこともやってたの？」

「変な感心をしてる場合じゃないぞ。——おい、早くしろ。遅れりゃ遅れるほど危ない」

「逃げ切れやせんぞ」

と双見が陳腐なセリフを吐いた。一応、警察本部長としてはこれぐらい言っておく必要を感じたのだ。

「黙ってろ！」

森川はぐっと双見をにらんで、「いいか、妙な真似をすると、こいつのナイフがその太っ腹に穴をあけてへこませるぞ！」

風船じゃあるまいし……。暴力をふるうなんてことはできない森川だが、一応脅しの文句は迫力充分である。双見は素直に口を閉じた。

「一郎、廊下を見ろ」

「あいよ」

一郎がドアを細く開いて外の様子を伺う。

「――誰もいないよ」

「よし。行こう！」

「兄貴、トランクは？」

「そんな物放っとけ！」

「でも――」

「捕まりたいのか！」

一郎が肩をすくめて、

「分かったよ」

とふてくされる。「無修正のポルノが入ってんのに……」

森川は廊下へ出ると、

「よし。行こう」

と二人を促した。――エレベーターまでがひどく長く感じられる。途中、一人の人間とも会わずにエレベーターの乗り口へ。下りのボタンを押すと、すぐに扉が開いた。誰も乗っていない。

「巧く行きそうだね」

一郎が降りて行くエレベーターの中で、ほっとしたように言った。

「ちょっと巧く行き過ぎだ」

森川は真面目に言った。どうも妙だ。こうも都合良く運ぶなんてことがあるものだろうか？　何しろ警察の本部長がさらわれたのだ。大量の警官隊が動員されているに違いないのに……。そう考えて来て、森川はふと思い当たった。この男はパーティの席を抜け出し、女と密会していたのだ。どうせ相手だって、まともではない。そうなるとホテル側が極力、ことを荒だてないようにすることは充分考えられる。

「そうか……」

そんな売春まがいのことに使われていたと分かればホテルだって、評判がガタ落ちになるのは避けられまい。ホテル側は事件を隠したがっている！　そうに違いない。

森川は少し希望を持ち始めた。これなら逃げられるかもしれないぞ。


「まあ、お嬢さん、どうも……」

客間へ入るとソファから神崎良美が立ち上がった。

「今晩は」

美也子は憂鬱な気分で会釈した。

「何ですか主人がご厄介をおかけしたようで……」

「いいえ」

「事務所の者から聞きまして、びっくりして飛んで参ったような次第で。本当に申し訳ございませんでした」

「いえ……一向に……」

「車で来ておりますので、連れて帰りますが……」

「あ、あの、それが……実は……」

と美也子が言い淀むと、

「今、よくお休みになっていますから、お起こししないほうがいいでしょう」

と隆夫が客間へ入って来ながら言った。

「は？　あの……こちらの方は……」

「あ、あの、主人ですの」

「まあ、そうでしたか。初めまして、神崎の家内でございます」

「春山隆夫といいます」

「よろしくどうぞ……。で、主人は、どんなふうでしょう？」

「いえ、ただの軽い発作です。ただあまり動かさないように、と医者が言っていましたし、せっかくお休みなんですから、一晩このままにしておかれたほうが……」

「まあ、そうですか。それではお言葉に甘えさせていただいて……」

美也子はちょっと呆れて隆夫の顔を見た。こうも平気で出まかせの言える人間だと

は思わなかったのである。良美は、

「では明日、迎えの車を寄こしますので」

と言って、頭を下げると、客間を出て行こうとした。

「奥さん」

と隆夫が呼び止めて、「これは奥さんのではありませんか?」

美也子は隆夫の手にいつの間にか、塔の部屋で拾った口紅があるのを見て驚いた。

「あら」

良美は戻って来て口紅を受け取ると、「本当に!　私のですわ。いやだわ。口が空いてたのかしら」

と手にしたハンドバッグを見る。

「それは塔の部屋で拾ったんです」

隆夫の言い方が、あまりあっさりしているので、一瞬、良美はその意味が理解できないようだった。しかし、ややあって、顔色がさっと青ざめると、二、三歩よろけるように後ずさった。

「いつ頃からですか、千住さんと関係を持ったのは?」

隆夫がズバリと訊いた。美也子は、一瞬、良美がわめき出すのではないかと思った。苦しまぎれに、女性がよく使う手だ。しかし、良美は意外に素直に、

「ちょうど一年くらいですわ」

と答えた。「でも、あなたに何の関係がありまして？」

「別にありませんよ、確かにね。ただご主人にはやはり関係があることでしょう」

「待って！　主人にしゃべるつもり？」

良美は隆夫をにらみつけて、「ただじゃおかないわよ！」

「ただですまないのはあなたのほうでしょう」

「私を脅迫する気？」

「そうですね。されても仕方のないことをあなたはやったんですから」

「何ですって！」

「ご主人は本当にご存知ないんですか？」

「私たちのことを？　もちろんだわ」

「なぜ分かります」

「なぜって……知っていれば何か言うはずだわ」

「みんながみんなそうとは限りませんよ。特に相手が自分の最上の客の場合にはね」

「まさか……」

良美の言葉は弱々しくなっていた。

「何か心当りがあるんですね？」

「そ、そんなもの――」

「隠しても顔に書いてありますよ。さあ、話して下さい」

「でも……」

「話すんです！」

隆夫の口調には有無を言わせぬ迫力があって、美也子はただただ、呆れて見守っていた。

「この間……帰りに車が故障して……」

「ここからの帰りですか？」

「ええ」

「それで？」

「私、機械のほうは全然弱いんで、仕方なく道に置いたままにして、ガソリン・スタンドまで一時間近く歩いたの。スタンドの人が見てくれたけど、外車なんでさっぱり分からなくて、修理に来てくれたのはもう暗くなってからだったわ」

「どの辺です？」

「ここから三キロぐらいの所」

「すると、ここから出た車だということはすぐ分かる」

「ええ。後で訊いたら、ちょうど私がガソリン・スタンドへ行った頃、主人が車であの辺を通ってたの。ヒヤッとしたけど、別に何も言わなかったから……」

「なるほど、そういうことでしたか」

隆夫は肯いた。

「一体これは何なの？　あなたに訊問される覚えはないわよ！」

「まあ、その内警察の訊問に答えなきゃならないんですから」

「——警察？」

「そうです」

「どういうこと？」

「奥さん。お気の毒ですが、ご主人は病気ではありません。亡くなったんです」

美也子は息を飲んだ。良美はただぼんやりしていたが、やがて呟くように、

「死んだ？……主人が？」

「そうです」

「まさか！　嘘でしょう！」

「残念ながら本当です。ピストルで胸を撃ち抜いて……」

「ピストル？　でも、そんな物——」

「この屋敷にはありました」

「じゃ主人は……自分で？」

「そうです」

美也子は仰天した。良美が崩れるようにソファへ腰を落とす。呆然自失の態の良美を後に、さっさと隆夫は客間を出た。美也子は急いで追いつくと、

「ねえ、本当なの？」

「神崎さんの自殺？　もちろん嘘さ」

「じゃどうして——」

「少しああいう女性にはショックを与える必要があるからね」

「呆れた！　あなたって、全く……」

「しかし、少なくとも神崎さんが妻とお父さんのことを知っていたのは分かった」

「それが何か役に立つの？」

「たぶんね」

隆夫は曖昧に答えた。


全く、信じ難いほど簡単だった。

「兄貴、どこへ行く？」

ハンドルを握る一郎が上機嫌なのも当然である。地下の駐車場へ降りた三人は全く怪しまれることもなく、手頃な中型車を見つけた。そして森川の腕も鈍っていないこ

とがめでたく証明されて、こうして車が夜の道を走っているというわけだった。

しかし森川のほうはそうそう楽観的ではない。後部座席に並んで座っているのは、県警の本部長である。このままですむはずはない……。

「おい、ラジオをつけろ」

と森川は命令した。——都合よくニュースが流れて来るのは、ちょっとできすぎの感もあるが、そこは大目にみてもらうことにすると……。

「双見本部長はKホテルでのパーティ会場から、二人組に連れ去られたもので——」

「でたらめだ！」

一郎が怒って、「ベッドから引きずり出して来たんだぞ！」

「静かにしろ！」

「——三人の乗った車は青のブルーバードで、ナンバーは……」

「やばいぜ、兄貴」

「慌てるな。すぐ車が割れるぐらい当り前じゃねえか。本当の持主が騒いだんだろうよ」

「どうする？　非常線が張られてるかもしれないよ」

当然そうだろう、と森川は思った。ホテルの中にいる間は、ホテル側も弱味があるからおおっぴらに騒げなかった。しかし、一旦出てしまえばもうホテルとは関係ないわけだ。警察も遠慮なく向かって来るだろう。本部長が人質といっても、こっちには銃もないのだ。囲まれたら終わりだ。

「……そうだ」

森川はふと思いついた。「おい、その先を曲がれ！」

「ええ？　こっち？」

「そうだ。──そこを右だ」

「どこに行くのさ？　こっちは何もないぜ」

「あるさ。……大邸宅があるんだ」

あそこだ。身を隠すには持って来いの場所だ。隆夫だっている。

「おい、飛ばせ！　一本道だからな！」

森川は怒鳴った。

その車を白バイ警官、馬場が見つけたのは全くの偶然であった。それもあまり名誉な偶然とは言えなかった。

青のブルーバードの緊急手配を受けて、走っている内に、馬場は腹の具合がおかしくなって来た。

「食べ合わせが悪かったかな……」

トンカツ、天ぷら、刺身、アイスクリーム……。なぜこんなめちゃくちゃな食べ方をしたかというと、金回りのいい叔父に誘われて、何でも好きな物を好きなだけ食わしてやると言われたのである。

馬場は独身なので、食事は寮の冷めた飯か外食。外食といっても乏しい給料だから、ラーメン・ライス、餃子、カレー、せいぜい良くてカツ丼ぐらいだ。そこへ「好きな物を好きなだけ」と言われたから張り切った。日頃食べたい物を片っ端から食堂のはしごをやって、さすがに満腹になり、寮でひっくり返った所へ緊急出動の指令である。

そんな状態で白バイにまたがり、飛ばしていればおかしくもなろうというもの。最初は我慢していたが、そのうちキリキリと下腹が痛み出し、額に脂汗が浮く始末。ついにこらえ切れなくなったものの、飛び込むトイレも見当たらないという運の悪さ。やむを得ず、人目のない所で、と道を折れてしばらく走らせ、両側に寂しい茂みが続く所まで来て、茂みの奥へ白バイを乗り入れて停めると、慌てて飛び降り、しゃがみ込んで……という次第。

あまり見られた格好ではなかったが、ともかく楽になって息をついていると、突然、ヘッドライトが近付いて来るのが目に入った。大変なスピードである。

「スピード違反だな！」

と茂みから顔を覗かせると、その車が目の前を風のように駆け抜けて行った。とてもナンバーなど見るゆとりはない。しかしそこは白バイ警官で、暗い中でも、型はブルーバード、色は青、と見て取っていた。しかしこっちもまだとても追いかけられる態勢ではなく、諦めて見逃そうと思った。

「何しろ非常警戒なんだからな……」

とズボンを上げながら、「青のブルーバードを捜さなきゃならないんだ。スピード違反なんか……」

ベルトをしめていた手がはたと止まった。青のブルーバード！

馬場はオートバイへ飛び乗ると、走り去った車を追って、夜道を猛然と走り出した。

同時に無電連絡が県警本部へ飛ぶ。

市内を走るパトカーが、白バイが、一斉にサイレンを響かせながら、万華荘へ向かって走り出した。

2

「何か私にお話があるとか……」

書斎へ入ると、桂木は隆夫を見て言った。

「どうも来ていただいてすみません」

隆夫は微笑んで、「座りませんか」

「ええ」

二人はソファへ向かい合って腰を降ろした。

「香織さんは？」

「今、風呂へ入ってますよ」

「そうですか。美也子もです。女性の風呂は長いですね」

「全くです。よくのぼせないと感心しますよ」

二人は何となく笑った。

「……さて」

桂木は真顔になって、「何のお話ですか？」

「桂木さん」

隆夫は例によって、少しも角張らない言い方で切り出した。「あなたはこの家の中では一番まともな方だと僕は思っています」

「それはどうも」

「いや、ともかくあなたはコツコツと長年会社員として勤め上げられた。――確かに少々の汚点はあったでしょうが、それを除けば、地道に努力を重ねてやって来られた方です」

桂木は黙って隆夫の言葉に耳を傾けていた。

「千住さんが集めた四人の客は」

　隆夫は続けた。「ある意味で、何か法律的に罪になるようなことをやった人です。しかし、その中で、あなたは他の三人と違う、という気が僕はしていたのです」

「違う？」

「ええ。山崎さんはまあ全くのワルです。広津さんだって、監獄よりは精神病院に行く人だったかもしれないが、ともかく過去に何もしていない人とは思えない。今回の事件を除いても、ですよ」

「そうですね。しかし古井さんは——」

「古井さんは、まああなたと同様のサラリーマンです。しかし性格の弱さがある。今度の件にしても、競輪、競馬のための借金が雪ダルマ式に増えてしまったそうです。ギャンブルに飲まれたのも、これが最初とは思えません。おそらく以前にも苦い経験をくり返し、それでいてやめることができないんじゃないでしょうか」

「そう……かもしれませんね」

「その点、あなたは立派に自分をコントロールできる方だ。一度だけ過ちを犯したにせよ、あなたの見つけた女性は素晴らしい人じゃありませんか。あなたは必ずしも間違ったわけではないんです」

「そう言っていただけると、救われる思いですよ」

「そこで、桂木さん、伺いたいんです」

隆夫は少し身を乗り出して、「千住さんの奥さんの死に関して、あなたは何をご存知なんですか？」

長い、張りつめた沈黙があった。桂木は目を伏せて、身じろぎもしなかったが、やがて、大きく息を吐き出した。

「……なぜあなたはそれを……」

「ただの勘です。本当ですよ。しかし、他に考えられなかったんです。あなたが自分で、昔は生命保険の外交員だったとおっしゃった時に、ふと思いついたんです。四人の客。二人は殺人者で、二人が保険屋だ、と。つまり、殺人者と保険屋というペアが二組できるわけです。そうなると考えられるのは、保険金目当ての殺人。そして保険会社の調査員の買収です。少しでも殺人に疑問の点があれば保険金は支払われないはずですからね。僕は四人の客の間に何か関連があるとすれば、それしかないんじゃないか、と思ったんです。ただ、そうなるとあなたが保険屋さんだったのは大分昔のことだから、当然、問題になるのは昔の死つまり、千住さんの奥さんの死じゃなかったかと考えたわけです。しかし、あなたは買収に応ずるような人とは思えないし、殺人を容認する人でもない。――そこを伺いたいんです。一体、何があったんですか？」

桂木はゆっくりと首を振った。

「私にも確信があるわけではないんです。あまりに昔の話ですし……。実際、私はここへ来てからも、そのことはずっと思い出しもしませんでした。思い出していれば、自分から保険屋だったことを言い出したりはしなかったでしょう。……それをふと思いついたんです。なぜかは分かりません。ただ突然に記憶が……」

「美也子のせいじゃありませんか」

桂木はまじまじと隆夫を見つめた。

「そうだ……。そうですよ！　どうして今まで気づかなかったんだろう。美也子さんは、とてもよく似ていますね、お母さんに」

「何があったんですか？　聞かせて下さい」

「ええ……。私がまだ保険の仕事を始めて間もない頃でした。私の客に水野加奈子という一人暮らしの女性がいたんです」

「美也子の母親ですね」

「そうです。しかし、その頃はもちろんまだ美也子さんは生まれていなかったんです。ともかく私は集金に回る度に彼女に会って、次第に彼女に魅かれて行きました。しかし彼女にはもう将来を誓った男性がいるということを聞いていましたので、私は自分の気持をじっと押し隠していたのですが、彼女のほうはそれと察して、感謝してくれているようでした。……訪れる度に私は彼女の部屋へ上がって何かと話をするようになりました。彼女は恋人のことをよく話していました。実業家として才能のある人で、野心家で、きっと大きなことのできる人だと信じていたんです」

「それが千住さんのことだったたんですね」

「今思えば、そうですね。ですがその頃、あの人は確か豊田といっていたはずです。保険金の受取人だったんですから、憶えていますよ。改名したんでしょうね。ともかく彼女はその恋人が実業家として成功するまで、じっと待つんだと言っていました。ただ彼には資金が足らなくて、と、まるで自分に持ち合わせがないのを罪だと思っているかのように言っていました」

「それで？」

「そのうち、彼女は恋人の子をはらみました。私は結婚すべきだと言ったのですが、彼女は、今結婚したら、彼の将来を台なしにする、と言って聞かないのです。私としては他人の関係にまで口は出せません。気にかけながら、毎月、大きくなるお腹で苦しそうな彼女を訪れていました。……彼女は女の子を生みました。そして、退院すると一週間とたたないうちに、赤ん坊を託児所へ預けて働き始めたんです。彼女はどうやら駆け落ちして来たらしくて、実家の助けは期待できなかったようです」

「赤ん坊は美也子といったのですか？」

「そうでしょうね。彼女が赤ん坊を呼ぶのを聞く機会は、あまりなかったんです。

……彼女はもともと体の丈夫なほうではありませんでしたし、産後の無理がたたったんでしょう、間もなく倒れてしまいました。それでも入院する費用はない、といって、アパートで赤ん坊の面倒を見ながら寝ていました。でも生活には金がいります。……彼女は追いつめられていました。保険料もその頃から私が立て替えていたんです。……私は彼女に彼に面倒を見てもらうべきだ、と当然のことを言ったのですが、彼女は頑として承知しません。彼は今が大事な時だ、と言うのです。……彼女の容態は思わしくなく、貯えも底をつきました。私とて貧乏暮し。彼女をどうしてやることもできなかったんです」

桂木は一旦話を切ってため息をつくと、続けた。

「ある日、彼女のアパートへ行くと、彼女はもう寝たきりで、赤ん坊の姿もありません。聞けば赤ん坊は近所の奥さんが面倒をみてくれているといいます。私は彼女がほとんど何も食べていないのを知って、何か買って来ようとしました。すると彼女は私の手をつかんで引き止め、大切な話がある、と言うのです。

『あなたが私のことを好いて下さったのはよく分かっています』

と彼女は言いました。『本当に嬉しいのです。それで、死ぬ前に一つお願いがあります』

私は大丈夫だと励ましました。すると彼女は首を振って、

『そうじゃないのです。今夜、この部屋へ強盗が入って、私が殺されるのです』

　私はびっくりしました。どういう意味かと問い質しました。彼女は弱々しい声で説明してくれたのですが、それは要するに、彼が——つまり恋人が、大切な事業を前に、今、金が必要になったらしく、彼女が、それならば私が死ねば保険金が入るから、それを資金に、というわけなのです。もっともただ病気でふせっていては死ぬのがいつになるか分からないし、自殺では保険金が入らない。そこで、ある男に頼んで殺してもらうことにしたという話です。驚く私に彼女は、

『これは私の考えなんです。彼はいやだと拒んだのですけど、私はどうせ死ぬのだから、あなたの役に立つように死にたい、と彼を説得したんです。分かって下さい』

　と手を握りしめました。そして、どうかこの企みを見逃してほしい。不審な事情はなかったと報告して、一日も早く保険金が出るようにしてほしい、と頼むのです。

……私は何とも返事ができませんでした。いくら余命がいくばくもないからといって、恋人が殺されるのを黙って見ていられるなんて、とても私には理解できませんでした。しかし、彼女は最後の頼みだからと涙を浮かべていました……。私は、肯いてしまったんです……」

「そして実際に……」

「ええ。その晩、彼女のアパートへ強盗が入り、彼女は刃物で胸を刺されて死にまし

た……。盗るほどの物の何もないアパート、病人で抵抗もできない彼女を殺したこと。警察もやや疑問に思ったようでしたが、私は特に問題なしという報告を出しました。赤ん坊はすぐに父親が引き取って行ったとのことで、私はついにその男に一度も会うことがなかったんです……」

「ここで会うまでは、ですね」

「ええ。そうです」

「千住さんがその恋人だったと気づいて、どうしました？」

「いや、特に何も……。昔のことです。あの時すぐ会っていれば殴り倒してやったでしょうが……」

「話しもしなかったんですね？」

「ええ」

「殺しもしなかったのですね？」

桂木は真直ぐに隆夫を見つめて、

「やりません」

と言った。

隆夫は、桂木が去ると、しばらく佇(たたず)んで考え込んでいたが、やがて隠し扉になった書棚を引っ張って、狭い通路へと入り込んだ。

通路を奥へ奥へと辿り、急な階段を慎重に上がり始めた。屋根裏部屋へ上がった隆夫は、室内を見回した。机、椅子、書棚。どれも塔の部屋にある物と同様、立派な造りである。

隆夫は机の引き出しを全部一つずつ開けてみたが、どれも空だった。書棚。棚が前へ出ている。下の絨毯に、こすれた跡を見つけて、隆夫は書棚へ近寄り、その裏側を覗き込んだ。暗くて、何も目に映らない。ポケットからペンシル・ライトを取り出すと、光を向けた。――予期していたとはいえ、一瞬、たじろいだ。

書棚の裏側へ押し込まれているのは、千住忠高の死体であった。

「やっぱりここだったのか……」

と呟いた時、隆夫ははっとした。背後に人の気配を感じたのだ。振り向く暇もなかった。後頭部に重い、鈍い痛みが食い込んで、隆夫は気を失ってしまった……。

わずかに体を動かすと、頭の痛みが神経を刺激して、隆夫は目を覚ました。――畜生！　油断したな……。

床の絨毯へ起き上がって、隆夫は初めて目の前の人影に気づいた。

「あなたですか」

隆夫は驚いた様子もなく言った。立っているのは絹江だった。

「大丈夫ですか」

絹江はいとも穏やかな口調で、「あまり強くはやらなかったつもりですが」

「ええ。何とかね。頭は割れずにすんだようです」

隆夫は、絹江の手に拳銃があるのに気づいた。「僕を撃つ気ですか?」

「撃ちたくはございません。あなたには何の恨みもありませんから。でも、邪魔をなさると……」

「分かりました。僕は銃を持っている人間には大変素直なんです」

「あなたは頭のいい方ですわ」

絹江は微笑んで言った。「お嬢様もいい方を見つけられました」

「絹江さん。僕には大体の見当はついていますが、詳しい所はよく分からないんです。教えて下さい」

「何なりと」

「四人の客は、人殺しと保険屋という組合わせでした。それが二組あった。つまり、千住さんは二回結婚したんですね」

「はい、さようでございます」

「最初の妻、つまり美也子の母親は病身の身をわざと殺させて保険金が千住さんの手に入るようにした。千住さんはそれで事業に乗り出すことができたんですね。——二度目の奥さんとはいつ結婚したんですか？」

「この屋敷ができる前でございます。お嬢様がやっと一歳になられる頃で、私もその時、ご奉公に上がったのでございます」

「しかし、すぐにまた千住さんはピンチになった。金が必要になったんですね。そして前の奥さんのことを思い出した。同じ手で行こう、と思いついたんでしょう。しかし今度は奥さんは知らなかった」

「二度目の奥様も病弱な方でございました。そしてある日、家の二階のベランダから落ちて亡くなられたのです。私はその時、たまたま庭から見ていました。誰かが奥様を突き落とすのを……。けれど旦那様は出張でおいでになりませんでした。その男を、私もはっきり見たわけではありませんので、警察には言わず、急いで戻られた旦那様に申し上げました。すると、それは気のせいだ、あれは事故だったのだと、取り合って下さいません。妙だと思いましたが、使用人の身で差し出がましいことも言えません。その場はそれきりになってしまいました」

「真相に気づいたのはいつだったんですか？」

「大分後のことでございます。このお屋敷が出来上がり、越して参ります時に、旦那様の荷物の中に、ある本を見つけたのです」

「催眠術の本ですね。塔の部屋で見つけましたよ」

「そうですか。あの本の書き込みを見て、私は旦那様が奥様を殺そうとなさっていたことを知ったのでございます」

「あの書き込みにある〈病人〉というのは、美也子の母親でなく、二度目の奥さんのことだったんですね。それで千住さんは実際に奥さんへ催眠術をかけていたんですか？」

「そのようでございます。病人に暗示をかけて、ある程度気分を軽くするぐらいのことはできたようで、奥様もそれを承知でかけられていたのではないでしょうか」

「しかし千住さんの本心は奥さんを自殺へ追いやることにあった。しかし、自殺では保険金を受け取れないでしょう」

「事故に見えるような方法で自殺させようというお考えだったのでしょう」

「しかし、それは無理ですね。いかに催眠術でも本人の望まないことはさせられない」

「はい。それで諦めて、結局広津を雇うことになったのでしょう」

「本を見つけてから、どうしました？」

「私は前の奥様の亡くなった事情を調べてみました。強盗に殺されたといっても、抵抗した跡がないとか、玄関の鍵がかかっていなかったとか、色々妙な点があったことを知りました。けれど旦那様はその日出張だったのです。その保険金がその当時の旦那様の救いになったことも分かりました。要するに、二度目の時とあまりに似通っていいます。私は、これが偶然のはずはない、と思いました。計画的に二人の奥様を殺したのだと……」

「それであなたは千住さんに復讐しようと思われたんですね。しかし、なぜそこまで?」

「前の奥様は私の妹でございました」

「そうでしたか」

隆夫は目を見張った。「すると美也子はあなたの姪に当たるのですね」

「はい。むろんお嬢様はご存知ありませんが……」

「それはどういう事情で……」

「妹は恋人と駆け落ちし、所在が分からなくなっておりました。それが新聞で殺されたことを知り、駆けつけたのです。その時はむろん強盗の仕業と単純に思い込んでいましたから、疑問にも思いませんでした。そして近所の人から、妹が一人で赤ん坊を生み、育てていたことを聞かされ、姉として、せめてその赤ん坊の面倒をみてやろうと思ったのです。——私事になって恐縮ですが、当時、私は結婚してすぐに夫を事故で亡くし、そのショックで流産し、子供の持てぬ身になっておりました。そのこともありまして、子供と父親を捜しました。やっと見つけた時、その人は事業の成功で家を建て、手伝いの女性を求めていたのです」

「で、あなたは自分の素姓は明かさずに働くようになったわけですね」

「はい」

「復讐を今まで待ったのは、なぜですか？」

「お嬢様のことを考えたからでございます。どんな父親でも、孤児にするよりはいいと思いまして。でもお嬢様は家を飛び出してしまわれました。私はもうこれで大丈夫だと思いました。お嬢様ならきっともう一人でやって行ける、と……」

「それで実行に移ったわけですね」

「はい」

「復讐の手段に催眠術を使おうと思いついたのはなぜですか？」

「まあ、そこまでご存知なのですね。あなたは本当に油断のならない方で……」

「いや、油断したからこういうことになっているわけでして」

と隆夫は苦笑いした。

「ご覧の通り私は女で力もございません。それに仕返しといっても、ただ殺せばすむというものではなし、何か苦しめる手立てはないものかと考えていて、ふとあの本のことを思い出したのでございます。旦那様は自分で催眠術をかけていらしたのですから、逆に言えば、催眠術というものを信じていらっしゃる。つまり催眠術にかかりやすい人なのだと思いついた時、これを使おうと決心したのです」

「あなたも練習なさったわけですね」

「はい。お休みの日には専門家の所へ通って詳しい話を聞きました。精神的な疲労を取り除くための自己催眠という治療法があります。それを学ぶという口実で……」

「しかし、よく千住さんが承知しましたね」

「いいえ、ご本人は何もご存知ありませんでした」

「というと……」

「コーヒーを淹れるのはいつも私の仕事でございます。その中へ少量の睡眠薬を入れて、少し意識の薄れた所でかけたのです。ですから終わってしまえば何も憶えていらっしゃらないというわけで」

「で、あなたは千住さんに暗示を与え続けた」

「はい。ほんのわずかずつでございますが……」

「何を暗示したのですか？――いや、分かるような気がします。二人の奥さんを殺したことを思い出させたのでしょう。記憶を呼びさまし、良心が責め立てられるように、思い出させ続けたのですね」

「その通りでございます」

「それは何かをさせるよりずっと簡単なことですね。心理学者のよくやる方法だ。そして、これは僕の勘ですが……千住さんが肝臓を病んでいると信じていたのも、あなたの暗示だったのではありませんか？」

「はい、さようです」

「あと三か月の命だと信じ込ませた……」

「簡単ではございませんでした。三年がかりで、最初は何となくただ具合が悪いように思い込ませ、普段の時も、お顔の色がお悪いようで、とか、食欲がございませんね、とさり気なく口にするのです。そのくり返しが徐々に効き目を現わして来たら、次の段階へ進む……。そういったことを積み重ねて来たのでございます。ただ旦那様はお医者嫌いで、決して診てもらおうとなさいませんでしたから、その点は幸運でした」

「千住さんは健康だったのですね」

「はい。どこもお悪くなかったと存じます」

　隆夫は首を振った。

「あなたは大した女性ですね！」

「いいえ、とんでもない」

「それで……千住さんはあとわずかの命と思い込み、死ぬ前に、罪の償いをしようと、二つの殺人に関係した殺人者と保険屋を、神崎さんに命じて捜させ、ちょうど窮地にあった四人を否応なくここへ来させた。あなたにとっては復讐すべき相手が集まったわけですね……」

「はい。予想以上の成功でした」

「ところが四人が四人とも、互いに顔は知らないし、昔のことなど忘れている。千住さんのことも名前を変えていたから、誰も思い出せなかったんですね。千住さんは四人をどうするつもりだったんですか？」

「さあ……。殺すことはできなかったでしょう。そのつもりだったのかもしれませんが、それだけの度胸はない方でした」

「そうですね。殺す気なら美也子や僕まで集めるはずはないし……」

「私だったら、あの四人の中の、人殺しも平気な二人を別々に呼んで、互いに殺し合うように仕向けるでしょう。それぞれ相手を殺せば相当な報酬を出すと約束して」

「なるほど！――あなたはそのつもりだったんですか？」

「いえ、私にはそんなお金はありません。私はしばらく成り行きを見ているつもりでした。ところが……」

「予想外のことが起こった」

「ええ。……あの晩、私は塔の部屋へコーヒーをお持ちしました。薬を入れ、また暗示をかけるつもりで。ところが、薬の量が間違っていたのか、それとも旦那様があなたを見込まれて、お嬢様のことを任せて大丈夫と安心して気がゆるんだのでしょうか、急に意識が混乱して来たのです。そして私に、『私は妻を殺した』と告白すると、『今から飛び降りて死ぬ』と言い出したのです。私は構わないと思いました。催眠術で奥様を自殺させようとして失敗した旦那様が、自分でそういうはめに陥るのも皮肉な運命だと思ったのです。旦那様はお嬢様の部屋へ電話をかけましたが、何も言えず、そのまま窓へ走り、開け放って飛び降りようとしました。私は少し離れてそれを見守っていました。今、復讐が終わるのだと、自分に言い聞かせて……。ところが、窓枠へ足をかけて、飛び降りた、と見えたのに、その瞬間に、急に死ぬのが怖くなったのでしょう。窓から外へぶら下がってしまったのです。そして必死で這い上がって来ると、部屋の中へ転がり込んで、そのまま床で青くなって震えています。私はカッとなりました。この意気地なし、と罵りたくなるのを必死に押えねばなりませんでした。何の罪もない人を二人も殺しておきながら、自分で死ぬ勇気もないのです。……もっとも、それは今思うと薬のせいだったのかもしれません。普通に決心すれば自殺ぐらい恐れない方だった、と思っております。けれどもその時はただ、憤りだけがこみ上げて来て……。旦那様は立ち上がると、逃げるようにエレベーターで降りて行きました。一人になりたい時、よくこの屋根裏部屋に来ていることを知っていましたので、私は後を追いました。手には旦那様のデスクからつかみ取ったナイフがありました……」

しばらく、絹江は沈黙した。

「そしてあなたは、四人への復讐にかかったわけですね」

「はあ……。初めはもう諦めようかと思ったのです。四人もの男をどうやって殺せばいいのか、見当もつきません。憎いことは憎い、金のために、か弱い病身の妹と、奥様を殺した男と、それを見逃した男……。制裁を受けて当然だと思いました。けれど手段がありません。毒薬でもあれば食事に入れるのですが、それではあなたやお嬢様も危ない。何とか方法はないだろうかと考えあぐんでおりますと……」

その時、時計が時報を打つのが聞こえて、隆夫はびっくりした。鏡の向うから聞こえて来るのだ。ボーン、ボーンと重々しい響きだった。

「隣の柱時計でございます」

絹江が言った。「九時ですね。あれが九つ鳴りますと、それが合図なのです」

隆夫ははっとして、鏡の窓に歩み寄った。飯沢と野々山の二人が椅子に縛られて、うつらうつらしている様子だった。柱時計が九つを打ち終えると、野々山が顔を起こした。そして椅子から立ち上がった。縄がパラリと床に落ちる。野々山の顔から表情というものが消えていた。目が奇妙にすわって、不気味な感じだった。

「そうか。縛り方が違っていたので、妙だと思っていたんだ」

「ちょうどいい所へあの刑事さんが飛び込んで来たのです」

絹江が言った。「さし上げる食事に睡眠薬を混ぜ、催眠術をかけてみると、本当に面白いようにかかります。人間が単純にできているのですね。そこであの四人を殺させることもできるのではないかと思いついたのです。まず一番簡単そうな、古井さんというお年寄りが居眠りをしているのを見て、試してみました。本人にも、自分をこんな恥ずかしい目に会わせた連中への悔しさ、怒りがあります。だからこそ可能だったのだと思いますわ。ためらいもせずにあのお年寄りを刺し殺すと、自分でこの部屋へ戻って来ました。私は改めて縄を縛り直したのです。広津さんの時も全く同様でございました。あの方が一人で塔へ行かれるのをお見かけして、絶好の機会だと思いまして。それでお嬢様の危ないところをお助けできたのですから、幸いでございました」

「あなた一人でやったのでないことは分かっていました。神崎さんが撃たれた時、エレベーターの電気を切って、駆けつけるのを遅らせたのはあなたでしょう。両方を一人ではできない。といって銃で正確に相手の心臓を撃ち抜ける人間といったら、山崎さんの他には刑事しか考えられません。ただ、どうやって言うことを聞かせているのか不思議だったんですが。……あなたは絶好の武器を手に入れたわけですね」

「はい。天の助けだと思いました」

「なぜ神崎さんを殺したのですか？」

「あの方は気の毒でした。あの時は山崎さんが殺されるはずだったのです。私が塔の上で姿を見せ、あなた方が駆けつけて来る。私は地下へ降りて、様子を窺っていました。誰かがきっと一階の入口に残るだろうと予想していたのです。あの刑事さんは私が山崎さんの部屋から持ち出して来て渡した自分の拳銃を手に、ガレージにいました。そして自動車のクラクションを鳴らして、塔の下にいる人間を引きつけるはずだったのです。ところが折悪しくその時、ガレージの前を神崎さんが通りかかり、何事かと中へ入られたのです。それで……」

「すると人違いだったのですね！」

「はい。本当にお気の毒でした」

「それであなたは……」

「エレベーターの電気を切ると、台所用のタイマーを使って三分ほどでまた電気が流れるようにして急いで通路から屋敷へ戻り、玄関からガレージの反対の口へ回ったのです。そしてあなた方が駆けつけて来て、あの警部さんを調べている間に、反対の口から刑事さんを連れ出し、ここへ戻しておきました」

見ていると、野々山はしばらく身動きもせずに突っ立っていたが、やおら動き出すと、近くの使い古した机の引出しを開け、中から拳銃を取り出した。

「あの銃は――」

「あれは刑事さんのです。私の持っているのは今眠っておられる警部さんのもので……」

「いけない！　あの刑事に何をさせる気ですか？」

「山崎さんも今夜はお疲れで、ぐっすりおやすみでしょうから……。本当に呑気な方で。取り上げた拳銃をご自分の部屋のタンスへ放り込んで、それきりまだあるかどうかも確かめもしないのですから」

野々山は拳銃を握りしめると、ドアを開けて出て行った。

「絹江さん、もうおやめなさい！」

隆夫は言った。「もう復讐は終わりにしましょう」

「いいえ」

絹江はきっぱりと首を振った。「あの四人は死ななければなりません！」

「絹江さん……」

「近寄らないで下さい！　撃ちますよ」

二人はじっと相対した。その時、階段の上り口へ、突然、美也子が顔を出した。

「どうしたの？」

絹江が振り返った。隆夫は飛びかかって、拳銃をもぎ取った。弾みで絹江の体がよろけて、上がって来た美也子にぶつかった。

「キャッ！」

バランスを失った美也子が手をのばして上り口を囲む手すりにしがみついた。絹江の体が、その背をすり抜ける格好になった。絹江は声一つ立てずに、急な階段を墜落して行って……ドサッと鈍い音が響いて来た。

3

「絹江さん……」

美也子が呆然として呟いた。そして隆夫のほうを向くと、「何があったの？」

隆夫が手の中の拳銃を見下ろして、

「あの人が犯人だったんだ」

「嘘よ！」

美也子が反射的に叫んだ。「そんな馬鹿なこと……」

「お父さんは……その書棚の後ろに……」

美也子はじっと目を見開いて隆夫を見つめてから、ゆっくり書棚へ近付き、後ろへ入って行った。

出て来た時、顔が青ざめてはいたが、足取りも表情もしっかりしていた。

「絹江さんが……殺したの？」

「そうだ」

「一体どうして……。分からないわ」

　美也子は首を振った。

「そうだ！　こうしちゃいられない！」

　隆夫がはっと気づいて、「来るんだ！」

「どうしたの？」

「また人が死ぬ！」

　隆夫は大急ぎで階段を降り始めた。

「気をつけてね！」

　美也子も続いて降り始める。隆夫は下へ着くと、倒れている絹江の上へかがみ込んで、死んでいるのを確かめた。まず助かるはずはなかったが……。

「死んでるの？」

「うん」

　隆夫が立ち上がって、「急ごう」

「どうしたっていうの？」

「あの刑事がみんなを殺したんだ」

「ええ？　だって、さっきは絹江さんが犯人だって……」

「あの刑事は絹江さんの命令で動いているんだ。山崎さんが危ない！」・

通路を走った隆夫たちは、一番近い書斎の隠し戸を押し開けると、部屋を突っ切り、廊下からホールへ飛び出した。階段を駆け上がろうとした時、玄関のドアが音をたてて開いた。振り向いた隆夫が目を丸くする。

「森川！」

「やあ、突然悪いんだが……」

森川がホールへ入って来た。続いて若い男と、珍妙なスタイルの中年男……。

「これは何だい？」

「すまねえ。迷惑はかけたくないんだが……」

「誰なんだ、それは？」

「若いのは相棒の一郎だ。もう一人のは……その……ちょいとまずいことになってね……」

と森川が言いにくそうに頭をかく。

「待ってくれ！」

隆夫が遮った。「今はそれどころじゃないんだ。待っててくれ！」

その時、二階から銃声が響いた。二発、続けて聞こえた。

「しまった！」

続けて女の悲鳴が……。隆夫は階段を駆け上がった。そして踊り場でピタリと足を止める。階段の上に、拳銃を構えた野々山が現われたのだ。まだ催眠状態のままだ、と分かった。目がギラギラと尋常でない光を帯びている。

「危ないぞ、退がれ！」

叫びながら、隆夫は階段を逆戻りした。野々山は拳銃を持った手を一杯にのばしたまま、ゆっくり階段を降りて来る……。

双見は眼前の光景がまるで理解できない——いや完全に理解しているのは隆夫一人だったから無理もないが——ままにボンヤリ突っ立っていたが、降りて来る男の顔に、何となく見憶えがあるような気がした。

「野々山じゃないか！」

と思わず叫ぶと、とたんに野々山の拳銃が火を吹いて、双見の足下で弾丸がはねた。

「や、やめろ！　わしだ！　本部長の双見だ！」

必死の叫びも空しく、野々山の拳銃から発射された弾丸が双見の左腕をかすった。ワッと叫んで双見がひっくり返る。隆夫は美也子の腕をつかんでホールを突っ走った。

野々山の眼が二人を追った。

「野郎！」

一郎がナイフを投げた。野々山の足をかすめると、ズボンが切れて血がサッとほとばしった。野々山は顔を歪めてうずくまりながら引金を引いた。一郎の体がもんどり打って倒れる。

美也子をドアの陰へ押し込んだ隆夫はホールを一気に駆け戻ると、階段を三段ずつ駆け上がった。美也子が叫んだ。

「危ないわ！」

隆夫は拳を固めると、力一杯野々山の顎へ叩きつけた。野々山が一声呻いてドサッと倒れ、動かなくなった……。

隆夫は肩で息をしながら、振り返った。

「どうだい、そっちは？」

一郎の上へかがみ込んでいた森川が顔を向けて首を振った。

「だめだ。死んでる」

「そうか……」

「無器用だが、悪い奴じゃなかったよ」

隆夫は二階へ上がった。桂木と香織が恐る恐るドアから顔を覗かせている。

「ど、どうしたんです？」

「仕度をして下さい、桂木さん。ここから引き上げる時が来たようです」

隆夫はそう言うと、山崎の部屋へ入って行った。そして目を見張った。上半身裸の

山崎が突っ立って拳銃をにぎりしめ、

「お前さんか。どうしたんだ?」

「山崎さん!　大丈夫だったんですか」

「当り前だ。——といっても、偶然さ。野郎入って来るなりベッドへ向けて二発ぶっ放しやがった。ところが俺とこいつは仲よくシャワーの最中だったのさ。浴室から覗くと、あのデカの野郎が拳銃ひっさげて出て行くところだったんだ。——下でも何やら派手にやってたじゃねえか」

「ええ、一人死にましてね」

「誰が?」

「飛び入りです。……まあ下へ来て下さい」

降りて行くと、野々山は足の傷を美也子にハンカチで縛ってもらいながらウンウン唸っている。

「しっかりしなさいよ、刑事でしょ!」

と美也子は手厳しい。

「で、でも……痛いのは痛いですよ!」

野々山も、けがとノックアウトのショックで催眠状態から解放されたらしい。森川が野々山の拳銃を手に、隆夫を見上げて、

「おい、何だいこの家は？　ギャングの巣窟かい？」

「他人のことを言えた義理かい？」

隆夫は苦い顔で、「あっちの妙なおっさんは？」

「うん。……県警の双見って本部長だ」

「警察の本部長？　気でも狂ったのか？」

思わず隆夫が声を上げると、野々山がびっくりした。

「ほ、本部長！」

「そうだよ」

森川が言った。「さっきお前さんが撃ったのが本部長さんだ」

「ぼ、僕は知らない！」

腕にハンカチを巻かれてホールの床に座り込んでいた双見がキッと野々山をにらみつけて、

「貴様！　わしを撃ってただですむと思うなよ！」

「本部長！　私は——知らなかったんです！　いや、何だかさっぱり分からないんです！　気がついてみるとここで倒れてて……」

「でたらめを言うな！」

「ほ、本当です！　私は……屋根裏部屋で縛られていたんです！　それがいつの間にかここへ……」

「言い訳は聞かん！　殺人罪で逮捕してやる！」

「そ、そんな……」

野々山は今にも泣き出しそうな顔で、「ほ、本当に何も知らないんです！　飯沢警部に訊いてみて下さい！」

「飯沢？　飯沢がどうした？」

双見が驚いて、「飯沢がどうかしたのか？」

「け、警部も屋根裏部屋で縛られておりますので……」

「何だと！」

双見がアングリと口を開けた。

「何だ、ずいぶん新顔がいるな」

と山崎がひとみを従えて降りて来る。野々山がキッとにらんで、

「貴様！　よくもひとみさんを……」

「威勢がいいな。お前の彼女はすっかり俺と気が合っちまってよ」

「嘘だ！」

「嘘だと思うんなら彼女へ訊いてみな」

美也子が割って入って、

「いい加減にしてよ！　一体何がどうなってるのか誰か説明して！」

「本部長！」

野々山が叫んだ。「この男は凶悪犯指名手配の山崎です！」

山崎が双見を見て、

「本部長？　するってえと、お前らの親玉か？　それにしちゃ何て格好だい」

と大笑いすると、「しかしこれで親分、子分と三匹揃ったわけだ！　こんな傑作な話は初めてだよ！」

美也子は隆夫の所へ歩いて行くと、

「ねえ、どうなってるの？　この人たち誰？」

「うん……。どこから説明したらいいのかなあ……」

隆夫が頭をかいた時だった。

「誘拐犯に告ぐ！」

とけたたましいスピーカーのアナウンスが外から響いて来た。「双見本部長の誘拐犯に告ぐ！　ここは完全に包囲された！　諦めて自首しなさい！」

隆夫が美也子に言った。

「要するにそういうことさ」

「さて、これからどうする？」

　森川が言った。

「どうする、じゃねえ！」

　双見のホテルでの経緯を森川から聞いた山崎が怒鳴った。「自分のヘマでサツにつけられたんだぞ！　自分で何とかしろい！」

「まあ、落ち着いて下さいよ」

　隆夫がなだめて、「今はともかく差し当たりどうするかです」

　一同は客間へ集まっていた。ついでに付け加えると警察三人組は仲良く屋根裏部屋に収まっている。

　外からは、

「早く降伏しなさい！」

　とスピーカーががなり立てて来る。

「うるせえ野郎だ、畜生！」

「困ったわねえ……」

　美也子がため息をついて、「今ここへ来られたら、一体いくつ死体があると思う？」

「四つでしょう。さっきの若い人を入れると」

　と桂木が言った。

「六つです」

隆夫が訂正する。「千住さんの遺体が見つかりました」

「そうでしたか！……お嬢さん、お気の毒です」

「どうも」

「六つ、というと、もう一人は？」

「絹江さんです」

「何ですって？」

「そのことは改めてお話しします」

隆夫は一同を見回して、「ともかくこのままここにいては、警察が来た時、何と説明していいか分からない」

「そいつは俺に任せときゃいい」

「ともかく警察の人を監禁しただけでも罪に問われるでしょうね」

山崎が言った。「みんな俺に脅されて仕方なく協力してたってことにすれば」

「でも、あなた一人が――」

と桂木が言いかけるのを遮って、

「俺はもうやりたいだけのことをやって来た。この上少々のことは構わねえよ」

「そうは行きませんよ」

隆夫が言った。「ここには犯罪者も、罪の無い人もいます。でも今度の件に関しては、みんなが関係があるのですから」

「あと十分待ってやる！」

とスピーカーが怒鳴った。

「野郎！」

と山崎が立ち上がる。「見てろ！」

ドカドカと客間を出ると、階段を駆け上がって行った。

「どうしたのかしら？」

香織が言った。——しばらくすると、ドタドタと足音がして、双見、飯沢、野々山の三人が、山崎に縄尻を取られながら、階段を降りて来た。双見と野々山は傷が痛む、とヒイヒイ言っている。

「おい、見てな！」

山崎は左手で三人の縄をつかみ、右手に拳銃を振りかざして、客間のドアの所へ集まった一同へ怒鳴ると、

「さっさと歩きな！」

と三人の人質に言って、ホールを横切り、玄関のドアを開け、三人を押し立てて表へ出た。——まぶしいばかりのライトが集中する。山崎は大声で、

「おい！　俺は山崎だ！　サツの野郎なら、俺の顔ぐらい知ってるだろう！　踏み込んで来るなら来てみろ！　この三人が分かるか！　本部長様に警部殿に刑事君と来らあ！　この三人を殺したきゃいつでも来い！」

言い終えると、また怪力で三人をホールへ引きずり込んでドアを閉めた。

「お前ら、この辺でおとなしくしてな」

と言うと、三人を階段の下へ連れて行き、手すりに縄を結びつけておいて、客間へ戻って来た。

「これでしばらくは手を出しちゃ来ねえよ」

「時間稼ぎにはなっても、解決にはならないわ」

美也子が頭をかかえて、「あーあ、何かいい方法はないのかしら」

山崎はなぜか急に真顔になると、美也子の顔をまじまじと見つめた。――それから隆夫へ、

「おい、ちょっと来てくれ」

と声をかけた。

「何です？」

「話がある。……廊下へ出よう」

「何事ですか？」

廊下へ出て、声が聞こえない所まで離れると、山崎は言った。

「どうやらお前さんが一番事情に通じてるらしい。……お前の奥さんの母親は？」

「死にました。彼女を生んですぐです」

「病気だったのかい？」

「いえ……」

「じゃ何だったんだ？　なぜ死んだ？」

「強盗に……殺されたんです。これは彼女も知りませんが」

「強盗？　確かなのか？」

「ええ」

山崎は表情をこわばらせて、ふっと隆夫に背を向けた。――しばし黙って立ちつくしていた山崎は、背中を向けたまま、

「それをやったのは俺だ」

と言った。

「知っています」

山崎は振り向いて、

「知ってたのか？……それじゃ、俺がここへ呼ばれたのは、そのせいなんだな？」

「そうです」

と答えてから、「でも、なぜ思い出したんです？」

と訊いた。

「今、あの娘が――いや、お前さんの奥さんが頭をかかえるのを見てな、幽霊に会ったみてえにドキッとしたのさ。俺が殺ったあの女も、刺そうとした時、ああやって頭を隠すようにしたんだよ。……そっくりだ、と思った。本当によ、今まで気がつかなかったのが不思議だぜ。本当に瓜二つって奴だなあ。……あれは俺の最初の殺しの仕事だったんだ。俺はまだガキに毛の生えたくらいのチンピラで、払いがいいんで飛びついたものの、アパートへ入る時は、もう膝がガクガクして来るし、手はブルブル震えるし、惨めなもんだった。……相手の女は部屋に敷いた布団の上にキチンと座ってな、落ち着き払ってたっけ。自分を殺してくれなんて依頼は、あれが最初で最後だった。――病気だったらしくて、えらく顔色も悪く、やせこけてたが、美しい女だった……。本当だぜ！　俺はあんな美しい女には、後にも先にも会ったことあない。女は俺を見て、微笑んだ。微笑んだんだ！　そして、『お願いします』と言うと、布団に横になった。女が出刃庖丁を手にして近付いて行くと、俺を見て、『できるだけ一突きでやって下さいね』と言った。『体が弱っていますから、すぐ死ぬと思います』……そう言った、あの声の静かだったこと！　今でも忘れねえよ。……正直、俺は行くまでは、ただ殺すんじゃもったいねえ。その前に手ごめにしてやろうと思ってた。

ところが……とてもそんなことなど考えもつかないんだ。こっちは庖丁を振り上げたものの、手が震えてだめなんだ！……すると女が俺の手をつかんだ。細い、骨ばった手だったが、暖かかった。そして言ったんだ。『大丈夫です。あなたを恨んだりしませんから。あなたに感謝しています』と……。不思議に手の震えが止まった。振り上げた瞬間、彼女は手で頭を覆った……」

山崎は遥か遠くを眺める眼で、じっと前方を見据えていた。「……あれから、俺もずいぶん荒くれて、人も殺ったし、腕一本へし折るぐらいのことは平気だった。しかし、あの女のことは忘れたことがねえ……。そうか。あの女の娘なのか……」

山崎は呟くように言った。その時、外のスピーカーが呼びかけて来た。

「山崎！　何が望みだ！　要求があるのか！」

「へっ、ご用聞きか」

山崎はニヤリとした。「注文してやらねえと悪いな」

「何を頼む気です」

「任せとけ」

山崎はツカツカと玄関まで行って、ドアを細く開けると、

「車だ！　車を寄こせ！　ガソリンをたっぷり入れた新車だぞ！　中古なんぞよこしたら、本部長の首をチョン切ってやる！」

聞いていた双見が慌てて首をすぼめた。

山崎は客間へ戻ると、

「俺は車で出るぜ」

と言った。「一緒に来る奴はいるか?」

「無茶ですよ」

桂木が言った。「逃げられっこない!」

「なあに、やってみなきゃ分からねえさ。あの三人を引っ張って行く。手は出せねえよ」

「私、一緒に行く!」

と飛び出したのはひとみである。

「馬鹿野郎! 女なんぞ連れて行けるか」

「だって私――」

「お前はな、あのデカとでも一緒になれ。俺に無理矢理手ごめにされたと泣いてみろ、きっとあのデカ、一緒になって泣いてくれるぜ」

ひとみはムッとした顔になって山崎をにらみつけた。

「いいか、ここは俺一人がワルになりゃすむこった。みんな巧く口裏を合わせるんだぜ」

「それは無理よ！」

美也子が言った。「あの刑事さんたちは私たちが共犯だと言うに決まってるわ」

「待ってろ！」

山崎が何を思いついたのか、客間を出て、階段につながれた三人の所へ行って、しゃがみこむと、

「物は相談だが、ちょっと取引きしたいんだがね」

「ふ、ふざけるな！」

双見が目を大きくして、「犯人と取引きなどできるか！」

「そうかい。お前がホテルでよろしくやっていた写真は、まだちゃんと手もとにあるんだぜ」

「な、何だと！」

これは嘘である。しかし双見は本気にして顔色を変えた。

「そいつをうんと焼増しして、お前の家や警察や新聞社へ……」

「そ、それはやめてくれ」

「よし、それなら言うことを聞け！　次には警部さんよ、お前だ」

「俺に言っても無駄だぞ！　俺は断じて……」

「そうか。それじゃ、みんなが口を揃えてしゃべってやるぜ。お前が当たらねえ弾丸

で失神したってな。いいのかよ?」

飯沢の陥落は至って早く、

「分かった」

と肯いた。

「よし、いい子だ。おい、デカさんよ」

と野々山へ向かって、「お前もお偉方にならえよ。さもねえと出世しないぜ」

「ふざけるな! 貴様なんか誰が……」

「おやおや。せっかく愛し(いと)の彼女を返してやろうと思ったのによ」

野々山はぐっと詰まって、

「か、か、彼女を?」

「そうさ。俺も本当は連れて行きたいところだが、返してやってもいい」

「……分かったよ」

野々山は力なく肯いた。まだ若いだけに正義感がうずくのである。

「さっき、俺は彼女と気が合ったと言ったがな、あれは嘘だ」

「す、すると?」

「あの女、必死で抵抗したぜ。舌をかみ切って死ぬ、と言うから、そうしたらお前を殺すと脅してやって、やっと言うことを聞かせたのさ。——後でお前にすまない、と泣きじゃくってたよ」

　野々山は感涙にむせんで、

「ああ、ひとみさん！……僕は離さないぞ！　君を一生離さない！」

　この馬鹿め。内心ペロリと舌を出すと、山崎は三人を見回し、

「いいか、これから俺の言うことをよく聞くんだぞ。その通りにサツにもブン屋連中にもしゃべるんだ。ひと言でも違えたら、お前らの秘密はバラされるんだ。分かったな！　俺がいなくても、あそこにいる連中はみんな知ってる。後で気が変わろうもんなら、容赦しねえぞ！」

　三人はコックリ肯いた。


「車の用意をしたぞ！」

　スピーカーが怒鳴った。

「さて、俺は行くぜ」

　山崎は一同を見渡して、「達者でな」

「気をつけて」

　と桂木が言った。

「言われなくたって気をつけてなきゃ生きて行けねえんでね」

山崎はニヤリとした。それから、美也子のほうへ歩み寄ると、

「お嬢さん。親父さんは気の毒だったな」

「ええ……」

「しかし、いい亭主がついてて、幸せだぜ、あんたは。……まあ、巧くやんなよ」

「ありがとう」

「元気でな」

山崎がそのごつい手に、美也子の白い手を取った。美也子は戸惑って山崎を見た。

「……同じだ」

「え?」

「いや、何でもねえ。じゃ、ごちそうになったな。ワインが旨かったぜ」

と手を振って、山崎はホールへ出ると、三人の人質を階段の手すりから離し、一列に並ばせた。

「さて、ちょいと散歩に行こうぜ!」

玄関のドアを開けると、黒塗りのクラウンが横づけになっていた。遠巻きにしたライトが集中して、真昼のような明るさだ。

「乗るんだ」

山崎が飯沢へ言った。「助手席に乗れ」

「俺だけ？」

「そうさ。他の二人は置いてく。けがしてる人質は手がかかっていけねえ」

飯沢は情ない顔で、双見を見た。双見のほうはもうホッとした顔で、

「飯沢、必ず助けてやるからな！」

などと気楽に励ましている。――畜生！　どうして俺もけがしなかったんだろう！

飯沢は歯ぎしりした。

「早くしろ！」

と銃口にこづかれて、渋々乗り込む。山崎は運転席へ座ると、残る二人へ、

「あばよ」

と言って、エンジンをかけた。

車が静かに滑り出した。と思うと、急にスピードを上げ、激しくタイヤをきしませながら、門へ向かって突進した。周囲を埋める警官隊が一瞬度胆を抜かれる勢いで、車は門を通り抜け、夜の道へと飛び出した。

「追え！」

「追っかけろ！」

叫び声が飛び交って、白バイが、パトカーが我先に追跡を始める。

山崎の車はぐんぐんスピードを上げて夜道を狂ったように疾走していたが、急にス

ピードを落とすと、山崎は手をのばして、飯沢の側のドアのロックを外した。

「な、何をするんだ?」

飯沢が怯えて身を縮める。

「降ろしてやるのさ。早く降りたいんだろ」

「降りる?」

「そうさ」

山崎はドアを開けると、「達者でな!」

と言うなり、飯沢を車から突き落とした。

「ヒャッ!」

と悲鳴を上げて、飯沢は道路へ転がった。命に別状あるほどのスピードではなかったのだが、本人は全身打撲の重体だと思って——気絶してしまった。もっともこれはかえって幸いだったかもしれない。追って来たパトカーが、危く飯沢をひきそうになってハンドルを切りそこね、傍の木に衝突。さらにそこへ後から白バイがぶつかって警官が空中へ放り出され、そのまた後からパトカーが追突……。都合、三台のパトカー、二台の白バイがスクラップ同然となり、五人の負傷者を出したのだが、そんなことは一向に知らず、飯沢は道の真中で安らかに気絶していたのだった……。

山崎の眼にパトカーが二台、横向きに並んで行く手を塞いでいるのが映った。後からもパトカーが迫っているのは分かっていた。

「畜生！」

山崎はそう呟いて、ニヤリと笑った。そしてアクセルを一杯に踏み込む。

猛スピードで突っ込んで来る山崎の車を見て、パトカーの陰にいた警官たちが慌てて両側の茂みへ飛び込んだ。——一瞬の後、激しい衝突音が闇を引き裂き、続いて炎の渦が湧き上がった。

4

桂木はチャイムを鳴らした。

「はーい」

やや間を置いて、元気な答えが返って来る。ドアが開くと、スポーツシャツにＧパンの香織が立っていた。

「あら、早かったのね」

「うん」

「散らかってるわよ。入って」

マンションの部屋へ入って、桂木は目を丸くした。

「何だい？　大掃除か？」

「ちょっとね。——飲む？」

「ああ。ただしお茶だ」

「まあ。でもそういえばまだお昼ね」

香織はケトルをガスにかけながら、「もう……すんだの？」

「うん。お互い承知の上だ。離婚といっても手続きだけだからな」

「そうなの」

香織は、桂木と並んでソファに座った。

「さて、僕はもう無一文だよ」

「いいじゃないの。まだまだやり直せるわ」

「それでね、早速なんだが、友人のつてで、就職先が決まりそうだよ」

「まあ本当？」

香織は顔を輝かせた。

「まあ大した仕事じゃないが……。ともかく金で間違いをやった以上、もう経理関係には勤められない。また一からやり直しさ。君にもしばらく苦労をかけるかもしれない」

「構わないわ、そんなこと！」

「結婚のことだけど……先に届だけ出しておこう。披露宴は、できるようになった時だ」

「ええ。私、幸せよ！」

　香織は桂木の肩へ頭を載せて、「ねえ」

「何だい？」

「でもせめて……新婚旅行には行きましょうよ」

「そうだね……。まあ最初の給料をもらってみないと……」

「お金なら私、持ってるわ」

「しかし、大切にしなくちゃ」

「いいの、少しぐらい。このマンション、売っちゃうことにしたから」

　桂木は目を丸くして、

「何だって！」

「あら、いいでしょ」

「しかし……どうしてまた……」

「新婚の二人にはマンションなんてぜいたくよ。経費だってかかるし。小さなアパート捜したの。新しくって、とてもきれいよ」

「何だ、もうそこまでやってるのか」

「あなた反対？」

「いいや……今度は自分の金でマンションを買おう！」

「そうね。大邸宅に住んでる人、必ずしも幸せじゃないんですものね」

「全くだ……」

二人は唇をそっと重ね合った。


隆夫は喫茶店の窓際の席に一人座って、ぼんやりと表を歩く人や車の流れを眺めていた。

「やあ」

声がして、手を上げながら森川がやって来た。「すまん、遅くなって」

「いいや。こっちは失業中の身の上だからね」

「どうだい、その後？」

「別に。警察もあれだけの死体のつじつまを合わせるのに苦労しているようだよ」

「しかし、あの三人、感心に約束を守ってるじゃないか。もっとも、そうでなきゃ、俺は今頃ブタ箱だがね。——ああ、コーヒー」

とウエイトレスへオーダーして、「しかし、何と言ったって、大変な財産だろう？君の奥さんが全部相続するのかい？」

「ああ。法律的にはそうだ」

「凄いね！　さすが君だけのことはある」

と森川はため息をついた。

「彼女は断わった」

森川は耳を疑った。

「……今、何と言った？」

「相続権を放棄したんだ。大勢弁護士やら何やらが押しかけて来て、大もめだよ」

「しかし……もったいない！」

「彼女はあくまで拒むつもりだよ」

「でも、君はそれでいいのか？」

「ああ。一向に構わないよ」

森川は少しためらってから、

「なあ、仕事に戻らないか」

「ごめんだ」

「しかし——」

「森川。もう仕事の話はよしてくれ」

「やれやれ。……変わったもんだな、君も。コンビを組んでた頃の君はどこへ行った?」

「昔のことは言うなよ。今の僕には彼女が一番大切なのさ」

「そうか……」

森川は心底がっかりした様子で、「また誰か相棒を捜さにゃならんな」

「君も足を洗って、まともに働いたらどうだ?」

「ごめんだね！　満員電車、タイム・レコーダー、薄っぺらな給料袋……。考えただけでゾッとするよ」

「君も古いね」

と隆夫は笑って、「タイム・レコーダーは徐々に姿を消しつつあるし、給料は大体銀行振込みだから、手元へ来るのは明細だけさ」

「そんなこと、どこで聞いた?」

「今日行って来た会社で説明してくれたよ」

隆夫は澄まして言った。


「あら、お帰りなさい」

美也子は洗い物の手を休めて、「どうだった?」

「うん、電話してくれるそうだよ」

「そう！　巧く行くといいわね」

「全くだ」

「私ね、前のスーパーにまた勤められることになったのよ」

「そりゃよかったね」

「電話してみたら、ぜひ来てくれって」

「いいなあ。僕も一度、ぜひ来てくれなんて言われてみたいよ」

「大丈夫よ」

と美也子は笑った。

夕食はカレーライスだった。もちろん万華荘の食事には比べるべくもないが、少なくとも、このアパートには死体はなかった。

〈事件〉から一か月が過ぎようとしていた。人の噂も七十五日、というのは昔の話で、今では十日もたてばどんな大事件も忘れられる。山崎が全部の殺人の罪を一人でかぶって死んでしまったので、事件の真相は永久に埋もれたままになるだろう、と隆夫は思っていた。警察では不満もあるようだが、何しろ本部長が直接証言しているので、山崎があの家へ押し入って、たまたま集まっていた客や主人を殺したということになってしまった。

隆夫は美也子に真実を話した。しかし、絹江の動機――千住忠高が二人の妻を殺したことは黙っていた。

「ねえ、隆夫さん」

「何だい？」

「一つ、どう考えても分からないことがあるの」

「何の話？」

「事件のこと」

「ああ……。何だい一体？」

「私、窓から父が飛び降りるのを見たと、今でも信じてるの。絹江さんの話だと、父は飛び降りようとして、窓からぶら下がり、またよじ登って来たという話だったわね」

「うん」

「でも、あの時、私は父が飛び降りるのを見て、しばらく窓を眺めてたわ。だから父がよじ登るのが見えたはずだと思うの。それがどうしてもひっかかって……」

「君は見ているんだよ」

「いいえ、見てないわ！」

「見てるのさ。待ちたまえ」

隆夫は手近の広告の紙を取ると、鉛筆で人の形を書いた。

「さあ、これがこっちを向いてるのか、それとも向うを向いてるのか、分かるかい？」

美也子は絵を眺めて、

「これだけじゃ分からないわ」

「その通り！　いいかい君が見たのはシルエットだった。つまりこの絵と同じだ。シルエットは裏返しても同じなんだ」

「というと……」

「君が見たのは、窓から外へ飛び降りるお父さんじゃない。外から窓の中へ飛び込んだお父さんだったのさ。つまり、窓からぶら下がって必死によじ登って、窓わくから身を乗り出す、その瞬間から君は見たわけだ。つまり、裏返しだったわけさ。部屋の中へ転がり込んだのを、君は姿が見えなくなったので墜落したと思い込んだ」

「そうか！　気がつかなかったわ」

美也子は肯いて、「――ついでにもう一つあるの」

「まだかい？」

「警察へ妙な匿名の電話をかけた人がいたでしょう。あれは誰だったの？」

「あれか。――あれは僕なんだよ」

「ええ？」

「何かが起こりそうな気配を感じたので、警察へ通報しておけば事前に犯人が諦めるかもしれない、と思ってね。まさかあんな刑事がやって来るとは思わないから……」

「呆れた！　人騒がせね！」

と美也子は笑いながら言った。そこへドアの向うから、

「春山さん、お電話ですよ」

と管理人の声。

「はい」

と隆夫が慌てて出て行った。

美也子はゆっくりとお茶を飲んだ。――あれだけの財産、土地を捨てるなんて、どうかしてると思われるかもしれない、確かに。けれど、財産は権力だ。そして権力は次第に人を変えてしまう。

「もういいわ。何もかも、すんだこと……」

父の死、絹江の死、そして多くの人々の死。美也子は、山崎が別れ際に手を握ったことが、なぜか忘れられなかった。その時の山崎の、思いもよらぬ優しい表情が……。後で山崎の死を知った時、美也子は驚かなかった。もうあの時に、山崎は死ぬ気でいたのだ、と思えたのである。

人間は、本当に様々で、その生き方、死に方、総てが様々だ。――美也子は、一回

り成長した自分を感じた。

「美也子！」

ドタドタと足音がして、隆夫が飛び込んで来た。「決まったよ！ 明日から来てくれってさ！」

「よかったわ！」

隆夫が自慢げに、

「向うが言ったよ。ぜひいらして下さいってね！」

「まあ、おめでとう」

「さて、今度こそクビにならないように頑張るぞ」

「あんまり緊張しないでね」

「大丈夫だよ」

「リラックスしてやればいいのよ」

「うん。だけど若いうちにやれるだけのことをやらなきゃね。言うじゃないか、人生は短し、されど……。ん？ 何だっけ？ そうだ、人生は短し、タスキに長しって」

美也子は吹き出した。

あとがき

赤川次郎

日本人はなぜか「あとがき」を最初に読むのだそうである。だから、翻訳物で、あまりミステリーをやったことのない訳者などが解説の中で犯人をばらしてしまったりして、読者の怒りを買うことがよくある。

かく言う僕も「あとがき」先読み主義者（？）なので、先に種明かしをされて頭に来る気持は大変よく分かるのだが、ちょっとひねくれた見方をすれば、犯人、トリックが分かっていて、なおかつ一気に読まされてしまうような作品こそ本当の傑作だとも言えるだろう。ミステリーといっても、やはりまず「面白い小説」であって、その上でミステリーだ、というのが本来のあり方だと思うのである。

だから、僕もここで言ってしまうなら、この作品の犯人は――

（銃声！）……沈黙。

（パトカーのサイレンが近付いてくる……）

一九七九年三月

解説

山前　譲

小さな半島をそっくり買い取って建てられた大きな屋敷――万華荘と名付けられたその屋敷の持ち主は、伝説的な実業家の千住忠高でした。館から林を挟んで立っている、二十メートル近い高さの塔にある自室に、その千住が弁護士の神崎を呼び、人探しを依頼します。そして、それぞれに訳ありの四人の男と、家出をしていた千住の娘とその夫が集ったところで、千住はとんでもないことを言い出すのでした。「私を殺していただきたいのです」と――。

二〇一六年でデビューからちょうど四十年になる赤川さんですが、その創作活動を振り返ってみるとつくづく思い知らされるのです。〝赤川次郎という作家は最初から完成されていた作家〟であると。

「幽霊列車」でオール讀物推理小説新人賞を受賞したのは一九七六年、まだ二十八歳の時でしたが、そのデビュー作のキャラクターとストーリーは今読んでも新鮮です。そして、デビュー直後の初期作品においてすでに、創作姿勢や作品世界に揺るぎないものがありました。その時点で、人気作家として多くの読者を得ることは確約されていた、と言っても過言ではないでしょう。

　などと今頃声を大にして叫んでみても、いわゆる後出しジャンケンにすぎないのですが、徳間書店刊の著書としては最初の一冊で、一九七九年四月に書き下ろし刊行された本書『死者は空中を歩く』もまた、エンタテインメント作家としての将来を確約する長篇ミステリーでした。なぜなら、赤川さんにとってまだ八番目の著書だったのにもかかわらず、一読すれば明らかなように、独自の作風が完全に確立されているからです。

　まずはタイトルです。〈死者〉が〈歩く〉のも、〈空中〉を〈歩く〉のも、そして〈死者〉が〈空中〉にいるのだとしても、じつにミステリアスですが、〈死者〉が〈空中〉を〈歩く〉のを目撃したならば、これは現実のことだろうかと、ほっぺたをつねりたくなるでしょう。いったいどういうことなのか？　タイトルから読者の心を惹きつけるのが赤川作品です。

『死者は空中を歩く』のひとつ前の長篇が、あの『セーラー服と機関銃』（一九七八）でした。これまた〈セーラー服〉と〈機関銃〉という異質なものの組み合わせが、どんなストーリーなのだろうかと読者の興味をそそっています。そのストーリーは、読者の想像をいい意味で裏切る破天荒（はてんこう）なものでした。三番目の著書で大ヒット作となった『三毛猫ホームズの推理』（一九七八）にしても、今となってはなんの違和感もないでしょうが、〈三毛猫〉が〈推理〉するのです。どうやって？　その真相を知りたくて手に取った人は多かったことでしょう。

六番目の著書は『ひまつぶしの殺人』（一九七八）と題されています。〈ひまつぶし〉に〈殺人〉などやられてはたまったものではありませんが、さてどんな殺人なの？　ついつい興味をそそられてしまうのです。

この長篇は早川一家シリーズの第一作でしたが、これがまたとんでもない一家でした。大泥棒の親分、殺し屋、詐欺師、弁護士、警察官が、ひとつ屋根の下に住んでいるのです。こうした大胆な設定もまた赤川作品を特徴づけるものであり、デビュー間もない頃からユニークな作品がたくさん書かれていました。

エッセイ『ぼくのミステリ作法』で赤川さんは、自身の発想法をふたつに分けています。ひとつは「幽霊列車」のようにまず謎を設定するものです。もうひとつは、例として『ひまつぶしの殺人』が挙げられていましたが、まず風変わりな設定をこしらえ、そこで事件が起こったらどうなるかというものです。連鎖反応型と名付けられていましたが、この『死者は空中を歩く』がまさにその連鎖反応型です。

弁護士によって千住の屋敷に集められた四人の男たちは、逃亡中の殺人犯、借金取りに追われている保険外交員、似顔絵が公開されている〈少女の敵〉、愛人のために横領した会社員と、それぞれスネに傷持つ連中でした。屋敷には使用人もいます。千住と娘の美也子の仲も微妙です。結婚したばかりの美也子の夫・隆夫もなんだか不思議なキャラクターです。そして弁護士の神崎は野心を秘めていました。もちろん主である千住忠高も謎めいています。

広大な敷地を持つ屋敷に放り込まれた人々の間に、はたしてどんな連鎖反応が？ ついに最初の事件が起こります。〈死者〉が〈空中〉を〈歩く〉というとなんだかホラー的ですが、その事件は不可能興味たっぷりのものでした。事件がさらに続くなかで、登場人物それぞれが抱えていた秘密が、そして万華荘が抱えていた秘密が明らかになっていくのです。

サスペンスフルな事件のそこかしこに姿を現す、いや聞こえてくるのはクラシックです。まずは美也子が父・忠高と塔で久々に会う場面――。


エレベーターの扉が開くと、聞き馴れたピアノ曲が流れていた。――父、千住忠高は美也子に背を向けて、窓辺に立って外を見ていた。

「何の曲か分かるか？」

千住は振り向かずに訊いた。

「〈ゴールドベルグ変奏曲〉じゃないの」

「さすがだな」

〈ゴールドベルグ変奏曲〉？　聞き馴れていません！

いや、これは冷や汗ものの自白でした。一七四二年に楽譜が出版されたこの曲は、ヨハン・ゼバスティアン・バッハによるチェンバロのための練習曲で、バロック音楽を総括する作品とのことです。名ピアニストのグレン・グールドのデビューアルバムの曲として有名で、そういえばどこかで聞いたような……。

さらに、バッハの平均律や、やはりバッハの〈ブランデンブルグ協奏曲〉が流れ（あくまでも紙の上だけですが）、ストーリーをイメージづけていきます。赤川作品と音楽との密接な関係についても、多くを語る必要はないでしょう。

バロック音楽としだいに重奏していくのがユーモアです。これもまた赤川作品を特徴づける要素です。赤川さんはあまり意識していなかったとのことですが、デビューしてさほど時が経たないうちに、そのイメージは定着しました。『死者は空中を歩く』の初刊本にある著者紹介文ですでに、〝ユーモアあふれる本格推理、青春推理など、その独特の持味は、昭和二十三年二月二十九日生まれという若さと相俟って、今年度期待の第一人者であろう〟と記されているくらいです。

全四章の章題が諺（ことわざ）などのもじりとなっていますが、ストーリーにおけるユーモアのパートを一手に引き受けているのが警官なのも、これまた赤川作品の特徴です。何かというと出世のことばかり考えている飯沢警部や、その部下でミスター・トンチンカンとでも言いたい野々山刑事が、深刻な事件に軽妙さをブレンドしていきます。「幽霊列車」に登場した宇野警部は見事に名探偵のワトソン役を務めていましたが、赤川作品では警官が道化役となってしまうことが多いのも周知のことでしょう。三毛猫ホームズの飼い主である片山義太郎も、血を見たり女性に囲まれたりすると卒倒してしまう、刑事としてはちょっと情けないキャラクターでした。もっとも、だからこそ現在もなお愛されているのでしょう。

風変わりな設定で幕を開けた本書は、連鎖反応によってじつに不可解な殺人事件へと発展していきます。そして終盤の堂々たる謎解きには圧倒されるはずです。

これで〝赤川次郎という作家は最初から完成された作家〟であったということは、納得できたのではないでしょうか。豊富な読書歴をベースにしたさまざまな物語の引き出しと多彩な小説作法、そして変幻自在の文章は、最初から完成されていたのです。

ただ、完成はされていても、それは到達点ではなく、通過点だったことは指摘しておかなければなりません。すでにオリジナル著書が五百八十冊にも達しているのですから。ただ、この『死者は空中を歩く』の刊行直後には、そんな未来図は露ほども予想しなかったのですが……反省しなければなりません。

徳間書店刊行の作品に着目すれば、つづく『死体置場で夕食を』（一九八〇）もまた連鎖反応型でした。猛吹雪のなか、新婚夫婦が救われた思いで飛び込んだロッジで人が消え、死体が現れます。こうした連鎖反応型の赤川作品がその後どういう展開を見せてきたのか。初期作品から順に辿（たど）ってみるのも面白いでしょう。ただし、五百八十冊以上もの作品の分析には、かなり時間がかかると思いますが……。

二〇一五年十月

本書は1980年10月徳間文庫として刊行されたものの新装版です。なお、本作品はフィクションであり実在の個人・団体などとは一切関係がありません。

徳間文庫

死者は空中を歩く

〈新装版〉

2015年11月15日 初刷

著者 赤川次郎

発行者 平野健一

東京都港区芝大門二ー二ー二 〒105-8055

発行所 株式会社徳間書店

電話 編集〇三(五四〇三)四三四九
販売〇四八(四五一)五九六〇

振替 〇〇一四〇ー〇ー四四三九二

印刷 凸版印刷株式会社

製本 株式会社宮本製本所

ISBN978-4-19-894028-7 (乱丁、落丁本はお取りかえいたします)